KB104803

키시리카

록시

기스

"뭐, 됐다! 이름을 말해 봐라!"

"...루데우스 그레이랫입니다."

"좋아! 짐은 키시리카 키시리스!
사람들이 일컫기를 마·계·대·제!"

# 무직전생

## 이세계에 갔으면
## 최선을 다한다

④

글 리후진 나 마고노테    일러스트 시로타카    옮긴이 한신남

無職転生　～異世界行ったら本気だす～ 4

ⓒRifujin na Magonote 2014
Edited by MEDIA FACTORY
First published in Japan in 2014 by KADOKAWA CORPORATION, Tokyo.
Korean translation rights arranged with KADOKAWA CORPORATION, Tokyo.

# CONTENTS

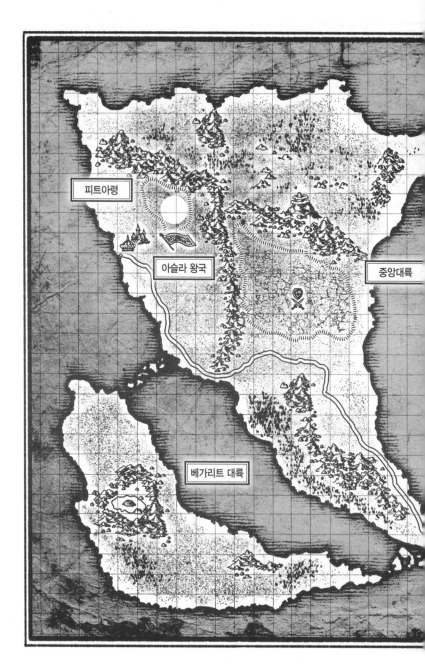

"다들 다른 건 좋은 일이다.

모두와 같은 건 더욱 좋은 일이다."

——**It will not be blamed if it can be the same as everybody.**

글 : 루데우스 그레이랫

옮김 : 진 RF 매곳

제4장

# 소년기
도항편

## 제1화　웬포트

내 이름은 루데우스 그레이랫.

얼마 전에 열한 살이 된 프리티 보이다.

특기는 마술.

주문을 외우지 않고 독자적으로 어레인지한 마술을 쓸 수 있어서 다른 이들도 높게 쳐 준다.

1년 전, 나는 재해에 휩쓸려서 마대륙이란 곳으로 전이했다.

마대륙은 고향인 아슬라 왕국 피트아령과는 세계의 정반대쪽에 위치해, 세계를 반 바퀴 돌아야만 돌아갈 수 있다.

나는 하루하루를 살아갈 돈을 벌기 위해 모험가가 되었고, 고향으로 돌아가기 위한 기나긴 여로를 걷기 시작했다.

그렇게 1년, 마대륙 종단에 성공했다.

웬포트.

그곳은 마대륙에서 유일한 항구도시. 언덕이 많은 시내라서 도시 입구에서 시내 전체가 한눈에 보였다.

마대륙답게 흙과 돌로 지은 집들이 태반이었지만, 그중에는 목조 건축도 드문드문 눈에 띄었다. 미리스 대륙에서 목재를 수입했겠지.

도시 구석에는 조선소도 있었다.

항구도시인 탓인지 입구 쪽에는 노점이 적었고 항구 쪽에 활기가 넘쳤다.

다른 곳과는 다소 느낌이 다른 도시였다.

그리고 항구 너머, 도시 바깥쪽에는 광대한 바다가 펼쳐졌다.

바다를 보는 게 얼마만일까. 분명히 중학생 시절에 학교에서 바다를 갔을 때 이후 처음인가.

바다란 건 어느 세계고 똑같은 모양이었다. 푸른 바다, 파도 소리, 갈매기 같은 새.

범선도 있었다. 범선을 직접 보는 건 처음이었다. 영화에서는 이따금 보았지만, 실제로 나무배가 돛을 펴고 나아가는 모습을 보니 나잇값도 못 하고 가슴이 두근거렸다. 역시 이쪽 세계에서도 역풍 속을 전진하는 기술이 있을까.

아니, 이런 세계니까 분명히 마술사가 바람을 만들어서 나아가는 방식이겠지.

"저거 봐!"

도시에 도착한 순간 빨강머리 소녀가 우리가 탄 도마뱀에서 뛰어내려서 달려갔다.

그녀의 이름은 에리스 보레아스 그레이랫. 아슬라 왕국 피트 아령의 영주 사울로스의 손녀딸로 내가 가정교사를 맡은 상대다. 아주 사나운 아가씨지만 최근에는 다소 얌전해지고 내 말을 듣게 되었다.

나는 함께 전이한 그녀를 지키며 고향으로 데리고 가야만 한다.

"저거 봐, 루데우스! 바다야!"

에리스의 입에서 나온 말은 유창한 마신어였다. 그녀에게는 평소에 마신어를 쓰라고 당부했다. 나와 루이젤드도 최대한 마신어로 대화한 탓도 있어서, 최근에는 에리스의 마신어도 꽤나 늘었다.

역시 외국어는 평소부터 쓰는 버릇을 들이는 게 가장 빨리 익히는 방법인 모양이다.

물론 그녀는 마신어를 읽고 쓰지는 못한다. 그렇게 어려운 말도 아니지만 1년 만에 배울 수는 없었다.

참고로 마대륙에 온 뒤로 마술도 일절 가르치지 않았다. 무영창은 물론이고, 이미 주문도 잊어버렸을지 모르겠다.

"기다려요, 에리스. 숙소도 잡지 않고 어디 가는 건가요!"

내 말을 듣고 에리스의 발이 우뚝 멈췄다.

이런 대화는 마대륙에 온 뒤로 세 번째였다. 처음에는 미아가 되었고, 두 번째는 길목에서 싸움이 벌어졌다. 세 번째는 눈감아주지 않을 거다.

"그래! 먼저 숙소를 정하지 않으면 미아가 돼!"

에리스는 바다 쪽을 힐끔힐끔 보면서 신이 난 기색으로 돌아왔다.

생각해 보면 그녀는 바다를 처음 보는 거였지.

피트아령 부근에는 강이 있어서 휴일에 사울로스와 함께 외출해 물놀이를 한 적도 있다나 본데, 애석하게도 나는 함께 간 적이 없어서 그녀가 얼마나 물에 익숙한지 알 수 없었다.

"수영할 줄 알아?"

에리스의 말에 나는 고개를 갸웃거렸다.

"어? 항구에서 수영하게요?"

"그러고 싶어!"

나도 열세 살짜리 에리스의 성장한 보디를 보고 싶지만, 그건 이뤄지지 않겠지.

일단 중요한 문제가 하나.

"수영복이 없잖아요?"

"수영복? 그런 거 필요 없어!"

그 충격적인 말에 나는 당황을 숨기지 못했다.

수영복, 그런 거 필요 없어.

그건 즉 알몸이라는 소릴까…. 아니, 설마, 그건 아니겠지.

이 세계에서도 알몸을 부끄러워하는 문화는 있다.

그러니까 아마도 속옷이겠지. 속옷을 입은 채로 물놀이를 한다.

물에 젖어서 달라붙는 속옷, 비치는 살색, 드러나는 젖꼭지.

이상하다. 왜 나는 피트아령에서 물놀이 갈 때 동행하지 않았을까. 바빴기 때문이다. 당시에는 휴일도 충실한 나날을 보냈다. 하지만 한 번 정도는, 한 번 정도는 동행하는 게 좋았을지도 모르겠다.

아니, 지금은 그런 생각을 해선 안 되지. 눈앞의 일에 집중하자.

지금을 산다. 그래, 지금을 사는 거야!

이얏호, 바다다!

"아니, 이 바다에선 헤엄치지 않는 편이 좋을 거다."

내 뒤에서 들려온 목소리가 그렇게 찬물을 끼얹었다.

돌아보니 거기에는 매끈매끈하게 민 스킨헤드에 얼굴을 가로지르는 흉터를 가져서 완전 야쿠자 같은 얼굴의 남자가 있었다.

그는 루이젤드 스펠디아.

아무것도 모르는 우리의 호위를 맡아 준, 아이를 좋아하는 마족이다.

지금은 스킨헤드이기 때문에 모르겠지만, 그는 에메랄드그린색 머리칼을 가진 스펠드족이다. 이 세계에서 녹색 머리를 한 마족은 공포의 상징으로 인식된다.

우리를 위해 그는 머리까지 밀었다.

바닥에 떨어진 그의 종족의 명예를 회복하는 것이 내가 할 수 있는 은혜 갚기 중 하나겠지.

"마물이 많으니까."

그의 이마에는 붉은 보석 같은 감각기관이 박혀 있다.

이것은 생체 레이더 같은 역할을 해서, 수백 미터 범위 안의 생물을 모두 파악할 수 있다는 모양이다.

그런 편리한 게 있다면 마물 따위는 나와 루이젤드가 전멸시키면 되지 않을까 하는 생각도 들었지만, 뜻밖에도 그 생체 레이더는 만능이 아닐지도 모르겠다. 물속은 못 본다든가 하는 식으로 말이지.

아니…. 하지만 잠깐이라면 해수욕 정도는 할 수 있지 않을까?

항구에서 헤엄치는 건 역시 위험하더라도 근처 해변에서 흙마술을 써서 풀장 같은 걸 만든다든가…. 아니, 하지만 만에 하나가 있겠군. 마물 중에는 이상한 변이능력을 가진 녀석도 있다. 풀장을 만들어도 뛰어넘어 올지 모른다.

그게 문어라면 에로 이벤트로 끝날텐데, 상어라면 죠스다.

어쩔 수 없지. 해수욕은 그만두는 편이 낫겠다.

정말로 어쩔 수 없었다.

"이번에는 해수욕을 포기하죠. 숙소를 정한 뒤에 모험가 길드로 가요."

"응…."

에리스가 풀이 죽었다.

으음. 나도 건강한 에리스의 몸에는 흥미가 있었다. 최근 1년 동안 얼마나 성장했는지 확인할 수 없었으니까. 옷 위로는 알기 어렵지만, 혹시 개방적인 해변이라면 뭔가 알 수 있을지도 모르지. 그래, 꼭 그렇게 하자.

"꼭 수영이 아니더라도 모래밭에서 놀면 되지 않을까요?"

"모래밭?"

"바다에는 모래사장이란 게 있어요. 파도치는 곳에는 모래밭
이 계속 이어지지요."

"그게 뭐가 재밌어?"

"으음, 파도칠 때에 물을 끼얹는다든가…"

"루데우스, 또 이상한 얼굴 하고 있어."

"윽…"

아무래도 나는 감정이 겉으로 드러나기 쉬운 모양이다.

야한 얼굴을 했나 싶어서 얼굴을 누르자, 에리스가 활짝 웃으
면서 바다로 고개를 돌렸다.

"하지만 재밌겠네! 나중에 가 보자!"

에리스는 기쁜 듯이 지면을 박차며 도마뱀에 올라탔다.

멋진 도약이었다. 발목의 힘만으로 뛰어올랐다. 의성어로 말하
자면 '투웅'이란 느낌일까. 에리스의 다리는 꽤나 단련되었다.

그 사실 자체는 좋지만… 어쩌면 장래에 근육 불끈불끈이 되
지 않을까.

조금 걱정이다.

우리는 숙소를 정하고 마구간에 도마뱀을 맡긴 뒤에 일단 모험가 길드로 발을 옮겼다.

웬포트의 모험가 길드.

거기는 다종다양한 외모의 모험가로 북적거렸다. 익숙한 광경이지만, 인간들이 많아진 느낌이었다. 미리스 대륙으로 넘어가면 더 늘어나겠지.

일단은 평소처럼 게시판 앞으로 이동하자, 루이젤드가 의아한 표정을 하였다.

"바로 바다를 건너는 게 아닌가?"

"일단 보기만 하려고요. 미리스 대륙 쪽이 수입이 좋은 모양이니까요."

미리스 대륙 쪽이 수입이 좋다.

화폐가 다르기 때문이다.

미리스 대륙의 화폐는 왕찰, 장찰, 금화, 은화, 대동화, 동화, 이렇게 여섯 종류로 나뉜다.

마대륙의 가장 싼 화폐인 석전을 1엔으로 해서 비교해 보면,

왕찰 5만

장찰 1만

금화 5천

은화 1천

대동화 100

동화 10

이런 느낌이다.

마대륙에서 B랭크 일은 고철전 15~20닢 안팎. 석전으로 환산하면 150에서 200.

미리스에서의 B랭크 일이 가령 대동화 15닢이라고 가정하면 석전으로 환산해서 1,500.

열 배다. 미리스에서 버는 편이 낫다.

다만 혹시 배가 뜰 때까지 시간이 걸린다면 여기서 일을 받을 수도 있겠지.

기본적으로는 B랭크 일을 한다. A랭크와 S랭크는 위험할 뿐만 아니라 1주일 이상 시간이 걸리는 일이 많으니까. 며칠 만에 일정하게 버는 걸로는 B랭크가 제일이었다.

고로 B랭크를 받을 수 없게 되는 S랭크로 올라갈 예정은 없었다.

A랭크 시점에서 S랭크 의뢰를 받을 수 있다면 왜 S랭크가 있는 걸까? 처음에는 그런 의문을 품었다.

직원에게 물어 보자, 아무래도 S랭크가 되면 특전이 붙는다는 모양이었다.

자세히 조사해 보지 않아서 모르겠지만, 숙박비의 할인율이 커진다든가, 쏠쏠한 일을 길드에서 알선해 준다든가, 다소의 위반행위는 눈을 감아 준다든가 하나 보다.

물론 그런 특전으로 보다 큰 은혜를 누리는 건 미궁 탐색을 주로 하는 모험가다.

우리는 미궁에 들어가지 않는다.

위험하고 시간이 걸린다. 의뢰도 B랭크가 중심이다. 고로 S랭크가 될 예정은 지금으로선 없었다. 에리스는 되고 싶은 모양이지만.

어차, 이야기가 엇나갔군.

아무튼 우리는 돈을 벌 목적으로 모험가 일을 하니까, 미리스 쪽이 더 잘 벌린다면 당장이라도 배를 타는 편이 나았다.

"그러고 보면 배는 어디서 떠나는 걸까요?"

"항구겠지."

"항구 어디냐는 이야기인데요."

"물어 봐라."

"옛서."

카운터로 이동.

거기 서 있는 것은 여성 인간이었다. 왜인지 카운터에 선 직원은 여성이 많았다. 그리고 왜인지 가슴이 큰 사람이 많았다. 모험가 보기 좋으라는 걸까.

"미리스 대륙으로 가고 싶은데 어디로 가면 되는지 알 수 있을까요?"

"그런 질문은 관문에서 해 주세요."

"관문?"

"배를 타면 국경을 넘으니까요."

길드 관할이 아니라 나라 사이의 문제니까 길드 직원이 설명할 의무가 없다는 소릴까.

흠, 그런 거라면 관문으로 이동하자.

거기서 자세한 이야기를 들어 보면….

"너 말이지!"

그렇게 생각하는데 길드 안에서 고함소리가 들렸다.

돌아보니 에리스가 남자 인간을 때리고 있었다. 우리의 핵탄두는 오늘도 쌩쌩했다.

"누구의, 어디를, 만진 줄, 알아!"

"우, 우연이야! 너 같은 꼬맹이 엉덩이를 누가 만진다고 그래!"

"우연이든 뭐든! 사과에 성의가 부족하잖아!"

에리스의 마신어도 꽤나 유창해졌다. 유창해지면서 싸움이 늘었다.

역시 상대의 말을 알아듣는 게 문제로군.

"쿠하하하! 뭐야, 뭐야, 싸움이야?!"

"싸워라, 싸워!"

"어이, 꼬맹이한테 지지는 말라고!"

참고로 모험가끼리 싸우는 건 꽤나 일상다반사인지, 길드도 별로 관여하지 않았다.

오히려 적극적으로 내기를 시작하는 직원도 있었다.

"짓밟아 버린다!"

"미, 미안, 내가 졌어. 참아, 다리 잡지 마, 그마아안!"

내가 그런 생각을 하는 동안에 에리스는 순식간에 남자를 넘어뜨렸다.

에리스의 돌격은 최근 들어 완전히 경지에 들어섰다. 사전 동작 없이 달려들고, 게다가 정확하게 몰아붙인다. 왜 화를 내는 거야? 라고 생각한 순간 이미 바닥에 넘어지고, 남자의 급소에 스톤핑이 들어왔다.

어지간한 C랭크 모험가로선 대항할 재간이 없었다.

그리고 어느 정도 공격을 날렸을 때 루이젤드가 제지했다.

"그만해라."

"…뭐야, 막지 마!"

"이미 승부는 났다. 이 정도로 해둬라."

이번에도 루이젤드가 그녀를 고양이처럼 번쩍 들어올려서 제지했다. 남자는 땅을 기어서 도망쳤다.

"제길, 완전히 미친 거 아냐?"

항상 보던 광경이었다. 나로선 좀처럼 막기 힘들다. 뒤에서 안아서 막았다간 아무래도 손이 멋대로 움직이기 때문이다. 멋대로 움직여서 이상한 곳을 만졌다간 이번에는 내 목숨이 위험에 처한다.

"대머리에 사나운 빨강머리 여자애…! 너희가 혹시 '데드엔드'야?"

누군가가 소리친 순간 길드 안이 조용해졌다.

"'데드엔드'라면 스펠드족의 그놈…?"

"멍청아! 파티명이야. 최근 소문으로 나도는 가짜!"

"진짜라는 소문도 들은 적 있어."

어라라?

"사납긴 해도 사실은 꽤 좋은 녀석이라고⋯."

"사나운데 좋은 녀석이란 건 모순이잖아."

"아니, 전원이 다 사나운 건 아니라는 의미로⋯."

수근⋯ 수근⋯. 길드 안이 술렁거렸다.

이런 상황은 처음이군. 아무래도 우리가 꽤나 유명해진 모양이었다.

이 도시에서는 루이젤드의 이름을 팔지 않아도 되려나?

"고작 3인 파티로 A랭크라고⋯."

"오오, 대단한데. 하지만 진짜든 가짜든 저 둘이라면 납득이 가."

"'광견 에리스'와 '파수견 루이젤드' 말이지?"

에리스와 루이젤드에게 별명이!

그렇기는 해도 '광견'에 '파수견'이라. 왜 둘 다 개야? 그럼 나는 무슨 개일까?

조금 예상해 보자.

투견은 아니겠지. 그런 멋진 이름이 붙을 짓은 한 적이 없었다. 용감한 느낌은 아니겠지.

스스로에게 붙인다면 버터견이겠지만⋯. 1년 동안 나는 파티에서 참모로 활약했다고 생각한다. 역시 지적인 이름이겠지.

충견이라든가.

"그럼 저쪽의 꼬맹이가 '개주인 루젤드'인가!"

"'개주인'이 제일 성질 더럽다고 들었어."

"그래, 못된 짓만 저지른다고 그랬어."

힘이 쭉 빠졌다.

이름이 달라…. 아무도 내 이름을 기억해 주지 않았다.

아니, 분명히 나는 곧잘 루이젤드의 이름을 쓰긴 했다.

뭔가 좋은 일을 한 차례 할 때마다 '우리 데드엔드의 루이젤드는 여기서 이만'이라고 말했지. 그리고 안 좋은 일을 할 때마다 소리 높게 웃으면서 '내가 루데우스다, 쿠하하하'라고 말했다.

그러니까 섞일 일은 없잖아?

으음, 1년 동안 나름대로 활약했는데 내 이름만 기억해 주지 않는 건 조금 쇼크구나.

…뭐, 하지만 괜찮아. 안 좋은 쪽으로 이름이 팔린 모양이고, 본명이 아니니까 나쁠 것 없어.

게다가 개주인도 좋잖아. 기왕이면 에리스에게 목줄을 채워서 데리고 다니고 싶네.

"그렇긴 해도 작네."

"분명 그것도 작겠지. 어린애니까!"

"어이, 작다고 그러다간 개들을 풀어놓겠다!"

"카하하하하하!"

어느 틈에 전혀 관계없는 쪽으로 웃음을 샀다. 하지만 아쉽구나. 요즘은 순조롭게 성장 중이다. 아직은 죽순이지만 멋진 대

나무가 될 날도 머지않았겠지.

어차, 이런. 이런 식으로 웃음을 사다간 또 에리스가 화낸다…라고 생각했더니, 그녀는 내 쪽을 힐끔힐끔 보며 얼굴을 붉혔다.

어머, 귀여워라.

"에리스, 왜 그러나요?"

"아, 아무것도 아냐!"

에헤헤. 흥미가 있거든 오늘 밤에 내가 목욕할 때 엿봐도 좋아. 루이젤드한테는 내가 일러둘게. 뭣하면 같이 목욕할까. 그럼 손이나 다리나 몸이나 혀가 미끄러질지도 모르지만.

이런 농담은 집어치우고. 일단 관문으로 이동하자.

개주인답게 위엄 있는 느낌으로 이 자리를 뜨자.

"에리스! 루이젤도도리아 씨! 가지요!"

"너는 왜 내 이름을 이따금 틀리는 거지…?"

"흥!"

우리는 주위의 시선을 모으면서 모험가 길드를 뒤로 했다.

관문에 도착했다. 이 도시는 마대륙에 있지만 배를 타고 바다를 건너면 미리스 신성국의 영토다.

짐을 가져갈 때 세금을 뜯기고 입국할 때도 돈이 필요하다.

범죄를 억제하기 위해서인지 아니면 단지 돈을 뜯어낼 뿐인지.

뭐, 이유는 아무래도 좋았다. 내라고 하면 낼 뿐이라고 가볍게 생각했다.

"인간 둘에 마족입니다만, 얼마 내야 합니까?"

"인간은 철전 다섯… 마족의 종족은?"

"스펠드족입니다."

관문의 관리는 놀란 얼굴로 루이젤드를 보았다.

그리고 그 대머리를 보더니 푸욱 한숨을 내쉬고 의욕 없는 얼굴로 말했다.

"스펠드족은 녹광전 200닢이야."

"이, 이백?!"

이번에는 내가 놀랐다.

"왜, 왜 그렇게 비싼데요?!"

"말하지 않아도 알겠지만…."

스펠드족의 뱃삯이 비싼 이유?

알겠다! 여태까지 여행을 해 왔으니까 잘 알겠다. 스펠드족은 미움 받는 종족이고 이유 없는 박해를 받은 적도 있었다.

하지만 너무 비싸다.

"왜 그렇게 터무니없는 금액인가요?"

"몰라. 정한 녀석한테 물어."

"아저씨의 예상으로는?"

"응? 뭐, 테러 대책이겠지. 노예로 데려가서 미리스 대륙에서 날뛰게 한다는 식의 테러."

그런 건가 보다. 스펠드족이 폭탄 취급 받는 건 이해했다.

"너희들, 가짜 스펠드족이라는 '데드엔드'지? 배에 탈 때는 종족을 꼼꼼하게 조사하니까 여기서 괜히 잘난 척하며 녹광전 200닢을 내 봤자 돈 낭비다."

관리는 고맙게도 그런 충고를 해 주었다.

즉 여기서 미굴드족이라고 거짓말을 해 봤자 들킨다는 소린가.

"종족을 속이면 벌금 같은 건 없나요?"

"…괜히 돈을 더 낼 것 없는데."

관리의 말을 듣자니 돈만 내면 대충 오케이라는 모양이었다.

완전히 배금주의다.

관문에서 돌아왔을 무렵에는 해가 지고 있었다. 우리는 숙소로 돌아가서 식사를 하기로 했다.

여관에서 나온 것은 항구도시 특유의 어패류 요리였다.

주먹 정도 크기의 조개가 오늘 밤의 메인 디시였다. 마늘과 버터로 맛을 내고 술로 찐 것이었다.

맛있었다. 마대륙에서 먹은 요리 중에서 제일 맛있었다.

"이거 맛있네!"

에리스도 입에 가득 떠넣고 우물거리면서 좋아했다.

그녀는 1년 동안 아슬라 왕국식 테이블 매너를 완전히 잊어버렸다.

오른손의 나이프로 요리를 자르더니 그대로 나이프에 꽂아서 입에 넣었다. 손으로 집어먹진 않았지만, 예의는 대체 어디로 갔을까.

그녀의 예의작법 선생님이었던 에드나가 보면 울지도 모르겠다.

이것도 내 책임일까….

"에리스, 버릇없어요!"

"우물우물…. 그런 거 아무도 신경 안 써."

차라리 루이젤드 쪽이 매너가 좋았다. 물론 이쪽도 품위 있는 건 아니었다. 나이프를 일절 쓰지 않고 포크만으로 요리를 잘랐다. 포크를 미끄러뜨리기만 해도 요리가 버터처럼 갈라졌다. 달인의 기술을 보는 기분이구나.

"자, 그러면 식사 도중이지만 오늘 작전회의를 시작하겠습니다."

"루데우스. 식사 도중에 말하는 건 버릇없어."

에리스가 태연하게 한소리 했다.

식사를 마치고 배가 빵빵해졌을 때 작전회의를 시작했다.

31

"도항비용은 녹광전 200닢. 이건 어떻게 안 됩니다."

"미안하다. 나 때문에."

루이젤드가 얼굴을 흐렸다.

나도 설마 이런 금액이라곤 생각 못 했다.

솔직히 도항비용을 얕보고 있었다. 조금만 벌면 금방 탈 수 있을 거라고 생각했다.

실제로 인간은 철전 다섯 닢이다. 다른 마족도 기껏해야 녹광전 한두 닢.

스펠드족만 이상하게 비쌌다.

"아빠, 그런 소리 하지 말아요."

"나는 네 아버지가 아니다."

"알고 있습니다. 농담이에요."

그렇기는 해도 녹광전 200닢이라.

보통 금액이 아니었다.

A랭크, S랭크 의뢰를 중심으로 이 도시에서 돈을 벌더라도 몇 년 걸릴까.

미리스 대륙은 어지간해선 스펠드족을 받아들이고 싶지 않은 모양이었다.

"하지만 큰일이잖아. 루이젤드만 두고 갈 수도 없고."

루이젤드를 두고 간다. 그게 제일 간단했다.

우리도 모험가로 제법 익숙해졌다. 루이젤드 없이도 여행을 계속할 수 있겠지.

그렇기는 해도 역시 그럴 생각은 없었다. 루이젤드는 여행이 끝날 때까지 함께.

우리의 우정은 영원불변이다.

"물론 두고 가지 않습니다."

"그럼 어떻게 해?"

"방법은… 세 가지 있습니다."

그렇게 말하며 손가락을 세워서 3이라는 숫자를 표시했다. 만사는 일단 3이라는 숫자부터다.

어떤 때에도 나아간다, 돌아간다, 멈춰 선다는 선택지는 항상 존재한다.

"호오."

"대단하네, 세 개나 있구나…."

"흐흥."

설명은 잠깐 기다려 줘. 지금 생각하고 있으니까…. 어어.

"일단 첫 번째. 의뢰로 돈을 벌어서 미리스로 넘어가는 정공법."

"하지만 그건."

"그렇죠, 시간이 너무 오래 걸립니다."

돈벌이에만 전념하면 어쩌면 1년 이내로 모을지도 모른다.

하지만 어떤 해프닝이 일어나지 않으리라고 단정할 수 없었다. 실수로 지갑을 떨어뜨린다든가.

"두 번째. 미궁에 들어가서 마력결정과 마력부여품을 가져온다. 고생스럽긴 하지만 한 방에 저쪽으로 넘어갈 금액을 입수할 지도 모릅니다."

마력결정은 비싸게 팔린다. 구체적으로 얼마에 팔리는지는 모르지만, 관문에서 관리에게 넘기면 스펠드족을 통과시켜 줄 정도는 되겠지.

"미궁! 좋아! 가자!"

"안 된다."

미궁 쪽은 루이젤드가 기각했다.

"왜!"

"미궁은 위험하다. 내 눈으로 못 찾는 덫도 있다."

루이젤드의 눈은 생물이라면 구분할 수 있지만, 미궁이 만들어내는 덫에는 반응하지 않는다는 모양이다.

"가 보고 싶은데…."

"제안한 입장으로서 이런 말도 그렇지만, 저는 가고 싶지 않습니다."

주의 깊게 전진하면 어떻게 될지도 모르지만, 발밑을 소홀히 하는 나니까 분명히 어딘가에서 치명적인 미스를 저지를 거다. 여기선 루이젤드의 말에 따라야겠지.

"세 번째, 이 도시의 어딘가에 있는 밀수꾼을 찾는다."

"밀수꾼? 그게 뭐야?"

"이런 국경에서는 뭔가가 오갈 때에 세금이 붙습니다. 이번에 돈을 내라는 것도 그런 종류지요. 아마 상인이라면 물건에도 세금이 붙겠죠."

"그런 거야?"

"그런 겁니다."

안 그러면 종족별로 금액이 다를 리가 없다.

"그중에는 아주 세금이 비싼 물건도 있겠죠. 대놓고 가져갈 수 없는 물건을 다루는 상대를 위해 세금보다 싸게 운반해 주는 사람이 있을 겁니다."

뭐, 없을지도 모르지만. 하지만 그런 업자와 이야기가 되면 녹광전 200닢을 내는 것보다 훨씬 싸게 갈 수 있을 거다.

관문의 세금 설정은 분명히 이상했다. 조금 정도는 룰 위반을 저질러도 벌은 안 받겠지….

물론 편한 방향으로 가면 덫이 기다린다는 사실은 배웠다.

일단 선택지 중 하나에 넣어 보았지만, 나쁜 짓은 가급적 하고 싶지 않았다.

일단 딱 떠오른 건 이렇게 세 가지인가.

· 정공법으로 돈을 번다.

· 미궁에서 일확천금.

· 밀수꾼에게 부탁한다.

어느 선택지도 그저 그렇군.

아, 그렇지. 하나 더 있었다.

내 지팡이 '아쿠아 하티아'를 파는 거다. 크기도 크고 색깔도 있는 마석을 사용한, 아슬라 왕국산 걸작. 스펠드족을 바다 너

머로 보낼 정도의 돈은 되겠지.

하지만 손익을 빼더라도 이건 되도록 팔고 싶지 않은데.

모처럼 생일에 에리스에게 받은 거고 여태까지 소중히 써 왔다.

이걸 팔아 버리는 건 루이젤드도 에리스도 찬성하지 않겠지.

그날 밤 꿈에 계시가 있었다.

인신은 말했다. '노점에서 식량을 사서 혼자 뒷골목을 찾아가라'라고.

아주 귀찮지만, 어쩔 수 없으니 긍정적으로 검토해 줄게.

"어쩔 수 없다고…?"

아니, 음식, 뒷골목이란 점에서 이벤트의 내용도 알았습니다요.

"알겠다고?"

어차피 그거잖아. 배고픈 미아 같은 게 있겠지?

그리고 왠지 이상한 남자랑 얽히는 거겠지?

"바로 그거야, 대단해!"

그리고 그 아이를 구하면, 사실은 조선 길드 대장의 손자였습니다, 라는 건가?

"후후후, 그건 내일을 기, 대, 하, 시, 라."

뭐가 기대하시라야. 그런 식으로 즐거운 전개는 여태까지 한 번도 없었잖아. 아니, 어이, 짜샤, 1년 만이잖아. 두 번 다시 얼굴 안 비치는 줄 알고 안심했단 말이야.

"아니~, 지난번에는 내 조언 때문에 고생했잖아? 왠지 얼굴 내밀기가 좀 그래서."

흥! 신도 그런 면이 있었습니까?

하지만 착각하지 마. 그건 내가 멋대로 미스했을 뿐이야.

그래도 이왕이면 어떻게 하는 게 정답이었는지 가르쳐 주세요.

"정답이라고 해도 말이지. 그냥 위병에게 넘기면 루이젤드랑 친해질 수 있었을 거야."

어? 그거 그렇게 간단한 이벤트였어?

"그래. 그랬는데 그들을 동료로 끌어넣고 모험가 길드의 잔챙이한테 찍히다니. 정말이지 예상 밖이었어. 나로서는 보면서 재미있었지만."

나는 하나도 재미없었는데.

"하지만 덕분에 1년 만에 여기까지 왔잖아?"

결과가 좋았으니까 만사 오케이라고?

"만사는 결과가 전부."

칫. 마음에 안 들어.

"그래? 뭐, 아무래도 좋지만. 그럼… 네 기분도 안 좋은 모양이니 나는 사라질게."

잠깐 기다려. 확인할 게 하나 더 있는데.

"뭔데?"

혹시 네 조언은 별로 어렵게 생각하지 않는 편이 잘 돌아가나?

"나로서는 어렵게 생각해 주는 편이 재미있어."

아하, 과연! 그런 건가. 알았어. 선언해 두지.

다음에는 재미없어질 거다.

"후후후, 그거 기대되네."

되네… 되네… 되네….

메아리를 남기면서 내 의식은 어둠 속에 가라앉았다.


## 제2화　엇갈림·전편

　인신의 조언이 있은 다음날.

　나는 노점에서 구입한 식량을 두 손에 껴안고 뒷골목을 헤맸다.

　수중에 있는 것은 죄다 꼬치구이였다. 가리비 같은 조개구이와 전갱이 같은 생선의 소금구이, 또 잘 모를 어패류의 꼬치구이가 몇 개. 노점에서 음식을 사라고 그랬는데, 딱히 지정은 없었기에 가져가기 쉬운 것을 최우선으로 구입했다.

　지난번에는 생각이 너무 많았다.

생초보가 요리에 어레인지를 하다가 실패하듯이, 너무 어렵게 생각해서 함정에 걸렸다. 이번에는 반대로 순순히 따라 보자. 시키는 대로 마음을 비우고 식량을 사서 뒷골목에서 일어날 만한 이벤트를 얌전히 받아들이자.

마음을 비우자.

이건 롤플레잉. 이제부터 일어나는 건 우연한 일. 어렵게 생각하지 말고 순순히 일으키자.

녀석은 재미있는 걸 좋아한다. 내가 어렵게 생각하는 거야말로 놈이 노리는 바다. 순순히 따르면 녀석은 재미를 잃는다. 그렇게 생각하면서 몇 분 동안 헤매다가 문득 깨달았다.

"어라? 이게 바로 그 녀석이 노리는 거 아냐?"

속았다. 놈의 교묘한 화술에 넘어가서 나는 놈의 생각대로 움직이고 있었다.

깨닫고 보니 실로 짜증나는 이야기였다. 손바닥 위에서 춤이나 추다니….

초심을 떠올려. 처음 만났을 때의 마음을.

그 녀석은 절대로 신용해선 안 돼.

좋아, 놈의 생각대로 움직이는 건 이번이 마지막이다. 이번에는 눈치를 볼 겸 조언대로 행동하겠는데, 다음에는 절대로 안 따를 거다. 인신의 말에는 절대로 안 따를 거야! 찌릿.

뒷골목을 뒤지고 다녔다.

혼자서 말이다.

왜 혼자일까. 거기에 이번 조언의 핵심이 있겠지. 루이젤드나 에리스가 있으면 곤란한 전개. 아니, 깊게 생각하지 말자. 야한 전개라면 기쁘겠다는 정도로 생각해두자.

루이젤드와 에리스에게는 하루 동안 별도 행동을 하라고 전했다. 에리스는 혼자 놔두면 위험하니까 루이젤드에게 호위를 부탁했다. 지금쯤 둘이서 모래사장이라도 보러 갔을지 모르겠다.

"어라…. 그러면 데이트 아냐?"

내 뇌리에 해변의 바위 그늘로 사라지는 두 사람의 모습이 떠올랐다.

아니, 아니아니, 설마. 지, 지지, 지, 진정하자.

저 에리스랑 저 루이젤드잖아?

그런 식의 이야기가 될 리가 없지. 애 보는 거야, 애 보는 거.

아얏! 하지만 루이젤드는 강하니까!

에리스는 루이젤드를 존경하는 모양이고! 최근 나는 완전히 개주인 취급이고!

아니, 아니…. 왜 이리 허둥거리는데.

휴우…. 괜찮겠죠, 루이젤드 씨? 옆에서 가로채지 말아요? 괜찮겠죠…? 돌아갔는데 묘하게 두 사람의 거리가 가깝다든가 하는 건 안 되니까요?

미, 믿고 있으니까!

…아무튼 나는 루이젤드와 싸울 때의 시뮬레이션을 시작했다.

근접전투로는 승산이 없었다.

일단 그를 이기고 싶다면 이마의 보석의 탐색범위 밖으로 나가야 한다. 그리고 그를 쓰러뜨리려면 물이다. 그는 해수욕을 방해했다. 그 대가를 치르게 하기 위해서라도 수공이다. 대량의 물을 만들어내서 그대로 바다까지 흘려보내고 디 엔드다. 죽을 때까지 표류시키자.

크크큭…. 아니, 착각하지 말아 줘. 루이젤드를 믿으니까.

하지만 뭐라고 할까. 으음, 그거지.

사랑은 전쟁이라고 하잖아?

뒷골목은 조용했다.

보통 뒷골목이라고 하면 불한당들이 어슬렁거리는 이미지가 있다. 실제로 나 같이 순수하고 앳되고 순진무구한 아이가 걷고 있으면 금방 인신매매범에게 찍힌다.

이 세계에서는 인신매매가 가장 대중적이고 돈이 되는 범죄행위 중 하나였다. 하지만 나를 유괴하려고 든다면, 두 손 두 발을

다 박살낸 뒤에 집을 알아내서 돈이 될 만한 것을 죄다 챙긴 뒤 관허에 제출해 주지.

그런 생각을 하는데 뒷골목에서 목소리가 들렸다.

"헤헤헤, 아가씨. 같이 가면 배부르게 먹여 줄게."

힐끔 엿봤더니 인상 더러운 남자가 벽가에 주저앉은 소녀의 손을 잡아당기고 있었다.

실로 알기 쉬운 구도였다.

선수필승. 나는 지팡이를 들고 프로복서의 잽 정도의 충격이 나도록 속도를 조정해서 스톤 캐논을 녀석의 등을 향해 쏘았다.

1년 동안 이런 힘 조절은 아주 능숙해졌다.

"으갸악!"

돌아본 순간 한 방 더. 이번에는 조금 더 세게.

"컥…!"

빠악 하는 멋진 소리가 나고 바위가 남자의 안면에 부딪쳐서 깨졌다.

남자는 비틀거리더니 주르륵 쓰러졌다.

죽진 않았겠지. 힘 조절은 제대로 된 모양이었다.

"괜찮아, 아가씨?"

나는 최대한 상큼한 얼굴을 하면서, 끌려갈 뻔한 소녀에게 손을 내밀었다.

"어, 어어…."

검은 가죽 계열의 아슬아슬한 패션을 한 어린아이였다.

무릎까지 오는 부츠, 가죽 계열의 핫팬츠, 가죽 계열 튜브탑.

푸르스름한 피부에 쇄골, 굴곡 없는 몸, 배꼽, 넓적다리.

그리고 결정타로 웨이브가 들어간 볼륨 있는 보라색 머리카락과 염소 같은 뿔.

한눈에 알았다.

서큐버스다. 그것도 로리 타입.

틀림없이 나보다 연하겠지.

이거 혹시 인신이 내게 주는 선물일지도 모르겠다. 그 녀석도 가끔은 싹싹한 짓을 하잖아.

…아니, 서큐버스는 아니지.

이 세계에서 서큐버스라는 종족은 마족으로 인식된다.

분명히 베가리트 대륙에 생식한다고 들었다. 파울로가 드물게 빠릿한 얼굴로 '우리 일족은 놈들에게 못 이긴다'라고 말했었다. 나도 분명 실제로 서큐버스와 만나면 손도 못 쓰고 당하겠지.

서큐버스는 그레이랫 가문의 천적이다.

뭐, 그건 그렇다고 치고. 시내에 마물은 없었다. 즉 그녀는 서큐버스가 아니다.

단순히 에로한 차림을 한 마족 아이다.

"오, 오오오…. 너, 너, 무슨 짓을…!"

소녀는 바들바들 떨고 있었다.

"이, 이 남자는, 이 남자는…!"

믿기지 않는다는 얼굴이었다.

무슨 짓을? 대체 무슨 짓을 저지른 거냐? 라는 얼굴이었다.

"아, 미안, 아는 사람이었어?"

그렇게 물으면서도 나는 고개를 갸웃거렸다.

중년 남자의 얼굴은 아는 아이에게 말을 거는 듯한 느낌이 아니었다. 뭐라고 할까, 흥분한 로리콤 중년 그 자체란 느낌이었다. 보라고, 이 벌건 얼굴. 기절했어도 풀어진 웃음. 이제부터 어린애를 집으로 데려가서 호화로운 요리와 따뜻한 잠자리를 제공해 주겠지만, 대신에 뜨거운 밤을 제공받겠다는 느낌이었다.

"이 남자는 배곯은 짐에게, 바, 밥을…."

어디에선가 꾸루루루룩 하는 소리가 났다.

땅울림 같은 소리였다. 그 소리가 끝남과 동시에 소녀는 무릎에서 힘이 빠진 듯이 풀썩 쓰러졌다.

"괘, 괜찮아?"

무심코 웅크려 앉아서 그녀를 부축했다.

모처럼 로리를 만질 수 있는 대의명분이었다. 놓칠 수 없지.

하지만 착각하진 마. 나는 인신의 명령으로 그녀를 구하러 왔다.

아까 중년 아저씨랑은 달라.

"끄…으으으…. 부활한 지 300년. 설마 이런 곳에서 쓰러질 줄이야…. 이 사실을 라플라스에게 알릴 수 없다…."

이상한 광대극이 시작되었다. 혹시 이 옷차림은 무슨 코스프레인가?

"이, 일단 이거 먹고 기운 좀 내."

나는 준비해 온 꼬치구이 세 개를 한꺼번에 소녀의 입에 쑤셔 넣었다.

"우우우우웁."

그렇게 쑤셔 넣은 순간 소녀는 눈을 확 치뜨고, 치뜬 채로 순식간에 꼬치구이를 먹어치웠다.

그리고 내 손에 있는 꼬치구이를 더 강탈. 꼬치는 열두 개가 남았지만 순식간에 열 개가 사라졌다.

"우, 우오오오! 맛있다! 1년 만의 밥은 맛있다!"

소녀가 기운을 냈다. 지면에서 등을 퉁기는 힘만으로 벌떡 일어나서 그대로 1회전하여 섰다. 의외로 신체능력은 높은 모양이었다.

"1년 만이라니, 아무리 그래도 너무 굶었잖아⋯."

무슨 거대 쥐며느리 같은 생물도 아니고⋯

"음? 아, 날짜를 헤아린 건 아니니까⋯. 하지만 그렇게 배가 고팠으니 대충 그 정도 되었겠지."

그래, 기껏해야 이틀 정도겠군.

"그렇긴 해도 살았다, 살았다! 이걸로 앞으로 1년은 버티겠지!"

소녀는 그제야 간신히 나와 시선을 맞추었다.

보라색과 녹색의 오드아이였다. 이것도 무슨 코스프레일까. 아니, 이 세계에 컬러 콘택트렌즈 같은 건 존재하지 않으니까 애초부터 이런 눈이겠지.

"음?"

소녀의 오른쪽 눈이 빙그르 돌았다. 그 순간 색채가 청색으로 바뀌었다.

기, 기분 나빠!

"우왓! 우왓! 뭐냐, 너! 엄청 기분 나쁘다! 뭐지 이건, 대체 뭐냐! 푸하하! 이런 건 처음 보았구나!"

소녀는 내 얼굴을 보고 그렇게 말하며 웃어댔다.

…어어, 물론 쇼크거든요?

얼굴을 보자마자 기분 나쁘다는 소리를 듣는 건 오래간만이니까. 하지만 나도 그녀를 기분 나쁘다고 생각했으니 이걸로 비긴 걸로 치자.

"그거냐? 뱃속에 있을 땐 쌍둥이였는데, 태어났을 때에 한쪽이 죽었다든가 했느냐?"

…뭐야? 무슨 소리지?

"아니, 그런 사실은 없는 것 같은데요."

"그런가?"

"예."

"하지만 그대의 마력량…. 라플라스보다 위구나."

뭐가 누구보다 위라고?

무슨 말을 하는 건지 잘 모르겠다.

눈도 그렇고 언동도 그렇고, 꽤나 이상한 애일지도 모르겠다.

"뭐, 좋아! 이름을 말해 봐라!"

"…루데우스 그레이랫입니다."

"좋아! 짐은 키시리카 키시리스! 사람들이 일컫기를 마! 계! 대! 제!"

허리에 손을 대고 다리를 떡 벌리며 가슴을 폈다.

갑자기 눈앞에 넓적다리가 나타났기에 무심코 핥았다.

냄새 나, 하지만 달콤해!

"으히힛! 무슨 짓이냐! 더럽다!"

소녀는 다리를 움츠리고 내가 핥은 곳을 쓱쓱 비비면서 노려보았다.

하지만, 그래, 알 것 같다.

마계대제 키시리카 키시리스의 이름은 나도 들은 적 있었다. 인마대전에서 마족을 이끌고 싸웠다가 간단히 대패한 불사신 마제다.

진짜일까? 나는 인신의 조언으로 여기에 왔다. 그녀가 진짜 마계대제일 가능성은 있었다.

하지만 진짜 마제가 이런 마대륙의 구석에서 배곯아 쓰러질까?

…아무리 그래도 그건 아니다.

그래, 마대륙의 어린애는 곧잘 이렇게 과거의 위인을 흉내내며 논다.

특히나 인기 많은 건 마신 라플라스다. 진실을 아는 나로서는 구역질 날 만한 인물이지만, 그 녀석은 인기가 많다. 전쟁에 졌다지만, 마대륙을 평정하고 마족에게 일정한 지위를 주고 평화를 주었다. 마족 사상 최고의 위인, 그렇게 일컬어진다.

아이들이 흉내내는 것은 라플라스의 이야기다. 특히나 불사신의 마왕과 싸울 때의 에피소드는 웬포트에 오는 동안 몇 번이나 보았다. 마계대제 키시리카도 위인이라면 위인이지만, 너무 오래된 탓인지 흉내내며 노는 모습을 본 적이 없었다.

이 아이는 분명 마계대제의 열렬한 팬이지만 같이 놀아 줄 친구가 없어서 뒷골목에 혼자 있었겠지. 그렇게 생각하는 편이 스마트했다.

흠. 외톨이는 쓸쓸하지. 어쩔 수 없지, 조금 놀아 줄까.

"우, 우왓! 이런 실례를! 폐하!"

나는 과장스럽게 고개를 조아리며 한쪽 무릎을 꿇고 신하의 예를 표했다.

"오? 오오오오! 좋구나, 좋아! 그런 반응을 기다리고 있었다! 요즘 젊은 것들은 예의를 모르니까!"

기쁜 듯이 고개를 끄덕이는 키시리카.

응, 응, 그렇지. 역시 놀아 줄 상대가 필요했구나.

"설마 부활하신 줄 몰라서 무례한 태도를 취한 것을 용서해 주십시오."

"됐다. 너는 짐의 목숨을 구해주었다. 뭐든지 소원을 하나 말해 보도록 하여라."

목숨이라니, 배가 고프다길래 먹을 걸 줬을 뿐입니다만.

"어어…. 그럼 엄청난 부를."

"멍청한 놈! 보다시피 빈털터리다!"

뭐든지라고 했잖아…. 아니, 그런 설정인가.

돈을 달라고 했지만 돈이 없다고 받아치는 에피소드가 있는지도 모른다.

"…그럼 세계의 절반을 주십시오."

"뭐! 세계의 절반이라고! 그거 크구나! 하지만 어중간해. 왜 절반이지?"

"아, 남자는 필요 없으니까."

어차, 이런. 무심코 본심이 나왔다. 꼬맹이한테 말할 만한 내용이 아니지.

"그런가, 흐음. 어린 주제에 호색한 놈이로고. 하지만 미안하다. 사실은 짐도 세계를 차지한 적이 없다…."

뭐, 키시리카가 지휘한 전쟁은 모두 마족의 패배로 끝났고.

"그럼 그냥 몸이면 됩니다. 몸으로 갚아 주세요."

"오오? 몸이냐? 그 나이에 그렇게까지 호색하다니, 장래가 걱정되는구나."

농담이라고 말하려는데 키시리카가 핫팬츠에 스윽 손을 댔다.

"참나, 어쩔 수 없군. 이번 부활에서는 처음이니까 부드럽게 하거라?"

키시리카는 얼굴을 붉히며 핫팬츠를 천천히 내리기 시작했다.

어? 진짜로? 농담으로 한 말이었는데.

아니, 하지만 이제 와서 농담이라고 할 수 없는 분위기. 여기선 얌전히 로리 스트립을 감상한 뒤에 폐하의 몸을 안을 순 없다 운운하면서 완곡하게 사양하는 게 도리겠지.

"어차, 이런."

하지만 키시리카는 멈췄다. 멈추지 마, 조금만 더 있으면 보일 것 같은데.

"이번에는 이미 피앙세가 있었지. 미안하지만, 이쪽은 안 된다."

내려가던 핫팬츠가 도로 올라갔다. 남자의 순정이 짓밟힌 기분이었다.

그건 그렇고 돈도 안 된다, 세계도 안 된다, 몸도 안 된다.

"…그럼 뭐가 가능합니까?"

"멍청한 놈, 마계대제 키시리카가 하사하는 거라면 당연히 마안魔眼이지."

그런 건가.

아무래도 이 세계의 영웅담에 대해선 둔하니까.

그러고 보면 길레느의 눈도 마안이었나?

하지만 마안이라.

"마안이란 건 상대의 죽음의 선이 보여서 거기를 자르면 확실하게 죽일 수 있다는…."

"무섭다! 뭐냐, 그건! 그렇게 무서운 건 없다!"

아닌 모양이다. 그럼 내가 아는 마안이라면 본 상대를 돌로 만드는 정도였다.

눈에서 빔이 나가는 쪽이라든가, 레이저가 나가는 쪽은 마안에 들어가지 않겠지.

"그런 위험한 걸 원하다니…. 뭐냐, 그대는 누구에게 원한이라도 있느냐?"

"아뇨, 별로."

"복수는 아무것도 낳지 않는다. 짐도 두 번 죽었지만, 지금은 죽인 상대를 원망하지 않는다. 남을 원망하면 그 원한은 연쇄된다. 그렇게 일어난 것이 인마대전이니까."

로리에게 설교를 들었다.

뭐, 분명히 어느 세계의 흡혈귀를 분석할 마음은 없으니까 됐지만.

"그보다 마안에 대해서 잘 모릅니다. 어떤 것이 있습니까?"

"흠. 짐도 갓 부활해서 대단한 눈은 가지고 있지 않지만, 마력안, 식별안, 투시안, 천리안, 예견안, 흡마안…. 이 정도일까."

이름만 들어도 말이지.

"각각의 설명을 들을 수 있겠습니까?"

"음? 모르는 게냐? 정말이지 요즘 젊은 것들은 공부를 싫어해서 큰일이야…."

그렇게 말하면서도 키시리카는 차근차근 설명해 주었다.

"일단 마력안. 마력을 직접 볼 수 있는 눈이다. 가장 대중적이지. 1만 명에 한 명 정도가 가지고 있다."

"호오. 가장 인기 있는 거로군요."

"식별안. 눈으로 보면 그 물체에 대해 자세히 알 수 있다. 다만 짐이 아는 것뿐이다. 짐이 모르는 건 모른다고 나온다."

"과연, 사전인가요."

"투시안. 눈으로 보면 벽 같은 것을 투시할 수 있다. 생물과 마력이 진한 부분은 투시할 수 없다. 여자의 알몸을 마음대로 볼 수 있지. 호색한 그대에게는 딱 맞겠군."

"뼈만 보이는 게 아니라면 가슴이 뜁니다."

"천리안. 먼 곳을 볼 수 있다. 핀트를 맞추는 게 어렵지만. 볼 수 있다 뿐이지, 손을 쓸 수는 없으니까 별로 추천하지 않는다."

"촉각이 있어야 시각도 도움이 되는 거로군요."

"예견안. 한순간 뒤의 미래가 보이는 눈이다. 이것도 핀트를 맞추기가 어렵지. 하지만 추천한다."

"미래를 바라본다면 기업이 탐낼 것 같네요."

"흡마안. 마력을 빨아들이는 눈이다. 자신이 쓴 마술도 흡수하니까 별로 추천하지 않는다."

"하지만 인간 영구기관이 가능하겠군요."

키시리카는 마안에 대해 해박했다.

어디서 이런 걸 배웠을까. 부모님이 그런 쪽에 밝은 사람일까. 어쩌면 마안대전 같은 책이 있을지도 모르겠다.

"그럼 두 개 받아서 양쪽을 다 마안으로 할까요."

"느닷없이 두 개라. 그대, 보기와 달리 욕심이 많구나…."

"자, 고기를 하나 더 드리죠."

마지막 꼬치 두 개를 내밀자 키시리카는 활짝 웃으면서 받았다.

"와아~. …냠냠. 하지만 두 개 주는 건 좋지만 추천할 순 없군."

"어째서입니까?"

"평소에 세상을 보기 어렵기 때문이지. 보통은 시야를 가리는 안대를 하는 법이다. 양쪽을 다 가리면 활동할 수 없지."

"아, 그러고 보면 아는 사람 하나가 그랬지요."

나의 검술 스승도 그랬다. 그 안의 눈이 망가진 것도 아니었으니, 역시 그것도 마안이었겠지.

"수백 년이나 산 자는 제어할 수 있을지도 모르지만, 그대 같은 어린애가 갑자기 두 개나 손에 넣으면 정신이 나갈 거다."

정신이 나간다…. 역시나 뇌에 부담이 가는 걸까. 무섭다.

"그럼 두 개는 그만두지요."

"그게 좋다. 어쩌겠느냐? 짐이 추천하는 건 예견안인데…."

마안이라. 혹시 손에 넣을 수 있으면 어느 쪽이 좋을까.

마력안은 조금 아깝군. 의외로 보이면 편리할지도 모르지만, 가진 사람이 제법 있다고 하고. 받을 거면 더 프리미엄이 있는 게 좋다.

식별안도 별로 필요 없군. 뭔지 몰라서 곤란한 적은 없었다. 게다가 마계대제가 모르는 것은 알 수 없다는 모양이다. 중요한 상황에서 못 써먹을 거라고 예상되었다.

투시도 별로 필요 없군. 제어할 수 있을 때까지 루이젤드의 알몸도 눈에 들어올 것 같았다.

천리안은 있으면 편리할지도 모르겠어. 하지만 지금으로선 필요하다 싶은 적이 없었다. 지금 당장 받으면 루이젤드와 에리스의 상황을 알 수 있겠지만, 어차피 에리스가 누군가에게 포효하고 루이젤드가 그걸 막는 광경이 보일 뿐이겠지.

예견안이라. 그래, 분명히 추천할 만했다. 현재 나는 근접전투에서 에리스에게도 루이젤드에게도 못 이긴다. 이 세계의 생물은 빠르니까. 한순간 뒤의 미래가 보인다는 건 내게 커다란 어드밴티지가 된다.

흡마안은 논외다. 마술사인 내 어드밴티지를 죽이게 된다.

하지만 이런 마력이 있다는 걸 알게 되어서 다행이다. 갑자기 모든 능력이 무효화되어서 허둥거리는 꼴이 될 수 있었다.

진지하게 생각했지만 어느 것이고 쓰기 나름이겠지.

뭐, 아무래도 좋나. 어차피 장난이고.

"그럼 추천하시는 예견안으로."

"괜찮겠느냐? 여태까지 짐이 추천해도 대부분은 다른 걸 골랐다. 한순간 뒤가 보인다고 뭐에 써먹겠냐고 말이지."

"1초 뒤가 보이면 세계를 제패할 수도 있습니다."

하지만 이 세계의 검사는 빠르다. 1초 뒤가 보여도 이길 수 없을지도 모른다.

빛의 검도 있고.

"투시안이 아니라도 되겠느냐? 여자 알몸을 마음껏 볼 수 있는데?"

이 꼬맹이는 뭘 모르는군. 분명히 길 가는 미녀, 미소녀의 알몸을 본다면 흥분하겠지.

하지만 그것뿐이다. 금방 질린다. 벗기는 과정이나 벗은 순간을 상상하는 것도 즐기는 방법이다. 옷 위에 떠오른 굴곡은 옷을 입지 않으면 즐길 수 없잖아?

"그런가, 그런가. 그럼 잠깐 얼굴 좀 내밀어 봐라."

"예."

"자, 푸욱."

키시리카는 갑자기 내 오른쪽 눈에 손가락을 찔렀다.

격통이 일었다.

"끄아아아아아!!!!"

무심코 뒤쪽으로 도망치려고 했다. 하지만 키시리카에게 머리칼을 붙잡히는 바람에 도망칠 수 없었다.

의외로 힘이 셌다.

아파, 아파, 아파, 아파!

"끄아아아아! 무, 무슨 짓이야, 이 꼬맹이!"

"시끄럽구나, 남자 아니냐. 조금은 참아 봐라."

그녀는 안구를 마구 후비더니 잠시 뒤에 쑤욱 빼냈다.

—확실하게 실명했다.

"예견안의 색깔은 그대의 색채와 다소 다르지만, 멀리서는 모르겠지."

"멍청아! 장난이라도 해도 되는 것과 안 되는 게 있어!"

"짐은 마계대제이니라. 장난으로 마안을 준다고는 하지 않는다."

제길, 내 눈이, 눈이… 으아아아아아아— 어라?

보인다. 사물이 이중으로 보인다…?

뭐야, 이거. 기분 나빠.

"마력을 얼마나 넣느냐에 따라서 한없이 희미해질 수도 있다. 뭐, 열심히 노력해서 수행하거라."

"어? 뭐야? 무슨 소리야?"

"그대의 노력에 달렸다."

혼란에 빠진 나를 키시리카는 만족스럽게 바라보았다. 끄덕이는 동작에 잔상이 남았다. 하지만 잔상이라고 하기에는 그림자 쪽도 진했다. 뭐야, 이거?

"좋아, 잘 보이는 게로군. 그럼 짐은 슬슬 가마. 바디가디를 찾아야 하니까. 밥은 고마웠다."

키시리카는 그렇게 말하고 지붕 위로 훌쩍 뛰어올랐다.

"그럼 작별이다, 루데우스! 또 곤란한 일이 있거든 짐에게 부탁하거라! 아하하하하! 아하하하! 아하하하하하쿨록콜록…"

도플러 효과를 남기며 웃음소리가 멀어졌다.

나는 그걸 그저 멍하니 들었다.

"어? …진짜야?"

이렇게 나는 '예견안'을 손에 넣었다.

## 제3화  엇갈림·후편

마안.

갑자기 이런 걸 받았으니 보통은 놀라겠지. 왜 마계대제가 그런 곳에 있고, 왜 내게 이런 걸 주었을까.

편의주의적인 전개라서 내 머리로는 아무래도 쫓아갈 수 없었다.

하지만 나는 신의 말대로 움직였다. 이 전개는 놈이 생각한 대로인 것이다. 그렇게 생각하니 지금 당장 이 눈을 후벼내서 짓밟고 싶었다. 아플 것 같고 무서우니까 안 하겠지만.

아무튼 돌아가려다가 나는 내 어리석음을 저주했다.

길을 걷는 사람이 이중으로 보였다. 한쪽은 미래의 모습이고 한쪽은 실체. 알고는 있어도 사람의 움직임이란 불규칙했다.

나는 눈대중이 어긋나서 사람과 부딪쳤다.

"칫! 어딜 보고 걷는 거야!"

딱 보기에도 성격 더러워 보이는 깡패였다.

멋진 턱수염에 흉터 있는 얼굴. 모험가란 느낌이 아니라 길가에 자리를 잡은 진드기 같은 얼굴이었다.

"아, 죄송합니다. 눈이 안 좋아서."

"눈이 안 좋아? 그럼 가장자리로 걸어! 알겠냐, 이 근방에서는 눈이 안 좋은 녀석, 귀가 안 좋은 녀석은 더 미안한 얼굴을 하고 걷는 거야!"

시비를 걸어 왔다. 공갈은 무섭지만, 딱히 그렇게 화내는 것도 아니라는 건 알겠다. 조금 기분이 나쁠 뿐이었다.

"다음부터 조심하겠습니다."

"그래, 조심해!"

별로 얽히고 싶지 않아서 여기선 고분고분하게 나가서 패스.

깡패는 침을 내뱉더니 가 버렸다.

"칫…. 아, 그렇지. 뭣 좀 물어보겠는데, 이 근처에서 주정뱅이 바보 못 봤냐? 어제부터 안 돌아오는데."

그러면서 깡패가 뒤를 돌아보는 순간에 보였다.

'깡패의 머리에 화분이 직격한다.'

그 순간이었다.

나는 오른손에 마력을 넣어서 바람 마술을 발동, 깡패의 몸을 날려 버렸다.

"쿠악!"

깡패는 빙그르 돌면서 지면에 부딪쳤지만, 곧바로 낙법을 치고 일어서서 순식간에 검을 뽑더니 내게 들이댔다.

"이 자식, 무슨 짓…."

그때 쨍그랑 소리를 내며 화분이 떨어졌다.

나와 깡패, 둘이서 나란히 위쪽을 올려다보았다.

거기에는 놀라서 멍한 얼굴의 중년 여성이 있었다.

"죄, 죄송합니다. 괜찮은가요?"

"아, 예. 괜찮습니다."

일단 그렇게 대답해 주자, 여성은 집 안쪽으로 들어갔다.

깡패는 자기 위치와 나와 화분을 교대로 보고 꿀꺽 침을 삼켰다.

"…어어, 주정뱅이라면 뒷골목에 쓰러져 있었어요. 누구랑 싸우기라도 한 걸까요? 그럼 전 이만."

나는 재빨리 그렇게 말하고는 그 자리를 뒤로 했다. 저런 깡패와 더 얽히는 건 사양이니까.

아무튼 이 마안, 역시 써먹을 길이 있을 것 같다.

이런 데서 일일이 사고를 일으켜도 재미없겠고, 서둘러 제대로 써먹을 수 있도록 하는 편이 낫겠지.

숙소로 돌아왔다.

마계대제와 만났다고 말하자 두 사람은 크게 놀랐다.

"마계대제라. 부활했다니."

루이젤드가 놀라는 걸 보면 꽤나 진기한 일인 모양이었다.

"설마 갑자기 마안을 받을 거라곤 생각도 못 했습니다."

"마안을 주는 건 마계대제의 능력이다."

마계대제 키시리카 키시리스.

부활의 마제. 또 다른 이름은 마안의 마제. 그 전투력은 대단하지 않지만, 열두 개의 마안을 체내에 가졌으며 모든 것을 꿰뚫어볼 수 있다고 했다.

그중에서도 가장 무서운 것은 남의 눈을 마안으로 바꾸는 그 능력이었다. 이것 덕분에 키시리카는 모든 부하에게 마안을 주고 마족을 통솔할 만한 힘을 손에 넣을 수 있었다.

강해지고 싶다는 이유로 키시리카의 부하가 되는 마족도 있을 정도였다.

"왜 여기에 있었을까요?"

"글쎄. 마왕이나 마제의 생각은 나로선 모르겠다."

루이젤드는 그렇게 말하고 어깨를 으쓱였다.

그렇지. 너는 오래 섬긴 마신의 참뜻도 몰랐으니까.

그렇게 말했다간 진짜로 풀 죽을 것 같으니까 말하진 않았다.

에리스를 보자면 마계대제라는 단어에 눈을 반짝였다.

"대단하네. 나도 만나 보고 싶어!"

"만나 보고 싶나요?"

에리스와 키시리카. 두 사람을 만나게 하면 무슨 대화를 할까. 나도 조금 흥미가 생겼다.

의외로 마음이 맞지 않을까?

"아직도 시내에 있을까?"

"글쎄요…."

의외로 내일 또 뒷골목에 가면 배곯아 쓰러져 있을지도 모른다.

그런 흔해빠진 전개가 될 듯한 분위기였다…. 아니, 아무래도 그건 아니겠지.

누군가를 찾는 느낌이었고, 분명 여행을 떠났겠지. 원환의 이치나 그런 것에 이끌려서.

"아무래도 이미 여기에는 없지 않을까요?"

"그래, 아쉽네."

그렇게 말하면서도 에리스는 내일이라도 뒷골목에 보러 가겠지.

"그런 느낌이니까 저는 여기 남아 있겠습니다. 두 사람은 자유롭게 행동해 주세요."

둘은 각기 고개를 끄덕였다.

마안을 제어하는 데에 1주일이 걸렸다.

결론부터 말하자면 그렇게 어렵지 않았다.

마력으로 마안을 제어했다. 그것은 무영창으로 마술을 쓸 때와 비슷했다. 여태까지 몇 번이나 해 온 일이었다. 어떤 식으로 **보이는가**를 마력으로 컨트롤하는 것이다.

처음에는 허둥거렸지만, 핀트가 두 개 있다는 것을 깨달은 뒤
로는 금방이었다.

두 개의 핀트 중 하나는 진함.

야겜의 대화 윈도우 같은 느낌이었다. 처음에는 진함이 최대
치라서 모든 것이 이중으로 보인다.

이걸 최대한 흐리게 한다.

눈 안쪽의 마력을 조절하면 미래가 흐려지고 현재가 보인다.
평소에도 보이게 놔두는 편이 편리할 것 같기에, 신경 쓰이지 않
을 정도로 흐리게 만든 뒤에 거기서 스톱.

이 상태를 유지한다. 조금 마음을 놓으면 그 진한 정도가 변
했다.

안정되기까지 사흘 걸렸다.

또 하나는 길이, 혹은 거리일까.

보이는 미래의 거리는 눈앞에 마력을 담는 것으로 조절할 수
있었다. 결과적으로 가장 길면 약 1초라는 게 판명되었다.

물론 마력을 담으면 2초 이상의 미래도 보였다.

보이긴 하지만 어긋났다. 두 개나 세 개로 겹쳐 보였다. 미래
는 항상 변화한다는 거겠지.

마력을 담으면 3초, 4초 뒤의 미래가 보였지만, 5초의 미래가
되면 몇 겹으로 겹쳐서 두통이 일었다. 그만큼 미래의 숫자는
많다는 소리다. 그리고 너무 먼 미래로 핀트를 맞추려고 하면 머
리에 부담이 오는 모양이다. 키시리카도 마안을 두 개 입수하면

폐인이 된다는 식으로 말했다.

어쩌면 그녀가 그렇게 맛간 느낌인 것도 마안의 영향일지 모르겠다.

아무튼 안전하게 쓸 수 있는 건 1초였다.

이걸 알기까지 또 사흘.

두 개를 동시에 조정할 수 있게 되기까지 또 하루.

도합 7일 걸려서 나는 예견안을 그럭저럭 다루는 데에 성공했다.

자, 내가 눈에 힘을 실어서 '진정해라, 나의 예견안!'이라고 말하는 동안, 에리스와 루이젤드는 매일 둘이서 어딘가에 나갔다.

에리스는 매일 땀에 젖고, 루이젤드는 평소처럼 차분한 얼굴로, 하지만 살짝 땀을 흘리며 돌아왔다.

둘이서 땀을 흘릴 만한 일을 했다.

그것도 매일!

"저기, 참고삼아 물어보고 싶은데, 둘이서 뭘 하는 건가요?"

그러자 에리스는 쥐어짠 천으로 땀을 닦으면서 대답했다.

"흐흥, 비밀이야!"

실로 기쁜 듯한 얼굴이었다. 비밀로 비밀인 일을 하는 걸까. 나이스 샷으로 홀인원인 걸까. 나는 에리스의 땀이 밴 천을 쿵

쿵할 수밖에 없는 걸까.

아니, 별로 불안하게 생각하지 않지만.

어차피 어디서 둘이 훈련이라도 했겠지.

저렇게 보여도 에리스는 남몰래 노력하는 아이다. 피트아령에 있을 무렵에도 휴일에는 종종 길레느와 훈련을 했다. 뭘 하냐고 물으면 이번처럼 의기양양한 얼굴로 '비밀!'이라고 대답했다.

그럼 이번도 그거겠지.


그 날 밤, 서른네 살 정도의 니트족 같은 녀석이 내 뺨을 꾹꾹 찌르면서 귓가에 '오늘부터 네 별명은 패, 배, 자.'라고 말하는 꿈을 꾸었다.

아마 인신의 짓이라고 생각했다.

그놈은 괜찮은 짓을 하는 법이 없다.

1주일 뒤 마안 조절이 다 되었다고 보고.

그러자 루이젤드에게 '그럼 에리스와 대련을 해 봐라'라는 제안이 있었다.

전투에 얼마나 도움이 되는지 확인하는 걸까, 아니면 훈련의 성과를 보는 걸까.

양쪽을 겸하여서 일거양득이기 때문에 나는 흔쾌히 승낙했다.

모래사장으로 이동. 루이젤드의 입회하에 거기서 주운 나무 몽둥이를 들고 마주보았다.

"마안이란 걸 손에 넣었다고 나한테 이길 수 있을까?"

오늘 에리스는 평소보다 더 자신만만했다.

분명 1주일 동안 뭔가를 붙잡았겠지.

지키고 싶다, 이 자신만만한 얼굴.

"져도 괜찮아요. 전투 중에 어느 정도 보이는지 알아두고 싶을 뿐이니까요."

그렇긴 해도 오늘은 마술을 빼고 싸우기로 했다.

이것도 성과를 보고 싶다. 1초 앞이 보이도록 설정한 마안만으로 싸워 보자.

"흐응, 루데우스다운 말인데⋯."

에리스의 말 도중에 비전이 보였다.

'에리스가 갑자기 왼주먹으로 공격한다.'

예견안이 없으면 반응할 수 없었겠지.

그녀는 선제공격에 천부적인 재능을 가졌다.

"하압!"

"에잇."

확실히 보고서 카운터로 에리스의 머리를 옆에서 때렸다.

다음 비전.

'에리스는 겁먹지 않고 연속공격을 한다. 오른손의 몽둥이.'

이것이 에리스의 강점이다. 아무리 공격을 받아도 결코 움츠러들지 않고 다음 공격을 한다. 다리도 확실히 단련되었기 때문에 다소의 공격으로는 둔해지지 않고, 오히려 대미지를 받으면 받을수록 분노도가 올라가서 공격성이 늘어난다.

"타앗!"

"예입."

세게 손목을 때렸다. 에리스는 나무몽둥이를 떨어뜨렸다. 평소의 나라면 이걸로 승부가 났다고 생각했을지도 모른다. 적어도 길레느의 밑에서 수행했을 무렵에는 검을 떨어뜨린 시점에서 패배였다. 하지만 비전은 그렇지 않았다.

'에리스는 이미 다음 예비동작에 들어갔다.'

즉 이건 페인트의 일종이다.

검을 떨어뜨려서 내 방심을 유발했다.

'내 턱을 왼주먹으로 펀치.'

에리스의 장기는 보레아스 펀치.

일부러 검을 떨어뜨려서 방심하게 하고, 평소처럼 육탄전 연계로 몰고 가는 것이다.

"…읏!"

"다리가 비었어요."

다리를 후려서 넘어뜨렸다. 주먹은 허공을 가르고 에리스는 지면에 쓰러졌다.

하지만 아직 포기하지 않은 모양이었다.

'지면에 손을 짚고 반동과 원심력을 이용해서 몸을 젖히면서 내 오른다리를 물어뜯는다.'

"어차."

나는 다리를 빼는 동시에 무릎을 꿇고 에리스의 위에 올라타 듯이 움직임을 막았다.

무리한 자세에서 물어뜯으려던 에리스의 몸은 비틀렸다. 한쪽 팔은 내 밑에, 한쪽 다리는 접혀서 엉덩이 밑으로 들어갔다. 이 이상 뭘 할까 싶었는데 버둥버둥 날뛸 뿐이었다.

"거기까지."

심판의 목소리가 들렸다.

에리스가 추욱 힘을 잃었다.

이겼다…. 이겼나.

근접전에서 처음으로 에리스에게 이겼다. 마술 없이.

"완패야…"

에리스는 어쩐 일인지 시원스러운 얼굴로 나를 올려다보았다.

다리를 치우자, 에리스는 천천히 일어나서 툭툭 흙먼지를 털 었다.

'덤벼든다.'

주먹을 받아내자, 에리스의 얼굴이 순식간에 퉁명스러워졌다.

"…돌아갈래!"

에리스는 큰 소리로 그렇게 말하더니 그대로 어깨를 떨면서 숙소로 돌아갔다.

화나게 했나…?

아니, 아니다. 자신감을 상실한 거겠지.

여태까지 간단히 이긴 상대. 그게 갑자기 강해졌다. 나라면 질투하겠지.

"에리스는 아직 어린애다."

루이젤드가 에리스를 지켜보며 그렇게 말했다.

"나이가 나이니까요."

그렇게 말하자 루이젤드는 돌아보았다.

내 눈을 보고 끄덕였다.

"좋은 연계였다."

"마안이 있으면 누구든 할 수 있어요."

다소 단련한 것도 있지만, 이 세계에는 나 정도의 신체능력을 가진 사람이 많이 있다. 마안만 손에 넣으면 누구든 그 정도 할 수 있겠지.

"마안이란 것은 받았다고 바로 마음대로 쓸 수 있는 것이 아니다."

"그런가요?"

"예전에 스펠드족 전사단에도 마안을 가진 이가 있었는데, 항상 안대를 하고 다녔고 죽을 때까지 제어할 수 없었지. 1주일 만에 제어한 너는 이상한 축이다."

그런가. 그렇군. 그렇군, 그래.

뭐, 나도 마력제어 쪽으로는 꽤 노력했다. 1주일 만에 다룰 수 있게 되었으니까. 그래, 그렇구나, 나만큼 빨리 제어한 사람은 없습니까. 우후후.

"혹시 지금이라면 루이젤드 씨에게도 이길 수 있다든가?"

"마술을 쓴다면."

"근접전으로는?"

"해 볼 테냐?"

나는 그 말에 응했다. 분명히 말해서 자기 깜냥을 잊었다.

"부탁하겠습니다."

루이젤드가 창을 옆에 내려놓고 맨손으로 자세를 취했다.

들개를 상대로 도구는 필요 없다는 걸까.

"뭣하면 너는 마술을 써도 좋다."

"아뇨⋯. 모처럼이니까 맨손으로."

말이 끝나기 전에 비전이 보였다.

'루이젤드의 손바닥치기가 내 눈앞을 향해 날아온다.'

보였다.

루이젤드의 움직임도 보였다. 대처할 수 있었다.

"어차!"

그 공격을 받아내려고 손을 뻗었다.

'내 손이 붙잡힌다.'

비전이 보여서 무심코 손을 거두었다.

그 순간 비전이 겹쳤다.

'루이젤드의 주먹이 내 얼굴을 때린다.'

두 개의 비전이 떠올랐다. 즉 두 개의 미래였다.

팔을 붙잡은 루이젤드와 안면에 주먹을 꽂는 루이젤드.

거의 겹쳤지만 아주 조금 어긋난 미래.

뭐지? 1초면 어긋날 리 없을 텐데? 의문스럽게 생각한 시간도 1초였다.

"우오옷!"

몸을 틀어서 간신히 회피했다.

'루이젤드의 주먹이 내 안면을 향해 날아온다.'

그 주먹은 보였다. 분명히 보였다. 하지만 난 자세가 무너진 상태였다.

루이젤드의 다음 공격이 보여도 회피행동으로 들어갈 수 없었다.

"푸핫!"

루이젤드의 주먹은 내 코끝에 닿았고… 그대로 때렸다. 나는 뒤통수부터 모래사장에 쓰러져서 그대로 1회전. 엎드린 모습으로 쓰러졌다.

얼굴이 함몰되는 줄 알았다.

얼굴을 만져서 확인. 괜찮을까? 나의 아름다운 얼굴은 수라장이 되지 않았을까. 나는 급식당번인 다섯 살짜리 애처럼 된 게 아닐까?

"끝인가?"

그 말에 나는 패배를 깨달았다.

"예, 졌습니다."

처음에 비전이 보였을 때에는 이길 수 있다고 생각했는데, 그렇게 쉽게 되지 않는 모양이다.

"하지만 이걸로 알았겠지?"

나는 루이젤드가 뻗은 손을 잡고 일어섰다.

"모르겠습니다. 갑자기 미래가 흔들렸어요. 뭘 한 건가요?"

"네가 뭘 봤는지는 모르지만…. 네가 손으로 방어하면 붙잡고, 안 그러면 때린다. 내가 생각한 건 그것뿐이다."

즉 이런 소린가.

내 움직임마저도 예측하면 대처할 수 있다. 기본실력에 차이가 있으니까 내가 1초 앞이 보여도 의미가 없다. 장기로 말하자면 상대의 다음 수가 보였다고 해도 초보가 명인에게 이길 수 없다는 걸까.

이 세계의 주민은 이상하게 능력이 높다. 루이젤드와 비슷한 움직임을 할 수 있는 녀석도 많겠지.

"물론 나는 전에 같은 마안을 가진 상대와 싸운 적이 있다. 그 이후로 항상 그걸 상정한 전투를 하고 있지. 경험의 차이다."

"그런가요."

루이젤드는 경험으로 마안에 대처했다.

어쩌면 이 세계의 검술에는 마안에 대한 대처법이나 대항하는 기술이 있을지도 모른다.

예를 들어서 검신류의 '빛의 검' 같은 건 보여도 피할 수 있을 것 같지가 않았다.

"깜냥을 조금 잊었던 모양이에요."

게다가 마안의 약점이란 예전부터 뻔했다.

예를 들어서 눈을 막는다든가, 거울방패를 이용한다든가, 뒤에서 공격한다든가, 암흑 속에서 싸운다든가.

하지만 그것들을 제쳐두더라도 역시 마안의 힘은 매력적이었다.

에리스에게 이겼으니까. 앞으로 마안의 활용법을 생각하니 가슴이 뛰었다.

에리스의 움직임은 완전히 보였다. 여태까지 보이지 않았던 움직임이 보였다.

즉, 더 응용하면 루이젤드의 움직임도 보일 것이다.

그때 내 안에서 대머리에 선글라스를 낀 선인이 뿅 하고 나타났다.

'간신히 맞지 않고 성장을 확인할 수 있구나!'

과연, 고맙습니다. 가슴 선인.

음. 앞으로의 마안의 활용법을 생각하니 가슴이 뛰는구나!

우쭐한 마음으로 숙소에 돌아오자, 에리스가 침대 위에서 다리를 껴안고 있었다.

그렇지, 잊고 있었다.

그녀는 풀 죽은 상태였다. 아무튼 내 안의 선인은 거북이를 타고 어딘가로 사라졌다.

"저기, 에리스?"

"왜?"

그 뒤에 루이젤드에게서 둘이서 1주일 동안 뭘 했는지 들었다.

역시 훈련이었던 모양이다. 물론 야한 훈련이 아니었다. 강해지기 위해 하루 종일 검 수행을 하였다. 그리고 훈련 결과 에리스는 루이젤드에게 한 판 따내는 것에 성공했다는 모양이었다.

루이젤드에게서 한 판.

보통 일이 아니다. 나라면 평생 불가능할 것 같았다.

루이젤드의 말로는, 그래서 조금 우쭐해진 것 같기에 나를 써서 머리를 식히게 했다는 모양이었다.


이럴 수가. 전사인 척하는 저 로리콤 녀석은 자기 미스를 나더러 처리시켰다.

하지만 결과는 확실했던 모양이다. 평소에는 지던 루이젤드에게 한 판 따내서 끝없이 높아졌던 코는, 평소에 이기던 내게 완패하면서 사정없이 꺾였다.

하지만, 하지만. 하지만 말이다.

그건 별로 좋지 않다.

'나도 조금은 감을 잡기 시작했나?'

그렇게 생각할 무렵에 **진실을 깨닫게 될 때**의 느낌은 나도 잘 안다.

여태까지 해 온 것이 부정당한 듯한, 견딜 수 없는 마음이 들었다.

분명히 머리는 식을지도 모른다. 큰 실패는 안 할지도 모른다.

하지만 아마 지금 에리스는 한창 성장기일 것이다.

그렇게 머리를 찍어누르는 방식은 좋지 않다고 생각한다. 쑥쑥 기세를 타고 쑥쑥 성장해야 한다. 그리고 한껏 성장했을 때 단점을 지적해서 수정한다.

"에리스는 분명히 강해졌어요."

"그렇게 위로 안 해도 돼. 루데우스한테 못 이기는 정도는 알아."

입술을 삐죽거리며 토라지는 에리스.

으음, 뭐라고 말하면 좋을까. 이럴 때를 위한 대사는 알아둔 게 없었다.

루이젤드는 방에 돌아오지 않았다. 녀석이 콧대를 높여놨으니까 뒤처리도 해야 하는 거 아닌가? 내가 꺾은 콧대지만.

하지만 여기서 잘만 위로하면 호감도 상승이 틀림없다.

에리스는 내게 홀딱 반해서 러브러브 댄스에 어른의 치크타임이다.

루이젤드도 분명 그런 걸 상정하고 단둘이 있게 해 준 것이다.

"자신감을 잃지 말아요. 루이젤드한테 한 판 따냈다고 들었어요. 대단하잖아요."

그렇게 말하면서 옆에 앉았다.

그러자 에리스는 내게 체중을 기대왔다.

희미하게 땀 냄새가 났다. 좋은 냄새였다. 하지만 아직은 참자. 여기선 신사적으로….

"루데우스는 비겁해. 혼자서 마안 같은 걸 손에 넣고. 나는 열심히 애썼는데…"

나는 몸이 굳었다. 순식간에 머리가 식었다. 내 안의 늑대가 꼬리를 말고 도망쳤다.

아무런 대답도 할 수 없었다.

"……."

나는 왜 그리 잘난 척하고 있었을까.

그래, 비겁, 비겁하다.

마안은 결코 내가 노력해서 손에 넣은 힘이 아니다. 굴러 들어온 것처럼 손에 넣은 힘이다. 내가 한 것은 음식을 사서 뒷골목을 걸어다녔던 것뿐이었다.

분명히 그 뒤 조정에는 1주일 걸렸다.

하지만 그것뿐이었다. 아무런 노력도 하지 않았다. 그런 힘으로 1주일 동안 땀흘려가며 노력한 에리스에게 이겨서 뭘 그리 기뻐했을까.

"미안해요."

"사과하지 마…."

"……."

그 뒤로 에리스는 계속 말이 없었다.

하지만 결코 내게서 떨어지지 않았다. 평소의 나라면 에리스의 체온이나 향기에 두근거렸겠지. 하지만 그런 마음은 들지 않았다.

그저 멋쩍을 뿐이었다. 에리스의 높은 체온과 땀 냄새가 나를 비난하는 것처럼 느껴졌다.

무거운 분위기.

…마안은 여차할 때 이외에는 쓰지 않는 편이 좋겠지.

이런 편리한 도구는 내 성장을 방해한다.

그래. 루이젤드와의 싸움으로도 깨달았잖아. 중요한 건 마안을 쓸 길을 생각하는 게 아니다. 나 자신의 전투력을 높이는 것이다.

마안을 쓰면 분명히 나는 강해지겠지. 하지만 분명 언젠가는 한계에 부딪칠 것이다.

도구에 의지한 방법으로는 언젠가 뜨끔한 맛을 본다.

위험하다. 자칫 인신이라는 사악한 신의 간계에 넘어갈 뻔했다.

마안은 비장의 무기로 생각해두자.

그 날 밤 나는 혼자 생각했다.

결국 바다를 건널 방법은 손에 넣을 수 없었다. 어디서 미스를 저질렀을까.

이번에는 스무스했다고 생각했는데… 손에 넣은 것은 마안뿐이었다.

이걸로 뭔가 하라는 걸까. 예를 들어서 도박이라든가. 그렇다고 해도 마대륙에 도박이라는 오락은 존재하지 않는다. 기껏해야 싸우는 두 사람 중 어느 쪽에게 돈을 거는 정도다. 이걸로는 별로 벌이가 안 된다. 루이젤드를 검투사로 내세워서 참가비용 철전 한 닢, 상금 녹광전 다섯 닢 같은 식으로 해 보는 건 좋을지도 모르지만, 어차피 금방 상대가 없어진다.

으음, 생각해도 모르겠군.

다만 알아낸 사실은 인신에게 조언을 받기 전으로 돌아왔다는 것이었다. 어떤 의미로 1주일을 낭비했다고도 할 수 있었다. 1주일이나 낭비했다.

"좋아…. 팔까."

소리 내어 말해 보니 쉽사리 결의할 수 있었다.

마침 오늘 밤에는 루이젤드가 없다. 에리스는 침대 구석에서 배꼽을 내놓고 자고 있었다. 감기 걸리면 안 되니까 그녀에게는 담요를 덮어 주고….

막는 사람은 없었다.

이 시간이라도 뒷골목의 전당포는 열려 있겠지. 수상쩍은 물건을 취급하는 가게는 밤에도 여는 법이다.

나는 지팡이를 한손에 들고 숙소를 빠져나갔다. 숙소를 나서서 세 걸음.

"이런 밤중에 어딜 가지?"

루이젤드가 앞을 가로막았다.

숙소에 없었으니까 어디 먼 곳에 갔다고 생각했는데, 그렇지도 않은 모양이었다. 아차, 이 녀석 엿볼 생각이었나. 어떻게든 둘러대지 않으면….

"어어, 잠깐 야한 가게에 불장난하러."

"여자를 안는 데에 지팡이가 필요한가?"

"어어…. 마술사 플레이를 하러."

침묵. 역시나 무리였나.

"팔 생각인가?"

"…예."

정확한 지적에 나는 순순히 자백했다.

"다시금 묻지. 너는 지팡이를 팔 건가?"

"예. 이 지팡이는 재질이 좋으니까 비싸게 팔 수 있습니다."

"그런 걸 묻는 게 아니다. 네게 그 지팡이는 소중한 것이 아니었나? 이 팬던트와 마찬가지로."

루이젤드는 가슴께에서 록시의 팬던트를 꺼냈다.

"예. 비슷할 정도로 소중합니다."

"그럼 혹시 같은 일이 있으면 이 펜던트도 팔 건가?"

"…필요하다면."

루이젤드는 깊게 숨을 들이마셨다.

소리치려는 걸까. 아이 이외의 일로는 별로 목소리가 거칠어지지 않는 남자인데….

"나는 설령 궁지에 몰렸어도 창을 놓지 않는다."

소리치진 않았다. 그저 한숨을 쉬듯이 말했을 뿐이다.

"그건 아드님의 유품이기 때문이죠?"

"아니다. 전사의 영혼이기 때문이다."

전사의 영혼이라. 말이야 멋지지만, 그걸론 바다를 건널 수 없다.

루이젤드의 눈에는 슬픔이 있었다.

"너는 전에 세 가지 선택지를 내놓았다."

"내놓았습니다."

"그중에 지팡이를 판다는 선택지는 없었을 거다."

"없었습니다."

거짓말을 했다고 꾸짖는 걸까.

아니, 거짓말을 한 건 아니다. 지팡이를 파는 것도 정공법 중 하나다.

"나는 아직 네 신뢰를 얻지 못했나?"

"신뢰? 하는데요?"

"그럼 왜 의논하지 않지?"

그 질문에 나는 눈을 돌렸다.

반대가 나올 줄 알고 있었다. 그러니까 의논하지 않았다.

즉 그것은 신뢰하지 않는다는 증거라고도 할 수 있었다.

"나는 1년 동안 요즘 세상에 대해 알았다고 생각한다. 의뢰를 받아도, 미궁에 들어가도, 녹광전 200닢이라는 거금은 도저히 모을 수 없다."

오늘 루이젤드는 어쩐 일로 현실적인 말을 하는구나.

뭔가 이상한 거라도 먹었나?

"너는 그걸 알고 있다. 그러니까 밀수꾼이라는 선택지를 생각했다. 나로서는 떠올릴 수 없었다. 하지만 내가 미리스로 넘어갈 방법은 그것밖에 없다. 그건 정답이다. 왜 지팡이를 팔려고 하지?"

내가 떠올리는 것은 항상 차선적인 선택지뿐이다.

모든 것을 완벽하게 처리하는 최선의 선택지는 너무 어려워서 실패한다.

그러니까 정답이란 건 언제든 알 수 없다. 밀수꾼이 정답이라곤 생각하지 않는다.

"설령 정답이라도 파티에 균열이 생기면 아무런 의미도 없습니다."

"즉 너는 밀수꾼에게 부탁하면 파티에 균열이 생긴다고 생각했군."

"예. 밀수꾼은 루이젤드 씨의 가치관으로 말하자면 악당이니까요."

밀수. 그들이 운반하는 물건의 리스트에는 노예 같은 것도 포함되겠지.

그리고 이 세계의 가장 대중적인 악행이라면 유괴.

아이는 납치하기 쉽다. 즉 밀수꾼은 아이를 유괴해서 파는 유괴범과 손을 잡고 있다.

"루데우스."

"예."

"이번에는 나 때문에 이렇게 되었다. 너희만이라면 녹광전 200닢 같은 거금으로 고민할 것 없었다."

대신 여기까지 오는 도중에 무슨 해프닝을 만났을지도 모른다.

루이젤드에게는 셀 수 없이 도움을 받았으니까.

"그걸 네가 지팡이를 팔아서 해결하는 건 내 긍지가 허락하지 않는다."

긍지가 허락하지 않는다고 해도 말이지.

"지팡이를 판다, 돈이 손에 들어온다. 규정 요금으로 바다를 건넌다. 아무도 후회하지 않고 아무도 뭔가를 참을 필요 없는, 가장 스마트한 방법 아닌가요?"

"네가 지팡이를 팔게 만들었다는 내 한심함이 남는다. 에리스도 마음에 두겠지. 그것이 네가 말한 파티의 균열 아닌가?"

침묵하는 나를 루이젤드는 올곧은 눈으로 바라보았다.

"밀수꾼을 찾아라. 나는 모든 악행에 눈을 감지."

진지한 얼굴이었다.

아마도 그는 지금 도중에 아이가 붙잡혀도 묵살할 각오를 했다.

내가 지팡이를 팔지 않도록 말이다. 나를 위해서다. 나를 위해서 자신의 뜻을 꺾어 주었다.

그렇게까지 강한 각오라면 나도 아무 말 할 수 없었다.

"혹시 도중에 참을 수 없는 쓰레기를 발견하면 말해 주세요. 아이를 도울 정도의 여유는 있을 테니까요."

루이젤드의 마음이 그렇다면 스마트한 방식은 그만두었다.

밀수꾼을 찾아서 바다를 건넌다. 하지만 이번에는 영합하지 않는다. 루이젤드가 참을 수 없어지거든 사정없이 배신해서 구한다. 악당 따윈 이용만 하고 버려 버리자.

"그럼 밀수꾼을 찾는 방향으로 가지요."

"그래, 그러면 된다."

"여러모로 불쾌한 마음을 품게 될지도 모르겠습니다만, 잘 부탁드립니다."

"그건 피차 마찬가지다."

나는 루이젤드와 굳은 악수를 나누었다.


손을 놓고 숙소로 돌아가려고 돌아보았을 때.

루이젤드가 험악한 얼굴로 창을 쳐들고 있었다.

"누구냐?! 무슨 용무지!"

갑작스러운 고함에 나는 움찔 몸을 떨며 루이젤드의 시선이 향한 방향을 보았다.

어둠 속의 뒷골목. 거기서 한 남자가 모습을 보였다.

두 손을 처들어 적의가 없음을 보이면서 실실 웃는 다박수염의 남자. 허리에는 검을 차서 거친 일에 익숙한 인상을 주었다.

"어어, 무서워라. 스펠드족이란 게 거짓말일 줄 알았는데 이거 진짜일지 모르겠네."

남자는 실실 웃으면서 천천히 이쪽으로 다가왔다.

어디서 본 적이 있는데, 이 녀석?

"일단은 그 흉흉한 것 좀 내려놓으면 안 될까? 이쪽도 오늘은 싸우러 온 거 아니니까. 감사의 말을 좀 하고 싶어서 찾았다고."

"이런 밤중에?"

"꿈을 꾸기에는 아직 조금 이르겠지?"

아, 떠올랐다.

이 남자, 마안을 얻고 돌아오는 길에 어깨를 부딪쳐서 나한테 시비를 걸었던 녀석이다.

이렇게 밤늦게 인사하러 오다니, 정말로 깡패란 놈들은….

"찾느라 시간이 좀 걸려 버렸지. 눈이 안 좋은 마술사라고 말해도 아무도 모르더라고. 하지만 '데드엔드'의 소문을 듣고 딱 감이 오더군. 회색 로브에 주문을 외우지 않고 마술 같은 걸 쓰고, 은근히 무례한 키 작은 호빗."

호빗은 아닌데.

"'개주인 루젤드'. 7일 전에 신세를 졌군. 네 덕분에 바카스 녀석도 찾았어. 내가 찾았을 때에는 턱이 깨져서 뒷골목에 쓰러져 있더군. 가엾게도 그래선 당분간 술밖에 못 마셔. 뭐, 평소부터 술밖에 안 마시는 녀석이지만."

진짜냐.

"사실은 농담이야. 우리 동료 중에도 치유 마술사 정도는 있으니까."

다행이다. 첫 만남부터 턱이 박살난 불쌍한 로리콤 아저씨는 없구나.

"그래서 감사의 말이란 건 그것 말인가요?"

"그리고 마술로 밀쳐 준 것. 덕분에 대가리에 커다란 혹이 생기지 않고 끝났어."

"…그거 잘 되었군요."

남자는 진지하기 짝이 없는 태도로 말했다.

"나 같은 장사를 하고 있으면 은혜란 건 원한이 되지. 작은 은혜라도 놔뒀다간 여차할 때에 돌아와서 동료를 배신하는 꼴이 될지도 몰라. 그러니까 얼른, 서둘러서 갚아두지."

거기까지 말한 뒤에 느긋하게 고개를 흔들더니 나를 가리켰다.

"아까 이야기는 들었어. 개주인, 너 재수 좋은 거야. 우연히 길바닥에서 도와준 상대가 밀수조직의 일원이었으니까."

그 말에 나는 루이젤드와 시선을 교환했다.

이 남자가 밀수조직의 일원.

너무 편의적인 전개다. 본래 거짓말이라고 생각해야겠지만, 이번에는 인신의 조언도 있었다. 그건 이 남자와 만나게 하기 위한 것이었을까.

어떻게 판단할지 고민하는데, 남자는 뭔가 착각했는지 손바닥을 이쪽으로 향했다.

"아니, 착각하진 마. 은혜는 갚지. 하지만 그거랑 스펠드족의 밀수는 경우가 달라. 나는 내 목숨에 녹광전 200닢 정도의 가치가 있다고 생각하지 않으니까."

무슨 말을 하고 싶은 거지? 재촉하듯이 시선을 보냈다.

남자는 히죽히죽 웃는 채로 말을 이었다.

"그렇게나 강한 '데드엔드'에게 부탁을 하나 하지. 들어보겠어?"

은혜를 갚는다고 하면서 부탁을 한다.

이거 아무래도…라고 생각하지만, 내가 무영창으로 마술을 사용하는 장면을 이 남자는 보았다. 은혜를 갚는다는 건 어디까지나 겉치레고, 자기 일에 적임인 인물을 찾았던 거겠지. 그리고 우리의 이야기를 듣고 이때다 싶어서 나선 거다.

루이젤드가 나를 보았다. 교섭은 내 역할이었다.

"내용에 따라 달라집니다만."

"그렇게 어려운 건 아냐."

그렇게 말하며 남자가 말한 조건이란 다소 의외의 것이었다.

"사실 밀수품이란 운반하기 전, 운반한 뒤, 거래 상대가 올 때까지 어느 장소에 보관돼. 앞으로 한 달 뒤, 그 장소에 어떤 밀수품이 들어와. 그걸 해방해 줘. 가능하면 고향까지 보내도록 손써 줬으면 해."

"…그건 동료를 배신한단 말입니까?"

"아니, 동료를 위한 거야. 밀수품…. 뭐, 노예란 건데, 그중에 앞날을 생각하면 도움이 안 되는 녀석이 섞여 있거든. 팔면 막대한 돈이 들어오지만, 화근이 남고 1년 뒤에는 뼈아픈 대가를 치르게 돼."

남자는 어깨를 으쓱이며 말을 이었다.

"나는 반대했는데, 애석하게도 우리라고 일치단결하는 게 아니라서. 계획을 박살내 줄 수 있는, 입이 무겁고 실력 있는 녀석을 찾고 있었는데, 어때?"

나는 다시금 루이젤드와 시선을 교환했다.

유괴하는 게 아니라 돕는 쪽. 그거라면 괜찮은 거 같은데.

"왜 네가 하지 않지? 그 검에 그 거동. 실력 있지 않나?"

"아, 이래 보여도 동료들 사이에선 제일 실력이 있지. 하지만 스펠드족 형씨, 나는 딱히 배신하고 싶은 게 아니야. 앞날을 위해서라도 말이야. 이해되지? 동료를 구해도 내가 있을 곳이 없어지면 의미가 없어. 제일 강한 녀석이 항상 제일 위에 있을 수 있다고만 할 순 없지."

"……."

루이젤드는 이해한 건지 아닌 건지 미묘한 얼굴을 했다.

머리로는 알더라도 마음으로는 모르겠다는, 그런 얼굴이었다.

"루데우스, 나는 관여하지 않겠다. 네가 정해라."

악행에는 눈을 감겠다고 루이젤드는 아까 말했다. 눈앞의 남자가 아무리 신용할 수 없더라도 내가 결정한 일이라면 거기에 따를 생각이다.

그러니까 나는 생각했다.

이 남자, 다소 수상쩍은 부분은 있다. 하지만 인신의 조언에 따라서 일어난 일이다. 인신 자체는 신용할 수 없지만, 지난 경우를 생각하면 너무 어렵게 생각하지 말고 흐름에 몸을 맡기는 쪽이 좋을 것 같기도 했다.

의뢰 내용도 듣기로는 악행이 아니었다.

뭐, 우리가 구할 사람이 극악인일 가능성도 적지 않게 있지만, 극악인이라도 인명구조다.

애초에 어찌 되었든 밀수꾼과 줄을 대어볼 생각이었다. 그 때 발생하는 비용과 수수료가 공짜가 된다고 생각하면 나쁘지 않았다. 그렇게 생각하니 결론은 금방 나왔다.

"알겠습니다. 받아들이죠."

루이젤드는 고개를 끄덕이고 남자는 웃었다.

"그럼 잘 부탁해. 내 이름은 갈스 클리너다."

"루데우스 그레이랫입니다."

마지막에 서로 통성명하고, 우리는 밀수조직의 일을 맡기로 결정했다.

## 막간　엇갈림·번외편

　록시 미굴디아.

　루데우스 그레이랫의 스승인 그녀는 배 여행을 마치고 마대륙의 항구도시 웬포트에 섰다.

　록시는 그 순간 발을 멈추었다.

　웬포트는 미리스 북단에 있는 잔트포트와 아주 비슷한 도시였다. 처음 방문하는 자라도 일종의 기시감을 느끼겠지.

　하지만 록시가 발을 멈춘 것은 기시감 때문이 아니었다. 미리스 대륙과는 명백히 다른 공기, 그것을 느낀 것이다.

　'그리워…'

　가슴속에서 솟아오르는 건 그리움이었다.

　록시가 이전에 여기를 방문한 것은 언제였을까. 15년 정도 전일까.

　생각하면 인간을 동경하여 마을을 뛰쳐나온 뒤로 상당한 시간이 흘렀다. 여기서 배를 탔을 때에는 언젠가 돌아오겠다고 생각했다. 하지만 미리스 대륙으로 넘어가서 미리시온에서 인간이 만든 과자를 먹었을 때에는 '이 세계에 이렇게 맛있는 것이 있구나. 마대륙에서는 절대로 먹을 수 없다. 두 번 다시 안 돌아간다'

고 결의하였다.

'나도 참 단순하군요…'

사실 록시는 미리스 대륙에서 중앙대륙으로 넘어간 뒤로 오늘까지 돌아오지 않았다.

돌아가자는 생각도 하지 않았다.

중앙대륙에서는 많은 일이 있었다. 눈에 보이는 모든 것이 신기하고 재미있어서, 어느 틈에 마대륙에서 살았던 것과 비슷한 정도의 시간을 중앙대륙에서 보냈다.

마대륙 따윈 머릿속에 없었다. 미궁에 들어가서 죽음의 공포를 느끼는 순간에도 마대륙에 남기고 온 부모님 생각은 떠오르지 않았다. 그런데 지금 이렇게 돌아왔다.

인생에서 무슨 일이 일어날지 알 수 없는 법이라고 록시는 절절하게 생각했다.

"록시! 어서 가요!"

록시가 서 있자, 한 여성이 록시를 불렀다.

금색의 프랑스빵처럼 화사한 머리칼 사이에서 긴 귀가 엿보였다. 엘프다.

홀쩍하니 큰 키, 가늘게 들어간 허리, 그리고 빵빵하니 커다란 엉덩이. 그녀를 멀리서 볼 때면 록시의 마음은 질투로 가득해진다. 종족적으로 어쩔 수 없는 일이더라도 자신도 저런 체형이 되고 싶었다. 가슴 크기만큼은 비슷하지만 밸런스가 잡혀서 아름다운 그녀와 궁상맞은 자신.

"하아, 지금 갑니다."

한숨이 나왔다.

저 아름다운 여성의 이름은 엘리나리제.

엘리나리제 드래곤로드.

엘프족 전사로, 찌르기를 주로 하는 에스토크와 버클로로 견실한 전위를 맡는다. 그 화려한 외모와 마찬가지로 화려한 기술을 가진 전사다.

본디 에스토크 같은 건 모험가가 쓰는 무기가 아니다. 아슬라 왕국 귀족이 결투에 쓰거나 북방대륙의 검투사가 갑옷을 입고 싸울 때에 사용하는 것이다.

엘리나리제가 쓰는 것은 미궁 안에서 입수한 마력부여품이다. 시중의 잡다한 검보다도 훨씬 튼튼하고, 한 번 휘두르기만 해도 몇 미터 앞의 나무를 자르는 진공파가 생겨난다. 또 버클러도 마력부여품으로, 막아낸 충격을 완화한다는 능력을 가졌다.

"오, 오오…. 대지, 대지구나…."

드워프족 노인이 록시의 뒤를 따라서 비틀비틀 배에서 내렸다.

무거운 갑옷이 절그럭절그럭 소리를 내고, 다부진 수염을 흔들며 새파란 얼굴로 지팡이를 짚고 있었다.

그의 이름은 탈핸드.

정식으로는 '험준한 봉우리의 탈핸드'.

키는 록시와 비슷한 정도지만, 옆으로는 두 배 이상이었다. 무거운 갑옷을 입고 다부진 수염을 가진 이 인물은 마술사다. 록시도 처음에는 '마술사가 왜 갑옷을?'이라고 의문스럽게 생각했다.

그는 발이 느려서 민첩성은 거의 없는 거나 마찬가지였다. 마물에게 공격받으면 거의 피할 수가 없었다. 그러니 반대로 저렇게 튼튼한 갑옷을 입어서 전위에서도 마술을 쓸 수 있게 했다는 모양이다.

"괜찮습니까, 탈핸드 씨? 힐링을 걸어드릴까요?"

"아니, 필요 없어…."

탈핸드는 설레설레 고개를 내저으면서 둔중한 몸을 끌고 갔다.

평소에는 더 경쾌하지만 뱃멀미에 시달려서 약해진 것이다.

"참나, 배 정도에 그러다니 한심하네요."

"뭐라고… 이 노오옴…."

엘리나리제가 허리에 손을 짚으며 비웃었다.

탈핸드는 시뻘건 얼굴로 화냈다.

벌써 싸움을 시작하는 두 사람을 진정시키는 게 현재 록시의 역할이었다.

"싸움은 나중에 하세요. 엘리나리제 씨도 그런 소리 하지 마세요. 뱃멀미는 체질에 따른 거니까요."

록시와 그들은 왕룡왕국의 항구도시 이스트포트에서 만났다.

처음에 록시는 모험가 길드에서 싸우던 두 사람을 무시했다.

하지만 그 싸움 내용이 피트아령에서 행방불명된 사람을 탐색하러 마대륙까지 이동한다는 이야기였기에 끼어들었다.

두 사람은 마대륙의 지리에 밝지 않아서 의견 충돌이 일어난 모양이었다.

지리를 아는 베가리트 대륙이나, 중앙대륙 북부로 이동해야 한다는 탈핸드.

길 같은 걸 몰라도 사람은 찾을 수 있고, 뭣하면 현지에서 사람을 고용하면 된다는 엘리나리제.

그리고 혼자서는 아무래도 불안한 마대륙 출신의 록시.

만나야 했기에 만났다고 해야겠지.

이야기를 더 들어 보니 아무래도 이 두 사람은 과거에 파울로나 제니스와 같은 파티였다고 했다.

파티명은 '검은 늑대의 이빨'이라고 했다.

록시도 들은 적 있었다.

중앙대륙에서 가장 유명했던 파티 중 하나다.

다들 괴팍한 인물로만 모인 특이한 파티로, 당시에는 아무래도 화제가 되었다. 결성 이후 몇 년 만에 S랭크까지 올라갔다가 갑자기 해산했지만, 록시는 잘 기억했다.

그렇긴 해도 설마 파울로와 제니스가 '검은 늑대의 이빨'의 멤버였다니.

록시는 놀라움을 감추지 못했다.

그리고 놀란 건 두 사람도 마찬가지였다.

록시 미굴디아라면 세간에 유명한 '수왕급 마술사'다.

마대륙에서 건너온 파랑머리 소녀. 마법대학에 입학하고 몇 년 만에 '수성급 마술사'의 칭호를 손에 넣고 시론 왕국 교외에 있던 지하 25층짜리 미궁을 답파. 그 뒤에 시론 왕국의 궁정마술사 자리에 앉은 인물이다.

그녀의 모험담 중 서장 부분은 음유시인들이 노래해서 꽤나 유명해졌다.

마을에서 뛰쳐나온 마술사 소녀가 세 명의 신출내기 모험가와 만나서 마대륙을 여행하고 미리스로 넘어간다는 스토리였다.

그 노래에 록시라는 이름은 나오지 않는다. 하지만 그 마술사 소녀의 이름이 록시라는 사실은 노래가 퍼졌을 무렵에 모험가였던 사람들에게 유명한 이야기였다.

셋은 의기투합…이라고 할 정도는 아니었지만, 루데우스를 찾으러 마대륙으로 간다는 록시와 파울로의 요청으로 가족을 찾으려는 두 사람의 목적은 일치했다.

그 자리에서 파티를 짜고 마대륙으로 향했다.

일단은 배를 타고 미리스 대륙으로.

미리스 대륙의 항구도시 웨스트포트에서 돈을 내어 슬르이프 닐종의 말과 마차를 구입.

비싼 물건이었지만, 세 명 다 돈이 있었기 때문에 문제없었다.

두 사람 모두 파울로와는 사이가 나빴기 때문에 미리스 신성국 수도 미리시온에는 들르지 않았다. 또 두 사람 모두 고향에

서 악동으로 이름을 떨쳤기 때문에 청룡산맥의 드워프 마을에
도, 대삼림의 엘프 마을에도 들르지 않고 똑바로 잔트포트로
이동했다.

두 사람은 이제 곧 대삼림에 우기가 오니까 얼른 이동하는 편
이 낫다는 식으로 변명했다. 우기는 길고, 그 동안에는 대삼림
을 이동할 수 없다.

하지만 두 사람의 말싸움과 미리스 대륙에는 1초도 있고 싶지
않다는 듯이 밤에도 마차를 모는 모습에, 록시는 단순히 돌아가
고 싶지 않을 뿐이라고 결론을 내렸다.

물론 결과적으로는 압도적으로 빠른 속도로 마대륙까지 올
수 있었으니까 록시로서는 불만이 없었다.

"일단 모험가 길드로 가지요."

록시의 제안에 세 사람은 모험가 길드로 발을 옮겼다.

일단은 모험가 길드, 그것이 모험가로서의 기본이다.

"멋진 남자가 있으면 좋겠네요!"

엘리나리제의 말에 록시는 얼굴을 찌푸렸다.

엘리나리제란 이 엘프는 정숙한 외모와 달리 남자를 밝힌다.

날씬한 몸매에서는 상상도 할 수 없지만, 이미 아이를 몇 명이
나 낳았다나.

본인의 말로는 그런 저주에 걸렸다는 모양인데, 모르는 남자
에게 몸을 맡기는 것에 비장감은 보이지 않으니까 좋아서 그러
는 거로밖에 보이지 않았다.

록시에게는 믿기지 않는 일이었다.

"엘리나리제 씨, 찾는 건 남자가 아니라…."

"알고 있어요."

전혀 모르는구나 싶어서 록시는 얼굴을 찌푸렸다.

당사자는 괜찮다고 말하지만, 함께 여행하는 동료의 입장을 좀 생각해 줬으면. 한가할 때라면 마음대로 해도 좋겠지만, 지금은 긴급사태다. 게다가 혹시 그녀가 임신이라도 하면 그만큼 여행이 지체된다.

조금은 삼가달라는 게 록시의 마음이었다.

"록시도 남자 한둘 정도는…."

"안 됩니다."

엘리나리제 정도의 외모라면 또 모르겠지.

하지만 아쉽게도 록시가 괜찮다고 생각한 사람이 록시를 여자로 봐 준 적은 없었다.

록시는 아이에게 인기가 많지만 남자에게는 인기가 없었다.

마대륙의 모험가 길드.

잡다한 종족들이 파티를 짜는 그곳은 중앙대륙과 비교하면 이색적인 느낌이었다.

록시가 길드 안에 들어가자 확실히 신참으로 보이는 모험가와 눈이 마주쳤다.

전사풍의 차림을 한 세 소년이었다. 그들은 조심조심 록시에게 다가왔다.

"저, 저기, 혹시 괜찮으면 파티를 짜지 않겠습니까!"

한껏 결심한 듯한 소년들의 말에 록시는 쓴웃음을 지었다.

"아뇨, 보다시피 이미 파티를 맺었기에."

그렇게 거절하자 세 사람은 쓴웃음을 지으면서 물러났다. 이렇게 파티 권유를 받는 건 처음이 아니었다. 여태까지 몇 번이고 권유가 있었다.

어느 것이고 소년 셋이었다.

과거에 음유시인이 노래했다고 했지만, 이렇게 유명해졌을 줄은 몰랐다.

"어머나, 록시한테도 좋은 남자가 말을 걸어오잖아요!"

엘리나리제가 록시의 머리를 톡톡 두들기며 놀렸다.

항상 있는 일이다. 록시도 어린애가 아니니까 일일이 상대하진 않는다.

"어차피 랭크가 달라서 파티를 짤 수 없겠죠."

록시의 현재 모험가 랭크는 A다.

음유시인의 노래에 휘둘린 귀여운 소년들의 평균 랭크는 D.

적어도 B랭크 이상이었던 적은 본 적도 없었다. 처음에 권유를 받았을 때 그 노래의 주인공이 자기라고 자랑스럽게 주장했지만, 록시라는 이름은 전혀 알려지지 않았기에 창피만 당했다.

록시로서는 떠올리고 싶지 않은 추억이었다.

설마 음유시인이 미굴드족이라는 종족을 모르고, 록시가 열두 살 정도에 여행을 시작해서 2년 정도 만에 A랭크에 올랐다고 착각했다니.

더군다나 현재 노래의 내용은 꽤나 각색되어서 마대륙을 1년 만에 답파하여 A랭크로 올라갔다는 걸로 되었다.

정말 말도 안 되는 소리라고 생각했다.

사실 A랭크로 오르는 데에는 5년 정도 걸렸다.

마대륙에서 토대를 닦고 B랭크로 오르는 데에 3년. 그 뒤로 여러 파티에게 신세를 지면서 2년.

그래도 다른 이들과 비교하면 꽤나 빠른 축이다.

지금이라면 운만 좋으면 F랭크부터 시작해도 1년 정도면 가능할지도 모르지만, 아무것도 모르는 애들의 파티가 1년 만에 A랭크로 오를 수 있을까.

"잘만 키우면 내 취향이 되었을지도 모르는데, 실로 아쉬워요."

키운다는 말에 록시는 예전 일을 떠올렸다.

과거에 자신에게 말을 걸어 준 세 명의 신참 모험가가 있었다.

'리카리스 악동단'이라는 이름의 세 명. 미굴드 마을에서 나와서 아무것도 모르는 시골뜨기였던 자신을 도와준 세 소년.

한 명은 야유쟁이에 툭하면 거짓말을 늘어놓았지만 남을 잘 돌봐 주었다.

한 명은 곧잘 투덜거리면서 남의 흉만 보았지만 마음은 올곧았다.

한 명은 아주 똑똑해서 파티를 잘 이끌었다. 하지만 여행 도중에 죽었다.

그들과는 웬포트에 도착한 시점에서 해산했는데….

록시는 생각했다.

나머지 두 사람은 아직 살아 있을까? 라고.

중앙대륙에서 활동했으니까 알지만, 마대륙의 모험가 생활은 가혹하다. 죽었을 가능성이 크다.

'건강했으면 좋겠는데…. 노코파라와 블레이즈….'

거기까지 생각하고 록시는 슬쩍 웃었다.

그로부터 20년이 흘렀다. 딱히 장수하는 것도 아닌 두 사람은 이미 모험가를 은퇴했을지도 모른다. 변하지 않은 것은 자신뿐이다.

'향수는 다음으로 하자.'

록시는 마음을 다잡았다.

마대륙으로 돌아온 건 결코 귀성하기 위해서가 아니다.

루데우스나 그의 가족을 찾아내기 위해서다.

"그럼 정보를 모으죠."

록시는 두 사람에게 제안하고 모험가 길드 안을 둘러보았다.

정보를 모으자 '데드엔드'라는 존재가 이 도시에 있다는 걸 알았다.

최근 들어 급속하게 이름이 알려진 신예라는 모양이다.

'데드엔드'라고 하면 마대륙에서 모르는 이가 없는 악마의 이름이다.

스펠드족 중에서도 특히나 위험하고, 아이만을 노린다고 하는 괴물이다.

록시가 어렸을 적에도 어머니가 몇 번이나 겁준 적이 있었다.

못된 애는 '데드엔드'가 잡아간다고.


숙소로 돌아와서 '데드엔드'의 정보를 정리하다가 록시는 얼굴을 찌푸렸다.

"믿기지 않는 이야기로군요."

"뭐가 말인가요?"

"'데드엔드'를 사칭하다니, 제정신으로 할 짓이라고 생각되지 않습니다."

데드엔드의 무엇이 두려운가.

그것은 실존인물이라는 점이다.

중앙대륙에는 알려지지 않았지만 데드엔드는 확실히 존재한다.

당연하게도 록시는 본 적 없지만, 귀에 들어온 소문은 하나 같이 무서운 것이었다.

마대륙에서 가장 무서운 마물이겠지.

모험가 길드는 보복을 두려워하여 딱히 지명수배 같은 걸 하지 않은 모양이지만, 혹시 토벌의뢰가 나온다면 틀림없이 S랭크이리라.

더군다나 성공하면 SS랭크는 될 만한 의뢰다.

"저로선 모르겠네요."

엘리나리제가 조사해 온 정보로는, 데드엔드라고 말하는 남자는 장신에 새하얀 얼굴, 대머리에 창을 들었다. 게다가 미남이라고 했다.

"좋은 남자라고 그랬으니까, 제가 침대에서 물어볼까요?"

탈핸드가 퉁명스럽게 침을 내뱉었다.

"크게 상관없는 정보 아닌가."

탈핸드가 얻어온 정보로는 '데드엔드'는 3인조.

각각 '광견 에리스', '파수견 루이젤드', '개주인 루젤드'라고 하는 모양이다. 후자의 둘은 형제라는 모양이다.

광견은 빨강머리, 파수견은 대머리, 개주인은 꼬마.

광견은 검을, 파수견은 창을, 개주인은 지팡이 같은 마력부여품을 쓴다고 했다.

세 사람의 평가는 그리 좋지 않았다.

"광견은 일단 싸우려고 들고, 개주인은 특히나 못된 짓밖에 안 한다는 모양이구만. 다만 파수견은 착한 놈인가 봐. 아이를 좋아하고 악행에 눈감지 않는 정의한이라고 하는군."

꽤나 이상한 평가라고 록시는 생각했다.

어쩌면 자기들이 그렇게 흘린 걸지도 모른다.

악당이 조금이라도 착한 짓을 하면 과도하게 퍼지는 법이다. 분명 파수견이 좋은 사람이란 것도 자기들의 평가를 필요 이상 나쁘게 만들지 않기 위함이겠지.

폭력만이 아니라 머리도 쓸 줄 아는 이들인가 보다.

"위험한 자들이로군요. 얽히지 않는 편이 좋을 듯합니다."

"그렇군. 이제부터 사람을 찾아야 하는데 악당한테 찍히면 안 되지."

"그럼 본론으로 들어가죠."

록시는 화제를 바꾸었다.

모험가 길드에 간 것은 애초에 데드엔드의 정보를 찾기 위해서가 아니다.

"피트아령 사람들의 소문은 있었습니까?"

"없군."

"전혀 없었어요."

너무 늦었나 싶었다.

마대륙은 제대로 된 장비도 없이 갑자기 날아와서 생존할 수 있을 만큼 만만한 곳이 아니다.

1년 동안 그저 살아남는 것조차도 어려운 곳이다.

이미 피트아령 소멸로부터 1년이 경과했다. 전이해 온 사람들은 모두 사망했을지도 모른다.

"물론 우리가 찾는 건 파울로 씨의 가족입니다."

"제니스, 리랴, 아이샤, 그리고 루데우스인가."

각각의 특징은 록시가 알고 있어서 두 사람에게 설명했다.

아이샤만큼은 루데우스의 편지로밖에 모르기 때문에 다소 모호하지만.

"뭐, 제니스라면 괜찮겠지요."

"그렇겠지."

이 두 사람은 제니스와 아는 사이다.

고로 걱정 없다고 말했다.

록시는 제니스가 얼마나 '실력 있는지' 모르지만, '검은 늑대의 이빨' 소속이었던 두 사람의 실력은 확실했다. 그런 두 사람이 괜찮다고 말하니까 괜찮겠지.

"루데우스도 눈에 띄니까 금방 찾을 수 있습니다."

록시는 다섯 살치고 압도적인 재능을 보였던 제자를 떠올렸다.

그 아이라면 어디에 있어도 눈에 띄고 화제가 되겠지.

제니스와 루데우스. 이 두 사람은 마을에 들어가서 정보를 찾으면 금방 찾을 수 있을 거라고 세 사람은 생각했다. 그리고 마을 근처로만 떨어졌으면 마대륙에서도 살아날 만한 힘을 가졌다고.

그러니까 찾아야 할 것은 리랴와 아이샤다.

일단 두 사람의 정보를 모으기로 결정했다.

"기한을 설정하죠. 리랴, 아이샤의 정보를 이틀 동안 최대한 모으고, 사흘째에는 준비를 해서 주변 마을을 도는 건 어떨까요?"

"2~3일로는 너무 짧지 않을까요?"

엘리나리제의 말에 록시는 고개를 내저었다.

"사망했을 가능성도 크고, 마대륙은 광대합니다. 일단 마대륙의 주요 도시를 한 바퀴 돌고 각 모험가 길드에 수색 의뢰를 내는 겁니다."

아슬라 왕국에서 피트아령 사람들 수색에 대한 원조금은 나온다.

각 도시의 길드에 의뢰라는 형태로 일을 맡기면 의뢰 성공보수는 아슬라 왕국이 내는 식으로 해서 모험가들이 찾아 준다. 일단 의뢰인으로서의 서명이 필요하기 때문에 부탁하지 않으면 의뢰로 받아 주질 않는다.

반대로 말하자면, 그렇게 하지 않으면 아슬라 왕국은 길드에게 돈을 내 주지 않는다.

그 대재해에 대한 아슬라 왕국의 부진한 대응에 록시는 짜증을 느꼈다.

대국이니까 더 대대적으로 움직여도 좋을 거라고 생각했다.

실제로 사람들을 찾기 위해서 움직이는 것은 파울로 같은 사람들… 재해에 부딪친 장본인들뿐이었다.

'아슬라 왕국의 내부가 썩었다는 건 소문만이 아닌 모양이군요.'

가장 긴 역사를 가진 나라니까 전통과 권력이 썩어 들어간 것이다.

"그럼 내일도 정보수집에 임하도록 하지요."

"알았어요."

"알겠네."

록시는 만사에 시간을 들이지 않는 타입이다.

어딘가에 체재하더라도 쓸데없는 시간을 들이지 않고 신속하게 일을 끝내고 떠나간다.

제자인 루데우스에게 절기를 전수하고 곧바로 떠나간 점에서도 그 성격이 드러났다.

그 즉단즉결은 그녀의 장점이지만, 덜렁쟁이라고 루데우스가 꼬집은 부분이기도 했다.

물론 그것을 지적하는 사람은 없고, 본인은 이것이야말로 자신의 장점이라고 믿고 있었지만.

그렇다고 해도 첫날에 길드에 의뢰하고, 이틀째에 자신들이 쓱 훑어보고, 사흘째에 떠나갔다.

군더더기 없는 스케줄이라고 할 수 있겠지.

물론 하다못해 체재기간을 1주일로 했으면 또 다른 결과가 기다리고 있었겠지만….

이틀째.

록시는 호기심에 '데드엔드'의 정황을 보러 갔다.

그들은 눈에 띄기 때문에 금방 어디 있는지 알 수 있었다.

모래사장에서 훈련에 임하는 남녀 2인조.

정보에도 있듯이 장신의 대머리와 빨강머리 소녀였다. 진지하게 두 손에 검을 들고 무시무시한 속도로 대머리를 공격하는 소녀와 그걸 가볍게 받아내는 대머리.

분명히 '데드엔드'는 3인조로, 키 큰 쪽이 한 명에 작은 쪽이 두 명이라고 했다.

'개주인이라는 꼬맹이는 없는 모양이로군요…'

파수견과 광견은 극도로 고도의 공방을 거듭했다.

공방이라고 해도 광견의 공격을 파수견이 받아낼 뿐이었지만, 거기에는 록시로선 어림도 없는 기술이 있었다.

록시는 그 모습을 멀리서, 바위 뒤에서 지켜보았다.

마치 프로야구계에서 마구를 무기 삼아 싸우는 투수의 누나처럼.

두 사람은 강했다.

오랫동안 모험가로 세계를 여행한 록시의 눈에도, 적어도 교활하게 행동하는 것으로는 손에 넣을 수 없는 강함이 비쳤다.

'접근해 봐도 좋을지 모르겠네…'

록시가 그렇게 생각한 순간 파수견이 돌아보았다.

'……!'

분명히 시선이 마주치는 걸 느꼈다.

강렬한 시선에 록시는 뭐라 할 수 없는 공포를 느꼈다.

자기가 사냥감이 되었나 싶은 착각을 느꼈다.

서둘러 그 자리를 떴다.

소녀의 기척을 루이젤드는 처음부터 느끼고 있었다.

무슨 용무일까? 그냥 지켜볼 뿐일까? 슬쩍 그쪽을 보니 한 소녀가 바위에서 얼굴을 내밀고 있었다.

'아니…. 소녀가 아냐.'

저건 미굴드족의 성인 여성이다.

한눈에는 알아보기 어렵지만, 루이젤드의 '눈'은 속일 수 없었다.

하지만 아는 기척은 아니었다. 미굴드족도 마을이 하나밖에 없는 건 아니다.

그냥 신기해서 지켜보는 걸까. 그런 마음에 루이젤드가 바라보자 소녀는 얼굴을 돌리더니 어딘가로 가 버렸다.

'음…. 겁을 주었나…?'

"빈틈!"

잠깐 마음이 느슨해진 순간 에리스가 치고 들었다.

기합이 들어간 일격이었다.

"큭!"

루이젤드는 세 번 정도 맞선 끝에 손등을 얻어맞아서 검을 떨어뜨렸다.

"와아! 들어갔지?! 맞은 거지?! 해냈다!"

에리스는 두 손을 들고 기뻐했다.

최근 에리스의 기술은 '물이 올랐다'. 장래 꽤나 좋은 검사로 성장하겠지.

하지만 아직 어리다.

여기서 우쭐대면 언젠가 나쁜 결과를 낳는다. 루이젤드는 그런 전사를 몇 명이나 보았다. 고로 한동안은 져 줄 생각이 없었는데, 저 미굴드족 여자에게 신경을 빼앗기는 바람에 다소 방심한 모양이었다.

루이젤드는 에리스에게 들리지 않도록 조용히 한숨을 내쉬었다.

록시는 서둘러 숙소로 돌아오면서 몇 번이나 뒤를 돌아보았다.

쫓아오지나 않을까? 습격을 받는 게 아닐까? 불안하게 생각하면서 숙소로 돌아왔다.

저 레벨과 싸우려면 마력결정을 준비할 필요가 있었다. 마법진이 그려진 스크롤도 쓸 필요가 있을지 모른다.

설마 좀 지켜봤다고 공격해 오지는 않을 거라고 생각하지만. '데드엔드'라는 이름을 쓰는 미치광이들이다. 준비는 해두고 싶었다.

"아아! 좋아! 좋아요! 더, 더!"

엘리나리제의 방 앞에서 교성이 들려서 록시는 힘이 쭉 빠졌다.

그 여자는 정보수집도 하지 않고 숙소에 남자를 끌어들여서 자기만 재미를 보고 있었다.

"참나…."

엘리나리제가 금방 남자를 끌어들인다는 이야기는 탈핸드에게 들었다. 어떤 상황이라도 남자를 보면 금방 정신이 나가서 하룻밤만의 관계를 갖는다. 잔트포트에서도 그랬고, 탈핸드의 이야기로는 미궁 안에서도 그랬다는 모양이다.

절조가 너무 없다.

하지만 록시는 동시에 안심했다. 혼자 있는 건 불안하다고 생각하던 참이었다.

엘리나리제가 옆방에 있다면, 자신은 싸움 준비만 하고 정사가 끝나기를 기다리면 된다. 일이 끝난 뒤에 엘리나리제의 귀를 잡아끌고 둘이서 정보수집을 재개하는 것이다.

엘리나리제를 감시할 수도 있으니 일석이조.

'뭐, 설마 숙소에까지 오진 않겠지만….'

그렇게 생각하며 록시는 자기 방에서 싸울 준비를 하였다.

벽이 얇은 것도 아닌데 엘리나리제의 교성이 들려왔다.

그걸 듣고 있으니 록시까지 이상한 기분이 들었다.

'…이런.'

무심코 하복부로 가던 오른손을 왼손으로 붙잡았다.

지금은 그런 짓을 할 틈이 없다.

'그렇기는 해도 꽤나 기네….'

세 시간. 록시는 조용히 계속 기다렸다.

엘리나리제의 정사는 도무지 끝날 기척이 없었다. 그리고 '데드엔드'도 습격해 올 낌새가 없었다.

록시는 스스로가 바보스러워졌다. 동시에 해야 할 일을 하지 않고 자기 하고 싶은 대로만 하는 엘리나리제에게 뭐라 할 수 없는 짜증을 느꼈다. 지금은 그런 짓을 할 틈이 없다며 자기는 참고 있는데….

분노가 정점에 도달한 록시는 엘리나리제의 방에 들이닥쳤다.

"언제까지 할 겁니까! 정보수집은…."

"어라? 록시? 돌아왔나요?"

"…어, 어?"

방 안에는 남자가 다섯 명 있었다.

"당신도 낄래요?"

진하게 풍기는 남자 냄새, 저속한 웃음을 띤 남자들. 그리고 그런 남자의 위에서 황홀한 표정을 짓는 엘리나리제. **그런 짓**을 여럿이서, 게다가 합의하에 하는 건 록시의 상식에 없었다.

"어, 어…."

죄 깊은 광경에 록시의 처리능력은 간단히 한계를 넘었다.

"우와아아아아아아!"

록시는 한심하게도 비명을 지르며 그 자리에서 도망쳤다.

옆방으로 달려가서 헉헉 숨을 내쉬면서 지팡이를 들고.

"웅대한 물의 정령이자 하늘에 오른 뇌제의 왕자여! 웅장한 얼음의 검을 저자에게 내리쳐라! '아이시클 브레이크'."

숙소가 반파되었다.

그리고 사흘째. 도시를 떠났다.

그런 일이 있었으니 정보수집도 어중간했고, 길드에 의뢰를 내는 것도 잊어버렸다.

숙소도 무너져서 수리비로 상당히 아픈 지출도 있었다.

"전부 엘리나리제 씨가 잘못한 겁니다."

"어쩔 수 없잖아요. 뒷골목에서 정보수집을 하는데 열렬한 유혹을 받았으니까."

"그렇다고 그런…. 다섯 명, 다섯 명이라고요?!"

"록시도 조만간 알게 될걸요. 저처럼 아름답고 강한 모험가가 그런 불한당 다섯에게 손도 못 쓰고 장난감이 되는, 생각만 해도 아이가 생길 듯한 느낌을."

"알고 싶지 않습니다."

마법대학 시절까지는 록시도 어린애였고, 연인이나 부부란 것의 좋은 점을 몰랐다.

진심으로 상대를 원한다고 생각한 것은 파울로와 제니스가 화목하게 사는 것을 보았을 때다.

내게도 저런 상대가 있었으면.

하지만 어떻게? 그렇게 생각했을 때 마법대학 시절의 친구 이야기가 떠올랐다. 그녀는 미궁 안에서 지금의 남편을 만났고, 둘이서 난관을 뛰어넘으며 결혼에 이르렀다고 했다.

록시는 이거다 싶었다.

나도 미궁에 들어가면 한 명 정도 붙잡을 수 있을 거라고.

망상은 머릿속에서 부풀었다.

남자답고 명철하고 키도 훌쩍하니 크고, 하지만 조금 어린애 같은 표정을 한 인간 청년을 미궁 밑에서 우연히 돕는 것이다. 그대로 힘을 합쳐서 탈출하는 도중에 사랑이 싹트고, 미궁을 탈출했을 때 동료의 죽음을 안 청년을 록시가 위로하고…. 그리고 시작되는 밤 시간.

실제로 미궁에 들어가니 그런 환상은 너무나도 간단히 깨졌다.

미궁은 가혹한 장소였고 모험가는 모두 억세서, 어린애 같은 건 자신뿐이었다.

5층 정도에서 솔로 모험가는 없어졌다. 그 시점에서 만남을 포기했다.

10층 정도에서 역시나 힘들다 싶어서 파티를 모집했는데, 어린애 같은 외모 때문에 놀림받고 몇 차례나 비웃음을 샀다. 고집 부리듯이 그대로 솔로로 들어가서 결국 돌파했다.

치기의 극치였다. 몇 번이나 죽을 뻔했고 운도 좋았다. 두 번 다시 하고 싶지 않았다.

"뭐, 록시는 아직 처음 한 명을 찾아야만 하겠죠. 어디, 다음에 같이….'

"절대로 안 합니다."

환상은 깨졌다.

하지만 아직 이상은 남아 있다. 미궁 밑에서 미남을 쟁취하는 건 무리겠지만, 남들처럼 사랑을 하고 남들처럼 결혼하는 정도는 할 수 있겠지.

엘리나리제가 끌어들이는 이름도 모르는 남자에게 몸을 맡길 생각은 털끝만치도 없었다.

"애초에 지금은 그런 일로 힘 빼고 있을 틈이 없습니다."

적어도 마대륙을 여행하는 동안은 독신이라도 좋다고 록시는 결심했다.

이렇게 록시는 최초의 한 걸음에 주저하면서도 마대륙을 여행하기 시작했다.

## 제4화　배 안의 현자

　밀수조직의 갈스는 그 날 밤 나중에 연락하겠노라며 가 버렸다.

　우리는 15일 정도 기다려서 그가 보낸 사람에게 일정과 일의 내용을 들었다.

　밀수품이 일시적으로 들어 있는 건물, 거기에 갇힌 이들을 해방하고 집에 데려다줘라.

　방법은 따지지 않는다고 했다.

　일의 내용은 애매모호했고, 계획도 날림으로 들렸다.

　하지만 우리는 어디까지나 고용된 몸이다. 시키는 것만 하면 되겠지.

　다만 다소 위험하기 때문에 나와 루이젤드, 둘이서만 실행하기로 했다.

　에리스는 숙소에 남았다.

　이동일.

　달도 없는 심야였다.

　지정 장소는 항구 구석에 있는 잔교棧橋. 주위는 기분 나쁠 만큼 조용해서 파도소리만이 울렸다.

거기에는 조각배와 수상쩍은 후드를 깊게 덮어쓴 사람이 있었다.

계획으로는 그에게 밀수해 주었으면 하는 사람을 건네는 것이었기에, 루이젤드를 밀수꾼에게 넘겼다. 루이젤드는 지정된 대로 손을 뒤로 돌려서 수갑을 채웠다.

"……."

밀수꾼은 사람을 옮길 경우 모두 노예로 다룬다. 노예를 옮기는 데에 드는 돈은 녹광전 다섯 닢. 일률이긴 하지만 우리는 면제되었다.

물론 갈스가 대신 낸다는 명목일 뿐이라서 취급은 다름없었다.

우리는 갈스의 용병이 아니라 노예를 밀수하는 범죄자로 간주되었다.

"그럼 잘 부탁드립니다."

"……."

밀수꾼은 일절 말이 없었다.

그저 조용히 고개를 끄덕이고 루이젤드를 조각배에 태우더니 자루를 덮어씌웠다.

조각배에는 뱃머리에 한 명, 그리고 자루를 쓴 사람이 몇 명타고 있었다.

그 체격을 봐선 아이는 없었다. 루이젤드가 탄 것을 확인하자 밀수꾼은 조각배에 신호를 보냈다.

조각배의 선두에 앉은 남자가 마술을 쓰자, 조각배는 소리도 없이 시커먼 밤바다로 발진하였다. 주문 소리는 잘 들리지 않았지만, 물 마술로 흐름을 만들어내어 나아가는 모양이었다.

저거라면 나도 할 수 있겠군.

조각배는 앞바다에 정선한 대형 상선으로 이동하여 노예들을 옮겨 싣고 새벽녘에 출항한다는 모양이었다.

루이젤드는 조각배 안에서도 계속 내 쪽을 바라보고 있었다.

자루를 뒤집어썼어도 내 방향을 아는 것이다.

지켜보는 내 뇌리에 도나도나*가 흘렀다.

아니, 그건 아니지. 판 게 아니다.

잠깐 헤어지는 거다.


다음날. 1년 동안 신세졌던 도마뱀을 매각했다.

리카리스 시에서 여기까지 우리의 다리로서 많이 애써 주었다.

이대로 피트아령까지 마차 대신 쓰고 싶었지만, 도마뱀을 배에 태우려면 세금이 들고 미리스 대륙에서는 말을 쓸 수 있다.

이 세계의 말은 발이 빠르고 체력도 보통이 아니다. 이제 도마뱀을 탈 필요는 없었다.

---

※도나도나 : 도살장에 끌려가는 송아지를 빗대어 유대인의 슬픈 운명을 그린 노래.

에리스는 도마뱀의 목을 껴안고 그 몸을 탁탁 두들겼다. 말은 없었지만 쓸쓸한 눈치였다. 사실 도마뱀은 에리스를 잘 따랐다. 여행 도중에 곧잘 그녀의 얼굴을 핥아서 침을 묻히곤 했다.

에리스를 점액투성이로 만들다니, 실로 에로한 도마뱀이었다.

나도 에리스를 핥고 싶어서 질투했던 것이 새록새록 떠올랐다

그래. 저 도마뱀도 우리의 동료였다. '데드엔드'의 동료였다.

언제까지고 도마뱀이라고 불러선 안 된다.

하다못해 이름을 붙여 주자.

좋아, 네 이름은 오늘부터 게O하다. 인간 친구를 많이 원하는 바다의 남자다.

"꽤나 얌전하군. 여행 도중에 잘 길들였나 봐?"

도마뱀을 다루는 상인은 그렇게 감탄했다.

"그렇죠."

길들인 것은 루이젤드였다.

딱히 뭘 한 것도 아니었지만, 게O하와 루이젤드 사이에는 확실한 주종관계가 있었다.

분명 도마뱀도 이 파티에서 누가 제일 센지 알았겠지.

참고로 나랑은 별로 사이가 안 좋아서 몇 번이나 깨물렸다.

응, 그걸 생각하니 화가 나네.

"하하, 역시나 '데드엔드'의 개주인이군. 이거라면 조금 더 얹어줘도 좋겠어. 최근에는 함부로 다루는 놈들이 많아져서 다시 훈련시키기 어렵거든."

그런 상인은 루고니아족, 도마뱀 머리였다.

마대륙에서는 도마뱀이 도마뱀을 길들인다.

"함께 여행하는 동료를 소중히 다루는 건 당연한 일이잖아요."

그런 대화가 오간 뒤, 게○하(도마뱀)랑은 도나도나와 함께 헤어졌다.

내 수중에는 동료를 팔아서 얻은 돈.

그렇게 생각하니 아주 더러운 돈으로 보였다. 신기했다.

역시 이름은 그만두자. 정이 붙는다.

안녕, 이름 없는 도마뱀. 네 등은 잊지 않을게.

"크흥…."

에리스가 코를 훌쩍이는 소리가 들렸다.


도마뱀을 팔고서 곧바로 배에 탔다.

"루데우스! 배야! 엄청 커! 와아! 흔들려! 이거 뭐야!"

에리스는 배에 타자 금방 떠들어댔다.

도마뱀과 헤어진 건 이미 잊어버렸나. 마음 정리가 빠른 것도 에리스의 장점이었다.

배는 나무 범선이었다. 한 달 정도 전에 완성된 최신형이라는 모양이었다.

이번에는 처녀항해를 겸해서 테스트로 잔트포트까지 항해한다고 했다.

"하지만 전에 본 것과 조금 형태가 다르지 않아?"

"에리스는 이전에도 배를 본 적이 있나요?"

바다를 보는 것도 처음이었을 텐데.

"무슨 소리야. 루데우스의 방에 있었잖아!"

그러고 보면 그런 걸 만든 기억이 있었다.

그립구나. 흙 마술을 훈련하려는 마음에 만들기 시작해서, 피겨를 만들 수 있지 않을까 싶은 마음에 1/10 록시를 만들었다.

피겨도 한동안 만들지 않았다.

언제 얼마나 마력을 써야할지도 모르니까, 마력소비 훈련도 하지 않았다.

루이젤드나 에리스와 함께 훈련하며 몸을 움직이는 정도였다.

최근 꽤나 태만했군. 좀 진정이 되거든 다시금 훈련할 필요가 있을지도 모르겠다.

"저도 상상으로 만들었으니까요. 세밀한 부분이 다른 건 어쩔 수 없겠죠."

게다가 이 배는 최신형이라고 했고. 뭐가 어떻게 최신인지는 모르겠지만.

"이렇게 큰 걸로 바다를 건너다니 대단해."

에리스는 거듭해서 감탄했다.

출항하고 사흘 뒤.

나는 배 위에서 생각했다.

배. 배라고 하면 이벤트의 보물창고다. 배에 탔는데 이벤트가 일어나지 않을 리가 없다.

그렇게 말할 수 있다. 단언할 수 있다.

예를 들어서 배 밖에서 돌고래가 뜀뛴다. 그걸 본 히로인이 '저거 봐! 대단해!'라고 말하면, 거기에 대해 내가 답한다. '내 밤 중 테크닉이 대단하지'라고.

히로인이 말한다. '대단해! 안아 줘!' 그럼 내가 말한다. '어이, 어이, 이런 곳에서 그러다니. 못된 새끼고양이로군'.

응, 뭔가 좀 다르네….

그래, 배라고 하면… 습격이다.

문어나 오징어나 서번트나 해적이나 유령선. 그런 것이 습격해서 침몰. 표류. 좌초. 간신히 도달한 곳은 외딴 섬이고, 히로인과 단둘의 공동생활이 시작된다. 처음에는 나를 싫어하던 히로인도 몇 차례 이벤트를 거치면서 차츰 마음을 연다.

그리고 외딴 섬에서 남녀가 단둘이라고 하면 할 일은 단 하나.

교차하는 시선. 불타는 정열. 젊은 혈기. 튕기는 땀. 귓가에 울리는 파도소리. 새벽녘의 커피.

둘만의 파라다이스.

또 문어의 습격이라고 하면 히로인의 운명도 정해진 거나 마찬가지다. 도저히 여덟 개가 아닌 수많은 다리에 붙잡혀서 허공에

매달린 히로인. 꿈틀대는 몸. 드러나는 가슴. 파고드는 촉수.

손에 땀을 쥐는 일대 스펙터클이다. 한순간도 눈을 뗄 수 없다.

하지만 현실은 비정했다.

에리스는 현재 선실에서 통을 앞에 두고 새파란 얼굴을 하고 있었다. 처음 타는 배에 흥분했나 싶더니, 도중에 구역질을 호소했다. 도마뱀은 괜찮았는데 왜 배는 아닌 걸까.

멀미를 한 적 없는 나로서는 모르겠다.

딱 하나 말할 수 있는 것은 뱃멀미를 하는 사람에게는 흔들림이 다소 적다고 해도 별 의미가 없다는 점이겠지.


나흘째. 문어가 나왔다.

아마 문어일 것이다. 눈이 번쩍 떠질 만큼 파란색의 문어로 엄청 컸다.

하지만 문어는 미소녀를 붙잡아가는 일도 없이 호위로 붙은 S 랭크 파티에게 속절없이 격퇴되었다.

배의 경호라는 의뢰는 없었다. 그런 게 있으면 내가 제일 먼저 받았다.

그렇게 생각하고 근처의 상인에게 물었더니, 그들은 배의 경호를 전문으로 하는 이들이라는 모양이었다.

파티명은 '아쿠아 로드'.

조선소 길드와 전속 계약을 맺어서 바닷길의 호위를 주된 일로 한다. 그리고 그런 그들이기에 이 바닷길에서 나오는 마물은 식은 죽 먹기.

두근두근 벌렁벌렁 하는 촉수 이벤트는 없었다. 아쉬워라.

물론 결실은 있었다.

나는 만에 하나에 대비하여 그 싸움을 옆에서 보았다. 그들의 싸움법에 대해서.

솔직히 그들 개개인의 강함에 처음에는 코웃음을 쳤다.

전위로서 싸우던 검사는 강했지만 길레느 정도는 아니었다.

적의 공격을 받아내고 주의를 끌던 전사는 강했지만 루이젤드 정도는 아니었다.

후위에서 문어에게 결정타를 먹인 마술사는 나보다도 약하겠지.

실망했다. S랭크라고 해도 이 정도였나, 하는 마음으로.

이 세계는 강자가 많이 있다고 생각했는데, 의외로 대단치도 않다고.

하지만 생각을 고쳐 먹었다.

그들은 S랭크의 '파티'다.

눈여겨봐야 할 것은 개개인의 능력이 아니라 팀워크가 아닐까?

개개인의 능력이 낮더라도 저 거대 문어를 쓰러뜨렸다는 것.

개개인의 능력이 낮더라도 S랭크까지 오를 수 있다는 것.

그게 중요하다. 개개인이 착실하게 역할을 다하고, 집단으로 거대한 힘을 발휘한다.

그게 팀워크다.

우리 '데드엔드'에게 부족한 것이다.

'데드엔드'는 개개인의 능력이 높지만 팀워크라는 점에서는 어떨까.

루이젤드는 팀워크도 손꼽힌다. 군대 경험이 있기 때문일까, 집단전에도 능하다. 나나 에리스가 무슨 실수를 해도 잘 커버해 준다. 어그로 관리도 아주 뛰어나서 마물의 시선은 항상 그에게 간다.

하지만 너무 강하다.

본디 그 혼자서 쓰러뜨릴 만한 상대라도 억지로 팀으로 싸우는 형태가 되었다. 나쁘다는 소리는 아니지만, 일그러졌다는 건 틀림없었다.

나는 일단 팀으로 싸우는 게 뭔지 안다고 생각했다. 하지만 결국은 지식뿐, 안다고 해도 제대로 움직일 수 있는 건 아니었다. 내게 달려드는 적에게 대처하느라 빠듯한 적도 있었고, 적의 숫자가 많을 때에는 루이젤드에게 기대는 부분도 컸다.

에리스는 문제가 많았다.

지시에는 얌전히 따라 준다. 하지만 전투 중에 딱딱 호흡을 맞추질 못했다. 눈앞의 적에게 필사적이라서 너무 돌출한다. 쑥쑥 성장하고 있다지만 루이젤드나 나를 도운 적은 한 번도 없었다.

물론 루이젤드나 나에게 도움이 필요 없지만….

혹시 어떤 이유로 루이젤드와 헤어지면 나는 에리스를 지켜낼 자신이 없었다.

마안을 손에 넣었지만 내 손은 두 개밖에 없다. 나를 지킬 손과 에리스를 지킬 손. 한손으로 지킬 수 있는 범위는 한정된다.

"루데우스으으…."

그런 생각을 하는데 에리스가 새파란 얼굴로 간판에 올라왔다.

그대로 비칠비칠 뱃전으로 오더니 배 밖에 대고서 우웩.

이미 위액밖에 안 나오지 않나 싶은 모습이었다.

"사, 사람이 힘들어하는데, 왜… 이런 곳에, 있어…."

"죄송합니다. 바다가 아름다워서."

"…너무해…. 우웁…."

에리스는 한쪽 눈에 눈물을 맺으며 내게 안겨들었다.

그녀의 뱃멀미는 중증이었다.


닷새째. 에리스는 여전히 선실에서 뻗은 상태였다.

그리고 나는 그 뒷바라지를 했다.

"우우…. 머리 아파…. 힐링 걸어 줘…."

"예이, 예이."

선원에게 물어봐서 안 건데, 아무래도 뱃멀미에는 치유 마술이 좀 통하는 모양이었다.

시험해 보니까, 에리스의 기분이 조금 나아지는 게 판명되었다.

뱃멀미는 자율신경 실조로 일어난다. 머리에 힐링을 걸면 일시적으로 나아진다.

그것과 마찬가지겠지. 그렇기는 해도 지속되는 게 아니고, 불쾌함이 바로 사라지는 것도 아니었다.

"저기… 나… 죽는 거야…?"

"뱃멀미로 죽으면 웃음거리예요."

"웃지 마…."

선실에는 아무도 없었다.

배 자체가 큰 탓도 있지만, 마대륙에서 미리스 대륙으로 넘어가는 사람은 적은 모양이었다. 마족의 도항비용이 인간보다 비싼 탓일까, 아니면 마족이 살기 편한 곳은 마대륙이기 때문일까.

그런 점은 모르겠다.

나와 에리스, 단둘이었다.

조용하고 어둑어둑한 방 안, 저항할 힘이 없어진 에리스. 그리고 닷새 동안 약해진 에리스를 계속 상대한 나뿐이었다.

처음에는 그래도 좋았다.

하지만 힐링은 좋지 않았다. 힐링을 쓰려면 에리스의 머리를 만질 필요가 있었다. 정기적으로 걸기 위해서 그녀에게 무릎베개를 해 주고 머리를 껴안은 모습으로 계속 있었다.

그러자 이상한 기분이 들었다.

이상하다는 건 어폐가 있는 말이군.

딱 잘라 말해서 야한 기분이 들었다.

생각해 봐라. 선실에서, 항상 기센 에리스가 눈에 눈물을 적시고, 숨을 헐떡이며, 힘없는 목소리로 "부탁이야, 부탁이니까 (힐링)해 줘."라고 애원한다.

내 안에서는 힐링 부분의 볼륨이 극한으로 작아졌다.

에리스가 유혹하는 걸로밖에 보이지 않았다.

물론 그런 일은 없었다.

에리스는 단순히 약해졌을 뿐이다.

뱃멀미란 것에 걸려 본 적은 없지만, 괴롭다는 것만큼은 알겠다.

"……."

상대를 만진다, 그 자체는 야한 행동이 아니다. 하지만.

이 나이의 여자애의 머리를 만지고 체온을 느낀다. 그것은 자극이 있는 행위였다.

만지는 게 에로한 장소가 아니더라도 자극은 있었다. 약한 자극이지만 길게 계속되면 위험했다.

만진다는 것은 닿는다는 것이다. 닿는다는 것은 가깝다는 소리다. 가깝다는 것은 즉 식은땀이 난 에리스의 이마나 목덜미, 가슴… 모든 것이 시야에 들어온다는 소리다.

하물며 상대는 축 늘어져서 약해진 에리스.

평소에는 함부로 만졌다간 때리고 드는 상대다. 그런데, 지금은, 그야말로 도마 위의 생선.

이건 이미 내 밥 아닌가?

마음대로 해도 문제없는 거 아냐?

그런 마음이 싹텄다.

분명 지금 당장 옷을 벗기고 욕망을 드러내어 덮쳐도 에리스는 저항하지 않겠지.

아니, 할 수 없겠지.

힘없는 얼굴로, 체념한 얼굴로, 한 줄기 눈물을 흘리면서 나를 받아들일지도 모르겠지. 그런 광경을 떠올리기만 해도 나의 엑스컬리버는 아더 직전이었다. 그리고 머릿속의 아더가 소리 높게 외쳤다. 지금이라면 에리스는 저항할 수 없다고 외쳤다. 이런 찬스는 두 번 다시없다고 외쳤다. 지금이 그걸 버릴 찬스라고 외쳤다.

하지만 내 안의 멀린은 참으라고 말했다.

결심하지 않았냐고. 열다섯 살이 될 때까지는 약속을 지키기로 결심했다고.

이 여행이 끝날 때까지는 참기로 결심했다고.

나는 멀린을 지지했다.

하지만 이미 인내는 한계에 가까웠다.

예를 들어서 시험 삼아 가슴을 슬쩍 만져 봤다고 하자.

분명 부드러울 게 틀림없다. 그리고 부드럽기만 한 게 아니다.

그래, 가슴이란 건 부드럽기만 한 게 아니다. 부드러움 가운데에도 딱딱한 부분이 있다.

성배다. 그야말로 내 아더가 찾던 성배다.

나의 손이 성배를 찾아내면 어떻게 될까.

찬란한 전투다.

그래, 물론 성배만이 아니다.

에리스의 몸은 나날이 성장했다. 그녀는 성장기다. 특히나 가슴은 유전 때문인지, 급격하게 어머니에게 가까워졌다. 분명 이대로 요염함이 눈에 띄는 미인으로 자라겠지.

그리고 주위 남자들의 시선을 붙들겠지.

그중에는 '흥, 더 작은 정도가 딱 좋아'라고 말하는 녀석도 있겠지.

사람의 기호는 가지가지니까.

그런 녀석에게 말해 주는 거다.

나는 바로 그 적당할 때를 알고 있다고.

알아들었나. 나는 지금, 이 순간, 에리스의 과거를 손에 넣을 수 있다.

"후우… 후우…."

호흡이 거칠어졌다.

"루, 루데우스…?"

에리스가 불안한 표정으로 바라보았다.

"괘, 괜찮아?"

목소리가 귀를 때렸다. 평소에는 높고 너무 커서 조금 불쾌할 정도의 목소리.

그게 딱 좋은 높이로 내 뇌를 울렸다.

"하아… 하아… 괜찮아요. 안심하세요. 약속했으니까…."

"…힘들면 무리하지 않아도 돼."

"!"

무리하지 않아도 된다는 건 참지 않아도 된다는 말인가?

뭐든지 오케이란 말인가?

…농담이야. 알고 있어. 이건 힐링을 계속 거느라 마력이 괜찮냐는 의미다.

알고 있다마다. 그녀는 나를 신뢰하고 있다.

결코 이 순간 손을 대지 않을 거라고 신뢰하고 있다. 그리고 나는 그걸 배신하지 않는다.

루데우스 그레이랫은 배신하지 않는다.

그것이 신뢰에 응한다는 것이다.

좋아, 기계가 되자.

나는 힐링을 거는 기계. 피도 눈물도 없는 로봇이 된다.

나는 아무것도 보지 않는다. 에리스의 얼굴을 보면 폭주한다.

그렇게 생각하고 눈을 감았다.

나는 아무것도 안 들린다. 에리스의 목소리를 들으면 폭주한다.

그렇게 생각하고 귀를 틀어막았다.

나는 그냥 목석이다. 욕망 따윈 없다. 그러니까 폭주하지 않는다.

그렇게 생각하고 마음을 닫았다.

하지만 에리스의 머리의 온기와 향기. 그 두 가지에 단숨에 결의가 흩어졌다.

머리가 끓어올랐다.

아아, 이제 틀렸다. 인내심의 한계다.

"에리스, 잠깐 화장실 다녀올게요."

"…아, 화장실 참고 있었구나…. 다녀와…."

간단히 믿은 에리스를 힐끗 보고 나는 선실을 나섰다.

재빨리 이동. 아무도 없는 곳. 바로 찾았다.

그리고 행복한 한때.

"휴우…."

이렇게 나는 현자가 되었다. 눈을 감고 현자가 될 때까지 변신 스트O가.

"다녀왔습니다."

"응, 어서 와…."

보살 같은 얼굴로 선실에 돌아와서 힐링을 거는 기계가 되었다.

"…어라? 루데우스, 뭐 먹었어?"

"예?"

"킁킁…. 이상한 냄새가 나…."

손 씻는 걸 잊어버렸습니다.

★　★　★

배에서 내리자 에리스는 금방 쌩쌩해졌다.

"이제 배 같은 거 타기 싫어!"

"아뇨, 미리스 대륙에서 중앙대륙까지 또 한 번 타야 합니다."

그 말을 들은 에리스는 노골적으로 싫은 기색이었다.

그리고 배에서 있었던 일을 떠올리고 불안한 얼굴을 했다.

"저, 저기. 그때는 또 계속 힐링 걸어 줄 거야?"

"괜찮긴 한데, 다음에는 야한 짓을 할지도 모릅니다."

진지하게 말했다.

정말로 절실했다. 그렇게 말려 죽이는 걸 견디는 건 고문이었다.

"…우우…. 왜 그렇게 못된 소리 하는데!"

못된 게 아니다. 이거 진짜로 괴롭다.

눈앞에 진수성찬이 차려져 있는데 기다리라는 명령을 받은 개의 기분을 알겠다. 뱃속은 텅텅 비었고, 음식은 날 먹어달라고 말한다. 물을 대량으로 마셔서 일시적으로 공복을 채워도 의미는 없었다. 음식을 먹지 않으면 배는 또 금방 꺼진다.

"에리스가 귀여우니까 저도 참느라 필사적이라고요."

"…어, 어쩔 수 없네. 다음에는 조금 만지는 정도라면 괜찮아."

에리스의 얼굴은 새빨갰다.

실로 귀엽다. 하지만 그녀의 '조금'과 내 욕망은 크기가 너무 달랐다.

"아쉽지만 조금 만지는 정도로는 안 됩니다. 막 붙잡힐 각오가 되거든 말해 주세요."

에리스는 놀랐다. 너무 사람 기대하게 말하지 않았으면 싶다. 나는 약속을 지켰으면 싶다. 약속을 깨고 손을 댔다간 그 뒤에 분명히 서로 기분이 안 좋아질 테니까.

"아무튼 가지요."

"으, 응. 알았어."

에리스는 얼른 기분을 바꾸고 의기양양하게 시내 쪽을 향해서 걸었다. 눈앞에는 웬포트와 비슷한 풍경이 펼쳐졌다.

여기가 잔트포트. 미리스 대륙 북단의 도시.

미리스 대륙이다.

간신히 여기까지 왔다. 그리고 아직도 앞날은 멀었다.

"루데우스, 왜 그래?"

"아뇨, 아무것도 아닙니다."

머나먼 앞날은 잊자. 아무튼 중요한 건 다음 도시로 가는 것이다. 다음 도시를 목표로 하기 전에 돈을 모으고 말을 구입해야만 하겠지.

"어디 보자."

하지만 그 전에 일이 있었다.

여기까지 우리를 데려와 주었으니, 일은 깨끗하게 끝내도록 하자.

하지만 일은 밤에 있다. 밤까지는 시간이 있었다. 어떻게 할까.

환전도 마대륙에서 미리 끝내났으니까 모험가 길드에 갈 필요는 없었다.

그럼 일단 숙소를 잡자. 거기서 배 여행으로 지친 몸을 쉬게 하자.

일은 그 다음에 하자. 루이젤드는 얼마 동안 더 답답하게 지내야겠지만… 뭐, 참아달라고 해야지.

이렇게 우리는 미리스 대륙에 도착했다.


## 제5화   창고 안의 악마


항구도시 잔트포트.

거기는 웬포트와 비슷한 항구였다. 언덕이 많은 도시로, 시내보다도 항구 쪽이 활기가 있었다. 모험가 길드가 시내 중심보다도 항구와 가까운 장소에 있는 것도 똑같았다.

하지만 몇 가지 차이점도 있었다.

일단 웬포트보다도 목조 건축의 숫자가 많았다. 그것들에는 바닷바람에 대한 대책인지 컬러풀한 염료를 칠했다. 시내에는 가로수도 늘어섰고 시외 저 멀리로 울창한 숲이 보였다.

나무들이 많았다.

흰색, 회색, 갈색투성이였던 마대륙과 비교하면 눈이 따끔거릴 정도였다.

바다를 하나 건넌 것만으로 전혀 다른 세계 같았다. 그렇긴 해도 역시나 미리스 대륙이라고 해야 할까. 길을 오가는 사람들의 모습도 황당무계하고 잡다한 인상을 주는 마족이 아니라 수족이나 인간, 엘프나 드워프, 호빗처럼 인간과 비슷한 외모의 종족뿐이었다.

자, 숙소를 찾기 전에 일단 현재 소지금을 확인.

마대륙의 통화로는 녹광전 2닢, 철전 17닢, 고철전 5닢, 석전 3닢. 이만큼 가지고 있었다.

이걸 환전하자 미리스 은화 3닢, 미리스 대동화 7닢, 미리스 동화 2닢이 되었다.

상정했던 것보다 다소 적은데, 수수료로 떼인 모양이었다.

길드에 가입하지 않은 뒷골목 환전상에게 신세지면 더 떼이겠지.

그럼 이 정도는 허용범위다.

"숙소는 모험가 길드와 가까운 쪽이 좋겠네요."

"그래, 의뢰도 받아야 하고."

일이 어떻게 되느냐에 따르겠지만, 내일부터는 또 의뢰와 함께 데드엔드의 이름을 팔 거다.

듣자 하니 미리스 대륙에는 '데드엔드'라는 존재가 별로 알려지지 않은 모양이었다.

네임밸류가 안 통하는 날이 머지않은 걸지도 모르겠다.

그렇게 생각하면서 길드 부근의 숙소를 찾았다. 하지만 신기하게도 적절한 가격의 숙소는 죄다 만실이었다. 이런 일은 처음이었다. 만실은 몇 차례 있었지만, 설마 대부분의 숙소가 만실이라니.

설마 축제 같은 거라도 있는 걸까?

그렇게 생각하며 여관 주인에게 물어보았더니, '이제 곧 우기가 오니까. 어지간한 곳은 다 만원일걸'이라는 대답이었다.

우기란 것은 미리스 대륙 '대삼림' 특유의 날씨로, 석 달 동안 폭우가 계속해서 내린다는 모양이었다.

대삼림은 대홍수고, 물론 가도도 지나다닐 수 없다.

그러니 이 시기는 오랫동안 여관에 머무는 손님이 많다나.

평소에는 우기에 이런 장소에 발이 묶이는 것을 피해야 한다고 생각하겠지만, 아무래도 우기에만 출몰하는 마물이 도시 근처까지 흘러든다는 모양이다. 그리고 그 녀석에게서 얻는 소재가 비싸게 팔려서 이 시기에 도시에 체재하는 모험가가 많다나.

그 말을 듣고 나는 방침을 바꾸기로 했다.

비싸게 팔린다면 우리에게도 좋은 이야기였다.

여기서 석 달 동안 착실하게 돈벌이에 전념하여 앞으로의 여비를 벌어두는 게 좋겠지.

내친김에 루이젤드의 이름도 팔자.

그렇게 스타트 대시를 시작하면 미리스 대륙에서의 여행도 편하겠지.

뭐, 김칫국부터 마시는 꼴이지만.

현재는 돈도 별로 여유가 없고, 숙소도 못 찾았다.

빈방이 있을 법한 곳은 비싼 여관이든가 랭크가 훅 떨어지는 곳.

돈이 없으니까 전자는 틀렸다. 결과적으로는 별로 안 좋은 놈들이 머무는 장소, 있는 그대로 말하자면 슬럼 부근의 숙소를 잡게 되었다.

1박에 대동화 세 닢. 식사, 기타 서비스는 없음.

싸긴 하지만 잠만 자는 장소로는 나쁘지 않았다.

마대륙에서는 이보다도 훨씬 열악한 숙소에서 몇 번이나 잔 적이 있었지만, 앞으로 석 달이나 생활할 생각을 하면 돈이 모이는 대로 어딘가로 옮기는 편이 낫겠지.

"흐응, 그저 그런 곳이네!"

에리스는 일단 귀족 집안 따님이지만, 건물이 낡았든 서비스가 나쁘든 신경 쓰지 않았다.

오히려 내가 뭐라고 할 정도였다.

"저로서는 더 나은 곳에 묵고 싶었어요."

"루데우스는 참 따지는 게 많아."

에리스에게 그런 말을 듣고 싶진 않지만, 따지진 않았다.

잘 생각해 보면 이 아가씨는 예전에 벌레투성이에 말똥 냄새 나는 마구간 짚더미 위에서도 쿨쿨 잘 잤다. 가슴을 주물러도 계속 잤다.

환생하고서도 따뜻한 침대에서 쾌적하게 지냈던 나랑은 다르다.

그러니 나도 군소리할 수 없었다. 내가 할 수 있는 일은 침대에 마술로 열풍을 보내어 진드기를 없애는 정도였다.

그 뒤에 방 청소도 깨끗하게 끝냈다.

나도 깔끔 떠는 건 아니다. 솔직히 좀 어지러운 편이 좋다. 하지만 이런 여관에는 곧잘 예전에 묵었던 사람들이 물건을 놓고 가는 법이다. 침대 사이에 돈이 하나 떨어져 있거나, 작은 반지가 떨어져 있거나. 돈은 그대로 주워서 쓰면 문제없지만, 반지 같은 건 가끔씩 모험가 길드에 의뢰로 나올 때가 있었다.

혹시 찾거든 돈을 주겠다는 그런 의뢰는 랭크에 관계없이 완료할 수 있다.

기본적으로는 푼돈이지만, 가끔은 거금을 받을 수 있다나 보다.

그러니 나는 깔끔하게 청소했다.

그동안 에리스는 통을 빌려 와서 간단한 세탁을 하고, 또 장비 손질을 마쳤다.

모든 것이 끝날 즈음에는 해가 떨어지기 시작했다.

"에리스, 슬슬 루이젤드를 데리러 다녀오겠습니다."

그렇게 말하다가 문득 이 여관의 위치를 떠올렸다.

슬럼이 가깝다. 치안이 나쁘다.

마대륙에서도 슬럼 부근의 여관에 묵었던 적이 있었다. 의뢰로 밖에 나갈 때에 금방 도둑이 들어왔다. 그때는 루이젤드가 흔적을 발견, 추적한 끝에 처리했지만, 도둑맞은 물건은 금방 다른 사람의 손으로 넘어가서 돌아오지 않았다.

그때 도둑맞은 물건은 대단하지 않았다.

또 이번에도 귀중품을 두고 나갈 생각은 없었다. 하지만 방범 대책은 확실하게 해야겠지.

에리스를 데리고 가지 않는 구실도 된다.

"에리스는 여기에 남아서 짐을 지켜 주세요."

"짐 지키라고? 나는 가면 안 돼?"

"그런 건 아닙니다만, 이 근처는 치안이 안 좋은 모양이라서요."

"별 문제 안 되잖아. 대단한 것도 없으니까."

이럴 수가.

에리스의 방범 의식이 너무 낮았다. 일용잡화라도 도둑맞으면 곤란하다. 돈에 별로 여유가 없으니까. 여기선 따끔하게 방범에 대한 의식을 심어 줘야지.

"잘 들으세요. 방금 빤 속옷을 도둑맞을지도 모르잖아요?"

"그런 걸 훔치는 건 루데우스 정도야!"

끽 소리도 나오지 않았다.

…하지만 에리스. 나는 세탁한 팬티를 훔치려 한 적은 한 번도 없는데?

★　★　★

나는 혼자 밤거리를 걷고 있었다.

에리스를 설득하는 데에 시간이 걸렸다.

방범은 정말로 중요한데.

밤에 일을 한다고 하지만, 정확한 시간은 지정되지 않았다. 일 몰 후라면 언제든지 좋고, 붙잡힌 사람들을 구출할 수 있으면 어떤 타이밍이라도 좋다고 했다. 다만 이제 곧 우기가 온다고 하고, 밀수꾼도 그 전에 배를 띄우고 싶을 테니까 그리 시간은 많지 않겠지.

게다가 현재 루이젤드는 노예 취급이었다. 최소한, 목숨을 유지할 수 있을 정도는 해 주겠지만, 1주일 동안 루이젤드도 심한 대접을 받았을지 모른다.

식사도 제대로 안 나왔겠지. 그렇다면 배도 고프겠지.

사람은 배가 고프면 화를 잘 내게 되니까.

얼른 데리러 가야지.

나는 루이젤드의 창을 한손에 들고 부두로 이동했다.

부두 끝. 나무로 된 커다란 창고가 나란히 있었다. '제3창고'라고 적힌 곳에 들어가자, 안에서는 한 남자가 묵묵히 창고 안을 청소하고 있었다.

그의 머리 모양은 세기말에서 가장 일반적인 모히칸이었다.

그에게 '여어, 스티브. 바닷가의 제인은 건강해?'라고 물었다.

그게 암호라는 모양이다.

모히칸은 나를 보고 의심어린 표정을 했다.

"뭐냐, 꼬맹이. 무슨 일이야?"

어라, 틀렸나? 아니야, 내가 어린애니까 믿지 않는 거다.

"주인어른의 심부름으로 화물을 받으러 왔습니다."

그렇게 말하자 모히칸도 납득한 모양이었다.

조용히 고개를 끄덕이더니, 따라오라며 창고 안쪽으로 향했다.

나는 말없이 그 뒤를 따라서 창고 안으로. 창고 안에는 사람이 다섯 명 정도 들어갈 수 있는 커다란 나무상자가 있었다. 모히칸은 그 안에서 횃불을 하나 꺼내고 상자를 움직였다.

상자 밑에서 계단이 나타났고, 모히칸은 거기로 내려가라고 턱짓을 하였다. 시키는 대로 계단을 내려가자 써늘한 동굴이 나타났다.

뒤따라온 모히칸은 횃불에 불을 밝혀서 앞장섰고, 나는 미끄러운 발밑을 조심하면서 그를 따라갔다. 한 시간 정도 동굴이 이어졌다.

동굴을 빠져나가자 숲 속으로 나왔다.

아무래도 시외인 모양이었다.

거기서부터 또 한동안 걷자, 나무들 사이에 숨듯이 거대한 건물 하나가 있었다.

창고 같지 않은 모습을 보면 부자의 별장이란 느낌이었다.

저기가 보관 장소인가.

이런 숲속에 집 같은 걸 세우면 마물의 습격을 받지 않을까?

"알고 있겠지만, 여기에 대해선 발설하지 마라. 입을 놀렸다간…."

"알고 있습니다."

나는 고개를 끄덕였다.

이 장소를 누군가에게 말했다간 반드시 찾아내서 죽이겠지.

그런 설명은 마대륙에서 갈스에게 이미 들었다.

그런 걸 일부러 설명하고 약속을 받아낼 거면 혈판장이든 뭐든 쓰게 하는 편이 나을 것 같은데.

왜 안 하는 걸까?

…지문이 없는 종족이 있기 때문일까. 아니면 서로 문장으로 남기고 싶지 않은 점도 있겠고.

증거는 만들지 않는 게 최고다.

"……."

모히칸은 입구를 노크.

똑똑또독. 똑또독.

이 노크 방법에도 룰이 있겠지.

잠시 뒤에 안에서 집사복을 입은 백발 남자가 얼굴을 내밀었다. 남자는 모히칸과 내 얼굴을 확인하더니 짧게 '들어와라.'라고 말했다.

안으로 들어갔다.

정면에는 2층으로 올라가는 계단. 그 옆에는 복도 두 개. 좌우에도 문이 있었다. 있는 그대로 말하자면 저택의 로비 같은 장소였다. 로비 끝에는 둥근 테이블이 있었고, 별로 좋은 사람 같아 보이지 않는 남자들이 테이블에 팔을 짚고 있었다.

왠지 찌릿찌릿했다.

그러자 백발 집사가 날 내려다보고 수상쩍다는 듯이 시선을 보냈다.

"누구 소개지?"

"디츠입니다."

디츠란 갈스가 일러준 이름이었다.

"그 녀석인가. 그렇긴 해도 이런 꼬맹이를 보내다니, 네 주인은 참 조심성이 많군."

"물건이 물건이니까요."

"흥, 그렇지. 얼른 가져가라. 무서워서 살겠나."

백발 집사는 그렇게 말하면서 품에서 열쇠다발을 꺼내더니 그중 하나를 모히칸에게 건넸다.

"202호다."

모히칸은 조용히 고개를 끄덕이고 걸어갔다.

끼익끼익 울리는 바닥소리와 어딘가에서 들려오는 흐느낌 같은 소리.

때때로 풍기는 동물 냄새.

쇠창살이 쳐진 방이 있었기에 슬쩍 안을 엿보자, 희미하게 밝혀진 마법진 안에 커다란 동물이 쇠사슬에 묶여서 누워 있었다. 어두워서 잘 안 보였지만 저런 동물은 마대륙에서는 본 적이 없었다.

미리스 대륙의 생물일까.

붙잡힌 사람들은 어디에 있을까. 해방하라는 요구는 들었지만 붙잡혀 있는 자세한 장소까지는 못 들었다…. 하지만 그건 루이젤드가 알까.

모히칸은 안쪽에 있던 계단을 따라 아래로 내려갔다.

202니까 2층이라고 생각했는데 지하인 모양이었다.

"지하로군요."

"위쪽은 눈속임이다."

아무래도 지상에는 들켜도 문제없는 물건을 놔두고, 지하에는 관세를 내려면 꽤나 돈을 뜯기거나 밀수하면 중죄인 물건을 놔두다 보다.

"여기다."

모히칸은 202라는 팻말이 걸린 문 앞에서 멈추었다.

안쪽을 보니 손이 뒤로 묶이고 머리에 녹색 머리카락이 자라기 시작한 루이젤드가 앉아 있는 게 보였다. 역시나 1주일이나 되면 희미하게 마리모 헤드로군.

"수고하셨습니다."

내 말에 모히칸은 고개를 끄덕이고 방 입구에 섰다.

일단 감시하는 거겠지.

"수갑은 여기서 벗기지 마라. 스펠드족이 날뛰기 시작하면 당할 수 없으니까."

그렇게 말하는 모히칸의 얼굴은 다소 창백했다.

녹색 머리칼이라는 것은 설령 민둥머리라고 해도 효과적인 모양이다.

여기서 슬쩍 수갑을 벗기고 루이젤드에게 말이라도 시키면 바짝 겁먹겠지.

아니, 호랑이의 위세를 빌리는 여우 같은 짓은 하지 않는다.

자, 그러고 보면 수갑의 열쇠는 어디에 있었더라.

품을 뒤져 보니 어디에도 없었다…. 여관에 두고온 걸지도 모르겠다.

귀찮으니까 마술로 풀어 줄까 싶어서, 루이젤드에게 다가가자 그는 험악한 표정을 하고 있었다.

역시 사람은 배가 고프면 화가 나는 거로군.

기다려요, 지금 금방 배부르게 밥을….

"루데우스, 귀 좀 빌려다오."

루이젤드가 조용히 중얼거렸다.

"뭔가요?"

내가 시키는 대로 얼굴을 가까이 가져가자 모히칸이 허둥대듯이 말했다.

"어, 어이, 그만둬. 물어뜯을 거야."

괜찮아. 루이젤드라면 살짝 깨무는 정도로 넘어갈 거야. 마음속으로 적당히 대답하면서 나는 루이젤드에게 귀를 가져갔다.

'어린애가 붙잡혀 있다. 일곱 명이다.'

호오, 의외로 많네.

'수족 아이다. 억지로 끌려온 모양이다. 여기에서도 울음소리가 들린다.'

'…흐음, 의뢰 대상일까요?'

'모르겠다. 하지만 달리 붙잡힌 인간은 없는 모양이다.'

아이. 노예일까? 그중에 갈스가 '화근이 남는다'라고 말한 상대가 있을까.

아니면 달리 중요한 인물이 있는 걸까.

'물론 전원 구하는 거겠지?'

'뭐, 지정된 바는 없었으니까요.'

어찌 되었든 방을 하나씩 돌면 되겠지.

하지만 한 가지 문제가 있었다.

'건물 안에는 경호원이 제법 있어요.'

'알고 있다.'

'어떻게 할 건가요?'

아무리 루이젤드라고 해도 그들에게 들키지 않고 노예를 해방하기란 어렵겠지.

'다 죽일 거다.'

무서워!

'다 죽이는 건가요….'

'아이를 유괴하는 놈들 아닌가?'

루이젤드가 믿기지 않는다는 얼굴을 했다. 배신당했다는 얼굴이었다.

아니, 딱히 싫다고는 안 했어. 갈스도 방법에 대해선 딱히 뭐라 하지 않았다. 그 말을 들어 보면 루이젤드가 죄다 죽여 버릴 것을 계산했겠지. 나는 일단 루이젤드를 자유롭게 만든 뒤에 스마트하게 재침입해서 스마트하게 구해내는 방법을 생각했지만, 내 생각이 짧았나.

루이젤드가 살인을 저지르는 것은 그의 종족의 명예를 생각해도 그리 좋은 방법이라고 생각되지 않지만, 지금은 어쩔 수 없었다.

'한 명도 놓치면 안 됩니다.'

한 명도 놓치면 안 된다는 것은 딱히 흉포하고 잔인한 이유 때문이 아니다.

밀수조직은 배신한 고객에게 수중의 암살자를 보낸다.

배신자에게는 무참한 죽음이 기다린다.

갈스가 어떻게 움직일지는 모르지만, 입막음을 위해 우리에게 암살자를 보낼 가능성도 있다. 루이젤드가 있으면 암살자 정도는 문제지만, 마음 편히 잠들 수 없는 건 좋은 일이 아니다. 루이젤드가 항상 곁에 있다고만 할 수도 없고.

'그래, 맡겨다오.'

휴우, 역시나 루이젤드다. 든든한 말이야.

'절대로, 한 놈도, 안 놓친다.'

무서워라. 이마에 핏줄이 솟았다.

최근에는 조금 온화해졌다고 생각했는데, 오늘 루이젤드는 피에 굶주렸군.

밀수꾼 놈들, 대체 무슨 짓을 한 거야.

'아이들에게 무슨 일이 일어났는지 물어봐도 될까요?'

'너도 아이들의 모습을 보면 안다.'

보면 안다고 해도 말이지.

'안심해라, 너는 손을 더럽히지 않아도 된다.'

루이젤드는 내 태도를 보고 뭔가 착각했는지 그렇게 말했다.

그 말에 나는 움직임을 멈췄다.

'아뇨…'

루이젤드의 말은 내 마음에 작은 가시가 되어 박혔다.

'저도… 거들게요.'

분명히 나는 1년 동안 살인을 피해 왔다.

마물은 얼마든지 죽였다. 인간 모습의 마물도 죽였다. 하지만 살인은 하지 않았다.

할 이유가 없었던 것도 있었다. 하지 않을 이유가 많았던 것도 있었다.

하지만 누군가에게 살의를 품은 적이 없던 것도 사실이었다.

이 세계는 가혹하다.

인간과 인간이 죽고 죽이는 일도 일상적으로 일어나는 세계다. 나도 언젠가 누군가를 죽이는 일이 있겠지. 그런 상황은 언젠가 찾아올 것이다. 그런 각오는 하고 있었다.

하지만 내가 했던 일이라면 각오를 하는 게 아니라 스톤 캐논의 위력을 조정하는 정도였다. 너무 위력이 세서 사람을 죽이지 않도록, 안 죽을 정도로 마술의 위력을 낮추었다.

결국 나는 사람을 죽이는 것에 거부감이 있었다.

말로는 뭐라고 해도 나는 살인이라는 금기를 저지르고 싶지 않았다.

각오 같은 건 하지도 않았고, 할 수도 없었다.

그리고 루이젤드는 그걸 이해해 주었다. 그러니까 일부러 이런 말을 해 준 것이다. 신경을 써 주었다.

'그런 얼굴 하지 마라. 네 두 손은 에리스를 지키기 위한 것이겠지.'

…뭐, 좋아.

억지로 누군가를 죽일 것 없어.

오늘은 가슴을 빌리기로 하자. 루이젤드가 혼자서 할 수 있다면 맡기자.

허당이라도 좋다.

나는 내가 할 수 있는 일을 하자.

'알겠습니다. 그럼 저는 아이들을 해방하겠습니다. 어디에 있는지 아나요?'

'옆에서 두 번째 방이다.'

'알겠습니다. 사체는 어디 한 곳에 모아 주세요. 나중에 한꺼번에 불태우죠.'

'알았다.'

나는 말없이 루이젤드의 수갑을 끌렀다.

어깨를 뚜둑거리며 천천히 일어서는 루이젤드.

"어, 너! 어떻게 수갑을!"

허둥대는 모히칸.

"괜찮습니다. 시키는 대로 말을 들으니까요."

"저, 정말이야?"

내 말에 모히칸은 다소 안도하는 표정을 보였다. 나는 루이젤드에게 창을 건넸다.

"물론 날뛰지 않는다는 건 아니지만요."

"어?"

모히칸이 최초의 먹잇감이었다.

루이젤드는 소리도 없이 모히칸의 숨통을 끊더니, 소리도 없이 계단으로 달려갔다.

나는 그와 반대 방향, 아이들이 붙잡혀 있다는 방으로 향했다.

"끄아아아아아아!"

"스, 스펠드족이다! 수갑이 벗겨졌어!"

"제길! 창까지 들고 있어!"

"악마다! 아아아, 악마아아아아!"

내가 문에 도달했을 즈음 1층에서 비명이 들려오기 시작했다.

## 제6화　수족의 아이들

그 방은 어두웠다.

암흑 속에서 전라의 소년소녀가 불안한 얼굴로 몸을 붙이고 있었다.

각기 다른 동물의 귀를 갖고 있었다.

소녀가 넷, 소년이 셋. 전부 다해서 일곱. 나이는 나와 비슷한 정도일까.

전원이 전라, 동물 귀 또는 엘프 귀. 손을 뒤로 해서 수갑을 찬 채 몸을 웅크리고 있었다.

나이 어린 소녀가 전라로 수갑.

설마 이런 걸 진짜로 보는 날이 올 줄은 몰랐다. 눈이 호강하네 어쩌네 할 게 아니었다. 젊었을 적의 관음님 아닌가. 이게 도원향, 아니, 천국인가.

나는 드디어 천국에 도달했나. 녹색의 갓난아기*를 찾은 것도 아닌데!

그렇게 기뻐하면서 깨달았다. 한 명을 제외한 전원이 운 흔적이 있었고, 또 몇 명의 얼굴에는 검푸른 멍이 있었다.

머리가 식었다.

울고 소리치다가 시끄럽다고 얻어맞았겠지.

에리스가 유괴되었을 때도 그런 느낌이었고. 이 세계에서는 유괴한 아이에 대한 배려 같은 게 없었다. 그리고 그렇게 심한 고문을 루이젤드는 옆방에서 들었다.

참을 수 없었겠지.

아무튼 딱 보기에 성폭행을 당한 흔적은 없었다. 아직 어린 탓일까, 아니면 상품 가치를 떨어뜨리지 않으려는 걸까. 어느 쪽이든 상관없지만, 불행 중 다행이라고 해야겠지.

평소의 나라면 전라의 소녀들을 보고 가슴 한 번쯤은 주물르고 넘어갈 수 있다고 생각했겠지.

하지만 현재의 나는 변태력이 조금 떨어졌다.

배에서 내리기 전에 현자로 전직했기 때문이다. 물론 지력은 오르지 않았지만.

부자유스러운 소년소녀들.

소녀 중 셋은 눈물을 흘리고 지금도 흑흑 울고 있었다. 소년

---

※녹색의 갓난아기 : 『죠죠의 기묘한 모험 ~ 스톤 오션』의 등장인물.

중 둘은 나를 보고 겁에 질린 표정을 했고, 한 명은 쓰러져서 숨이 넘어가려고 했다.

아무튼 쓰러진 소년에게 힐링을 걸고 그의 수갑을 풀었다.

세게 재갈이 물려져 있어서 쉽게 풀어지지 않았다.

어쩔 수 없어서 태웠다. 화상을 좀 입었지만, 남자니까 참으라고 해야지.

나머지 두 소년에게도 힐링을 걸고 수갑을 벗겼다.

"저, 저기… 당신은…?"

그 말이 수신어였기에 조금 당황했지만 수신어는 분명히 배워 났다.

"도우러 왔습니다. 셋은 방 입구에서 밖을 살펴보세요. 누가 오거든 곧바로 가르쳐 주고요."

셋은 불안한 듯이 서로의 얼굴만 바라보았다.

"남자라면 그 정도는 할 수 있겠죠?"

그렇게 말하자 셋은 바짝 긴장한 얼굴로 끄덕이더니 문 쪽으로 달려갔다.

이 말에 다른 뜻은 없었다. 딱히 시야에 여자만 들어오도록 하고 싶다는 의미는 없었다.

루이젤드가 위에서 날뛰니까 아무도 오지 않을 것이다.

하지만 만에 하나의 일도 있을 수 있다. 나는 방에 들어오기 전에 마안을 개안해서 1초 앞을 볼 수 있도록 설정했지만, 뒤를 돌아보고 있으면 보이지 않으니까.

나는 소녀들의 수갑을 풀어 주었다.

큰 것도 있고 작은 것도 있었다. 거기에 귀천은 없다. 나는 평등하게 감상하고 수갑을 풀었다. 결코 무의미하게 만지진 않았다.

오늘 밤의 루데우스는 신사라고 생각해 주었으면 싶다.

그리고 맞은 흔적이 있는 아이에게 힐링을 걸었다.

재미 볼 시간…. 어흠, 치료의 시간이다. 힐링은 손을 대야만 한다.

그러니까 다른 뜻은 없었다. 가슴 근처에 멍이 있는 아이도 있었지만, 정말로 다른 마음은 없었다.

이 아이는 늑골이 부러진 거 아닌가? 큰일이네…. 어라, 이 애는 대퇴부가 부러진 거 아닌가?

정말 심한 짓을 했군.

"……"

소녀들은 손으로 자기 몸을 숨기면서 일어섰다.

재갈은 자기 손으로 풀렀다. 기분 탓인지 기가 세 보이는 고양이 귀 아이가 노려본 듯했다.

"도와줘서… 흑… 고마워…."

개 귀의 아이가 부끄러운 듯이 몸을 숨기면서 그렇게 말했다. 물론 수신어였다.

"일단 물어보겠는데, 제가 하는 말 알아듣겠나요?"

전원이 끄덕이는 걸 보며 안도의 한숨. 내 수신어는 제대로 통하는 모양이었다.

어디, 루이젤드 쪽은 아직인가. 아이를 살육 현장으로 데려갈 수도 없지.

이상한 트라우마가 생길지도 모르니까.

그러니까 여기서 조금 더 이 광경을 보고…가 아니라 이야기를 들어 보자.

"왜 여기로 끌려왔는지 물어봐도 될까요?"

"냐?"

이 중에서 가장 기가 세 보이는 고양이 귀 아이에게 물어보았다.

그녀는 일곱 명 중에서 유일하게 운 흔적이 없었다. 대신 몸에 타박상이나 골절에 의한 멍이 있었다. 과거의 에리스 정도는 아니지만 제일 중상이었다.

두 번째는 처음에 치료한 소년인데, 소년과 달리 소녀는 그 눈에서 힘이 사라지지 않았다.

에리스보다 기가 셀지도 모르겠군.

아니, 아마 그녀는 당시의 에리스보다 연상일 것이다. 동갑이라면 우리 에리스도 지지 않겠지.

나도 왜 이런 걸 경쟁붙이는 걸까.

참고로 이 아이의 승가 파워는 이 전원 중에서 두 번째로 셌다. 꽤나 건방진 느낌으로 자랄 거라고 예상되었다. 참고로 승가 파워 넘버원은 아까 말한 개 귀의 소녀였다. 이 나이에 이 레벨이면 장래가 꽤나 촉망될 터.

정말이지 괘씸하다.

"숲에서 놀고 있는데 갑자기 이상한 남자한테 붙잡혔다냐!"

충격을 받았다.

냐! 어미에 냐! 진짜로 냐!

에리스의 흉내랑은 달랐다.

이 아이는 진짜 고양이쪽 수족이다. 수족어니까 그렇게 들린 게 아니다.

그녀는 분명히 어미에 냐를 붙였다. 베리 굿이다. 가슴을 만지고 싶었다.

아니, 이게 아니라.

"그렇다면 전원이 억지로 납치되어 온 건가요?"

감동을 억누르며 냉정하게 묻자 일동이 고개를 끄덕였다.

좋아. 생활이 힘들어서 부모가 팔았다든가, 살아갈 수 없어서 자신을 팔았다든가 하는 입장이었으면 우리가 한 짓은 방해밖에 안 될 터였다.

다행이다. 이건 인명 구조다. 정말로 잘된 일이다.

"끝났다."

루이젤드가 돌아왔다.

어느 틈에 머리는 마리모가 아니게 되었고, 이마에는 터번을 감고 있었다.

옷은 깨끗한 것이었다. 피는 일절 튀지 않은 모양이었다. 정말

대단하군.

"수고하셨습니다. 달리 붙잡혀 있는 사람은 있었나요?"

"없었다."

"그럼 아이들의 옷을 찾죠. 이대로 있다간 감기 걸리겠어요."

"알았다."

"여러분, 잠시만 기다려 주세요."

우리는 나뉘어서 그들의 옷을 찾았다.

하지만 아이용 옷은 없었다. 유괴할 때 옷을 벗겨서 버렸을까.

뭣 때문에?

잘 모르겠다. 아이들의 옷을 벗겨 놓은 이유도 모르겠다.

옷이 없다는 것은 절실하다. 옷이 없으면 옷가게에도 갈 수 없으니까.

"음?"

문득 창밖을 보니 사체가 첩첩히 쌓여 있었다.

모두 심장과 목에 한방씩이었다. 예전에 이걸 보고 무서웠던 게 생각났지만, 지금은 오히려 든든했다.

하지만 의외로 숫자가 많군. 피 냄새도 지독했다. 마물이 꼬일 것 같았다.

"얼른 태울까."

그렇게 생각하고 건물 밖으로 나갔다.

꺼림칙한 냄새를 풍기는 사체 앞에서 불구슬을 만들었다.

불구슬의 크기는 반경 5미터 정도면 될까.

불 마술은 화력을 키우면 왜인지 사이즈도 커진다. 고기 타는 냄새 같은 건 맡고 싶지 않았다.

단방에 숯으로 만드는 느낌으로 태웠다.

"오오."

그러자 화력이 너무 센 탓인지 건물과 주위에 불이 조금 옮겨 붙었다.

얼른 물 마술로 진화. 위험해, 위험해, 방화마가 될 뻔했다.

아, 이런. 사체의 옷을 벗기면 되는 거였을지도. 피 냄새가 나고 기분은 나쁘겠지만 빨면 입을 수 있겠고….

"루데우스, 끝났다."

그런 생각을 하는데 루이젤드가 건물에서 나왔다. 아이들도 함께였다.

아이들을 보니 제대로 옷을 입고 있었다. 옷이라기보다는 날개옷 같은 느낌이었다.

"그 옷, 어디서 찾았나요?"

"커튼을 잘랐다."

호오. 너 머리 좋구나. 할아버지의 지혜주머니인가.

해방해서 집으로 데려다주라는 게 일 내용이었다.

그렇다는 소리는 도시까지 이동해서 거기서 부모에게 보내주는 것도 일에 들어가겠지.

나는 건물 입구에 준비해 두었던 횃불에 불을 켜서 아이들에게 각각 들려주었다.

도시까지 가는 루트는 방금 전과 다른 길을 지나게 되었다.

다른 밀수꾼에게 들키면 곤란하겠지만, 그 길은 아마도 마물의 습격을 받지 않기 위한 것이다.

우리랑은 관계없었다.

"냐아!"

그런데 고양이 귀 소녀가 갑자기 소리를 내었다.

냐아~, 냐아~, 냐아~ 하고 어둠 속에 소리가 울렸다.

"왜 그래요?"

너무 떠들지 말라는 마음으로 물어보았다.

"냐아! 아까 건물에 개는 없었나냐?!"

고양이 귀 소녀는 루이젤드의 다리에 매달렸다.

표정에서 필사적인 느낌이 엿보였다.

"있었지."

"왜 구해 주지 않았나냐!"

그러고 보면 있었지. 그거 개였나? 꽤나 컸는데.

"너희가 먼저다."

루이젤드에게 비난의 시선이 모였다.

어이, 어이. 너희를 구해 줬는데 그런 눈은 아니잖아.

"말해 두겠는데, 여러분을 구해 준 건 이 사람이에요."

"그, 그건 감사한다냐. 하지만…."

"감사하거든 감사의 말 한 마디라도 해 주세요."

내가 그렇게 말하자 아이들은 각각 고개를 숙였다.

좋아. 이 아이들은 더 감사해야 한다.

설령 그게 밀수꾼들의 내분이었다고 해도 루이젤드가 그들의 몸을 걱정한 건 사실이니까. 일방적으로 친절을 베푼 것에 가깝지만.

"제가 지금 다시 가서 데려올게요. 루이젤드는 이들을 데리고 도시로."

"알았다. 어디로 데려가면 되지?"

"도시 입구 직전 쯤에서 기다려 주세요."

그렇게 말하고 나는 길을 되짚어갔다.

어디로 데려간다…. 음, 어렵군.

처음에는 모험가 길드에라도 데려갈까 생각했다. 거기서 '아이를 보호하는데 부모를 찾고 있다'라는 의뢰를 내고, 아이들은 모험가 길드에 맡기자. 이러면 해결이다.

하지만 갈스도 말했지만, 밀수조직도 일치단결한 건 아니다.

그렇게 대대적으로 움직이면 밀수조직에게 들키겠고, 여태까지의 경위에서 생각하면 갈스는 도와주지 않을 거다.

우리의 존재는 밀수조직에게 알려지지 않는 편이 낫겠지. 우리 자신을 위해서라도.

그럼… 아이들을 위병에게 맡기고, 우리는 얼른 도시를 떠나는 건 어떨까?

아니, 사정청취 과정에서 나와 루이젤드에 대해서 들키겠지.

밀수조직에게 알려진다.

게다가 이제 곧 우기가 온다고 했다. 도시를 떠나도 갈 장소가
없었다.

애초에 그 이전에 우리가 유괴범으로 간주될 가능성도 있나.

으음.

이건 다소 생각이 부족했을지도 모르겠군. 해방에는 성공했다
고 생각하지만, 그 뒤의 일을 너무 가볍게 보았다….

아예 그 습격을 누군가에게 덮어씌울까?

응, 그게 좋을지도 모르겠다.

벽에 '마계대제 키시리카 다녀감'이라고 적어두면 의외로 믿지
않을까?

키시리카도 무슨 일이 있거든 자기한테 부탁하라고 말했으니
까.

"어차."

건물에 도착했다.

결국 결론은 나지 않았다.

방금 전에 마법진을 본 방으로 이동했다.

내가 들어가자, 그 녀석은 의심 어린 눈으로 맞아주었다. 꼬리를 흔들지도 않고 짖지도 않았다.

축 늘어진 상태였다.

"분명히 개네."

마법진 안에 사슬로 묶여 있는 건 강아지였다. 강아지라고 한눈에 알았지만, 사이즈가 정말로 컸다.

2미터 정도 되었다. 이 세계의 개나 고양이는 왜 다 이렇게 큰 걸까.

처음 보았을 때에는 흰색 털이라고 생각했는데, 아무래도 은색인 모양이었다. 빛 때문인지 반짝반짝 빛나 보였다. 은색의 시바견 라지 사이즈란 느낌으로, 기품 있고 똑똑해 보이는 얼굴이었다.

"지금 도와줄 테니까… 우와앗!"

마법진 안에 들어가려다가 튕겨났다.

파직 하는 느낌이 아니었다.

뭐라고 할까, 통각이 그대로 자극된 느낌이었다. 아무래도 이 마법진은 결계인 모양이다. 결계라고 하자면 치유 마술의 일종이다.

나는 그 원리를 전혀 모른다.

"흠."

일단 마법진의 주위를 돌며 관찰해 보았다.

마법진은 푸르스름한 빛을 띠면서 방을 희미하게 비추었다.

빛난다는 소리는 마력이 통한다는 소리겠지. 마력의 공급원을 끊으면 마법진은 사라진다.

그건 록시에게 배웠다.

전형적인 마술 트랩의 해제방법이었다. 마력 공급원이라면 마력결정이다. 하지만 언뜻 봐서 마력결정 같은 것은 보이지 않았다. 아니, 분명 보이지 않을 뿐이겠지.

어딘가에 숨겨져 있다.

아마도 땅속이지.

흙 마술로 땅속에서 마력결정을 뽑을까. 이런 마법진은 억지로 지워 버리면 무슨 일이 일어날지도 모른다. 어떻게든 깨끗하게 빼내지 않으면….

아니, 잠깐, 잠깐.

더 간단하게 생각하자.

애초에 놈들은 어떻게 이 마법진에서 개를 빼낼 생각이었을까?

사체를 보기론 마술사 같은 남자는 없었다. 초심자라도 간단히 가능한 해제 방법이 있을 터였다.

그걸 생각하자.

일단 마력결정이 있는 장소. 나는 땅속이라고 생각했다. 하지만 땅속에 있다는 소리는 놈들도 꺼낼 수 없다는 소리였다. 꺼낼 수 있는 장소… 하지만 마력공급이 가능한 장소….

"흠, 아래가 아니라 위인가?"

나는 건물 2층으로 올라가 보았다.

마법진의 바로 위에 있는 방. 거기에는 작은 마법진과 나무로 만들어진 칸델라 같은 것이 놓여 있었다. 칸델라 한가운데에는 마력결정인 듯한 것이 들어 있었다.

좋아.

단방에 찾아내다니 운이 좋군.

칸델라를 신중하게 들어올리자, 바닥의 마법진이 스윽 사라졌다.

1층으로 내려와서 확인하자 개를 둘러싸고 있던 마법진도 사라진 상태였다.

역시 상하층의 마법진은 연동되는 건가 보다.

좋아, 좋아.

"우으으…."

개에게 다가가자 위협적인 눈을 보이며 으르렁거렸다.

나는 예전부터 동물에게 사랑받지 않았다. 항상 이랬다.

개의 모습을 가만히 관찰했다. 힘을 넣어가며 으르렁거린다고 해도, 역시 몸에 힘이 들어가지 않는 모양이었다.

축 늘어진 인상이었다.

배가 고프기 때문일까.

아니, 저 사슬이 수상했다.

일단 풀어 줄까.

아니, 위험한가? 이 사슬이 개의 힘을 제어하는 거라면, 풀어

준 순간 공격해 올지도 모르지. 약간 깨물려도 힐링으로 치료하면 되지만….

"어떻게 하면 깨물지 않을 건가요?

아무 생각 없이 물어보았다.

그러자 내 말이 통한건지 개는 '우우?'라며 고개를 갸웃거렸다.

흠.

"물지 않는다면 그 사슬을 풀고 주인에게 돌려줄 텐데, 어쩔래요?"

수신어로 그렇게 말하자, 개는 으르렁대던 것을 멈추고 얌전히 지면에 드러누웠다.

말을 알아듣는 모양이었다.

이세계란 편리하구나. 개랑도 대화가 가능하니까.

일단 마술로 사슬을 끊어 보았다. 사슬은 간단히 끊어졌다.

그러자 개의 몸에 순식간에 힘이 돌아왔다. 금방 일어서서 달려가려는 것을 나는 제지했다.

"잠깐, 잠깐, 목걸이가 아직이에요."

그러자 개는 나를 보더니 또 얌전하게 드러누웠다.

목걸이를 풀어 주려고 가능한 한 애썼다.

열쇠 구멍이 보이지 않았다. 열쇠 구멍이 없으면 풀 수 없다.

이상하네. 어떻게 풀 생각이었을까? 풀 생각이 없었을까?

악전고투.

간신히 이음매를 발견했다. 아무래도 찰칵 하고 잠기면 풀리지 않는 타입인 모양이었다.

"지금 벗겨줄 테니까 움직이지 마요."

나는 신중하게 흙 마술로 이음매 사이에서 흙을 만들어서 비틀어 열듯이 풀었다.

찰칵 소리가 나고 목걸이가 벗겨졌다.

"좋아."

개는 부들부들 목을 흔들었다.

"멍!"

"우오."

그리고 내 두 어깨에 앞다리를 올리더니 그 무거운 체중으로 갑자기 날 넘어뜨렸다.

나는 꼴사납게 나뒹굴었고, 개는 내 얼굴을 날름날름 핥았다.

"멍!"

아아, 안 돼, 멍멍아. 나한테는 아내와 남편이…!

은색 털뭉치를 밀어내려고 했지만, 꽤나 무겁고 부드러우며 푹신했다.

푹신푹신하고 푹신푹신했다.

그건 좋지만 무거웠다. 가슴이 눌려서 삐걱댔다. 치우긴 어려울 듯했다.

체념하고 내 얼굴을 핥아대는 개가 질리기까지 털의 감촉을 즐기기로 했다.

음, 푹신푹신하다. now에서 young한 식으로 말하자면 말랑 말랑이다.

부드럽다…. 너 이거 유연제 쓴 거지?

아니요~, 안 썼어요~.

"이놈, 성수님에게 무슨 짓이냐!"

"어?"

털뭉치를 만끽하는데, 갑자기 고함소리가 들렸다. 밀수꾼 중 생존자가 있었나 싶어서 드러누운 채로 올려다보았다.

초콜릿색 피부와 동물 같은 귀와 호랑이 같은 꼬리.

길레느…?

아니, 달랐다. 비슷하지만 달랐다. 근육과 털이 많은 점은 비슷하지만 조금 달랐다.

가장 커다란 부분이 달랐다.

가슴이다. 가슴이 없었다. 길레느에게는 있던 커다란 가슴이 다부진 대흉근이 되었다.

남자다.

남자는 입가에 손을 대고 있었다.

울랄라, 라는 포즈.

아, 이런. 뭔가 온다. 도망쳐야 해. 하지만 움직일 수 없었다.

"멍멍아, 비켜줘. 도망칠 수 없잖아!"

개가 비켰다.

다급히 일어서면서 예견안을 개안. 비전이 보였다.

'남자는 입가에 손을 대고 있다.'

아무것도 안 하는 건지 생각한 순간 남자가 포효했다.

'우오오오오오오오오오!'

압도적인 음량. 에리스의 새된 소리의 몇 배는 됨 직한 음량.

그건 질량을 가진 것처럼 느껴졌다.

고막이 띠잉 하고 울리고 뇌가 흔들렸다.


어느 틈에 나는 지면에 쓰러져 있었다.


일어날 수가 없었다. 이런, 힐링을….

손도 안 움직였다. 뭐야, 이거? 마술의 일종인가.

큰일이다.

큰일이다, 큰일이다, 큰일이다.

마술은 못 쓰는 건가? 마력을 집중해서… 틀렸다.

남자에게 멱살을 잡혀서 들렸다. 내 얼굴을 본 남자는 미간을
찌푸렸다.

"흠…. 아직 꼬맹인가. 죽이는 건 내키지 않는군."

아, 살려주는 모양이다. 안도했다. 어린애 모습이라 다행이었
다.

"규에스, 왜 그러지?"

그런 상황에 남자가 또 한 명 나타났다.

역시 길레느와 비슷하지만 백발. 노인이었다.

"아버님. 밀수꾼 하나를 무력화했습니다."

"…밀수꾼? 꼬맹이 아닌가."

"하지만 성수님을 덮치고 있었습니다."

"흠."

"성수님을 쓰다듬으면서 이상한 웃음을 짓고 있었습니다. 어쩌면 외모상의 나이와 다를지도 모릅니다."

아, 아냐. 나는 열한 살이야. 결코 체감나이가 45세인 아저씨가 아냐!

"멍!"

개가 짖자 규에스라고 불린 남자가 개의 앞에 무릎을 꿇었다.

"죄송합니다, 성수님. 본디 바로 달려왔어야 했는데 다소 구출이 늦었습니다."

"멍!"

"설마 성수님의 몸에 이런 남자의 손이… 큭…."

"멍!"

"어? 신경 쓰지 않으신다고요? 그렇게 관대한…."

말이 통하는 걸까.

멍멍으로밖에 안 들리는데.

"규에스, 아래층 방에 토나와 아이들의 냄새가 있었다. 여기에

173

있었던 건 틀림없는 모양이다."

노인이 그렇게 말했다. 토나라는 게 누구지?

이야기를 듣자하니 수족의 아이겠지만.

"이 소년을 마을로 끌고가서 어디로 데려갔는지 심문하죠. 그렇게 알아낸 뒤에 다시금 조사하면…"

"그럴 틈은 없다. 내일 마지막 배가 뜬다."

규에스는 큭 소리를 내며 이를 갈았다.

"체념할 수밖에 없지. 성수님을 구해 낸 것만 해도 행운이라고 생각해야지."

"그럼 이 녀석은 어떻게 할까요?"

"…마을로 데리고 간다. 설령 아이라고 해도 놈들의 동료라면 대가를 치르게 해야지."

규에스는 고개를 끄덕이더니 허리에서 로프를 꺼내어 내 손을 뒤쪽으로 돌려 묶었다.

그대로 나를 어깨에 짊어졌다. 규에스의 뒤에서 개가 쫄랑쫄랑 따라오며 걱정스러운 듯이 올려다보았다.

괜찮아. 걱정하지 마. 이놈들은 밀수꾼이 아닌 모양이야.

방금 전의 아이들을 구하러 온 존재야.

그러니까 말로 하면 알 거야. 대화를 나눌 수 있게 되기까지 기다릴 뿐이야.

"음…"

밖에 나온 순간 노인이 코를 벌름거렸다.

"냄새가 난다."

"냄새 말입니까? 피 냄새가 진해서 저로서는…."

"희미하군. 토나와 아이들의 냄새다. 그리고 또 한 명, 그 마족의 냄새다."

마족의 냄새라는 말에 규에스가 험악한 표정을 했다.

"그 마족이 여기에 있는 아이들을 유괴했다?"

"글쎄. 어쩌면 구해 준 걸지도 모르지."

"설마, 그럴 리 없습니다…."

아무래도 그들은 루이젤드의 냄새를 맡은 모양이었다.

"규에스, 나는 냄새를 쫓지. 너는 그 꼬맹이와 신수님을 데리고 먼저 마을로 돌아가거라."

"아뇨, 저도 가겠습니다."

"너는 너무 성급해. 그 꼬맹이도 밀수꾼이 아닐지 모르지 않느냐."

역시나 연륜 있는 분은 말부터가 다르다.

그렇습니다. 저는 밀수꾼이 아닙니다. 변명을 좀 하게 해 주세요.

"그렇다고 해도 성수님에게 더러운 손을 댄 건 틀림없습니다. 이 소년에게선 발정한 인간의 냄새가 납니다. 성수님에게 성적 흥분을 느끼다니, 믿기지 않는 일입니다."

히이익!

아닙니다. 개한테 욕정 같은 건 안 합니다!

가련한 소녀들의 알몸에… 아니, 그것도 위험한가!

"그렇다면 감옥에나 넣어둬라. 다만 내가 돌아올 때까지 손대지 마라."

"옙!"

노인은 한 차례 고개를 끄덕이더니 어두운 숲속으로 달려갔다.

규에스는 그걸 지켜보더니 내게 한 마디.

"흥, 목숨을 건졌군."

예, 정말입니다.

"그럼 성수님, 조금 달리겠습니다. 지치셨을 거라 생각합니다만…."

"멍!"

"그렇군요!"

그리고 나는 규에스의 어깨에 얹힌 채로 숲 속으로 옮겨졌다.


### ★ 루이젤드 시점 ★


도시 근처까지 왔지만 루데우스가 돌아오지 않았다.

설마 길을 잃었나?

아니, 그러면 하늘에 마술이라도 쐈겠지. 아니면 뭔가 트러블이 있었나?

그 건물 안의 인간은 죄다 배제했다. 하지만 다른 장소에서 새로운 자가 이동해 와서 맞닥뜨렸을지도 모른다. 이제라도 돌아가서 확인해야 할까?

아니, 루데우스는 어린애가 아니다. 설령 적이 나타났다고 해도 어떻게든 대처할 수 있을 터다.

아직 어린 탓에 빈틈도 있지만, 적지에서 방심할 만큼 어리석은 남자는 아닐 터이다.

지금이라면 주위에 에리스도 없다.

루데우스가 진심으로 마술을 쓰면 누구에게든 지지 않는다. 문제는 사람을 죽이는 것에 거부감이 있다는 점일까. 괜스레 힘을 뺐다가 역습을 당할 가능성이 크다. 아니, 그렇게까지 얼간이는 아니겠지.

루데우스는 걱정할 필요 없겠지만….

하지만 곤란하군.

이대로 아이들을 데리고 시내로 들어가도 안 좋은 예감밖에 들지 않는다.

비슷한 사례는 몇 차례 있었다. 노예상인에게서 아이들을 구해내어 도시로 데려갔더니, 내가 유괴한 것으로 오해를 샀던 것이다. 지금은 머리를 밀고 이마의 눈도 가렸다.

하지만 나는 언변에 약하다. 위병이 제지하기라도 하면 잘 설명할 자신이 없었다.

평소처럼 도시에 놔두면 사람들이 어떻게든 해 줄까? 아니, 그래선 루데우스에게 무슨 말을 들을지….

"야옹, 오빠, 아까는 미안했다냐."

고민하는데 소녀 하나가 찰싹찰싹 다리를 두들겨왔다.

다른 아이들도 미안해하는 눈치였다. 그걸 보고 있기만 해도 구원받은 기분이 들었다.

"괜찮다."

그렇긴 해도 수신어를 쓰는 것도 오래간만이었다. 이전에 썼던 게 언제였더라. 라플라스 전쟁 무렵에 배운 뒤로 별로 쓰지 않았는데….

"성수님은 일족의 상징이니까, 그런 곳에 놔두면 안 된다냐."

"그런가. 몰랐다고는 해도 미안했다."

그렇게 말하자 소녀는 히죽 웃었다.

역시 아이들이 날 두려워하지 않는 건 좋았다.

"음…."

그런데 그때 내 '눈'은 급속도로 접근하는 누군가의 기척을 포착했다.

꽤나 빠르고 강한 기척이었다. 건물 쪽에서 오고 있었다.

놈들의 동료일까?

상당히 강했다. 설마 루데우스를 쓰러뜨렸나…?

"물러나 있어라."

나는 아이들을 물러나게 하고 창을 든 채 앞으로 나섰다.

선수필승. 일격에 해치운다…라고 생각했는데, 녀석은 내 사정 거리에 들어오기 전에 발을 멈추었다.

수족 남자로, 손도끼처럼 두꺼운 검을 들고 있었다.

그는 나를 보고 경계심을 드러내더니 조용히 자세를 취했다. 나이 들었다고 해도, 아주 굳건하고 차분한 기척이 느껴졌다. 전사다.

하지만 방금 전 놈들의 동료라면 죽이자. 자기 종족의 아이들을 이렇게 굴리다니, 전사로서 너무나도 비열하다.

"아, 할아버지다냐!"

고양이 소녀가 말하더니 노전사에게 달려갔다.

"토나! 무사했느냐!"

노전사는 달려온 소녀를 받아 안고 안도한 표정을 보였다.

그걸 보고 나는 창을 내렸다.

이 전사는 아무래도 유괴된 아이를 구하러 온 모양이었다. 비열한 전사라고 의심한 건 잘못이었다. 고결한 남자였다.

개 소녀도 아는 사이인지 달려갔다.

"테르세나도 무사했나. 다행이다…."

"저 사람이 구해 주었어요."

노전사는 검을 수습하더니 내 앞까지 와서 고개를 숙였다.

하지만 아직 경계하는 기색이었다. 당연하겠지.

"손녀딸을 구해 준 모양이로군."

"음."

"이름은 무엇인가?"

"루이젤드…."

스펠디아, 라는 말이 나올 뻔했지만 주저했다.

스펠드족이라고 알려지면 상대는 경계한다.

"루이젤드인가. 나는 규스타브 테돌디어. 이 사례는 꼭 함세. 일단 아이들을 부모에게 돌려보내야겠지."

"그렇군."

"허나 아이들이 밤길을 가는 것도 위험하지. 자세한 이야기도 좀 들었으면 싶군."

노전사는 그렇게 말하더니 바로 도시를 향해 걸어가려고 했다.

"잠깐."

"왜 그러나?"

"건물 안은 봤나?"

"음. 피 냄새가 심해서 내키지 않았네만."

"아무도 없었나?"

"한 명 남아 있었지. 아이 같은 모습을 한 남자가 저속하게 웃으면서 성수님을 쓰다듬고 있었다던데."

루데우스라고 직감적으로 깨달았다. 그 남자는 때때로 그런 웃음을 짓는다.

"그건 내 동료다."

"뭐라고!"

"설마 죽였나?"

설령 오해였다고 해도 루데우스가 죽었다면 나는 복수를 할 거다.

그 전에 아이들만큼은 부모에게 돌려보내자.

에리스도.

그래, 지금은 에리스가 혼자 있나. 걱정된다.

"다른 밀수꾼들이 어디 있는지 자백을 받아내려고 생포했네. 곧바로 신병을 해방하지."

루데우스, 방심했군.

그 남자는 항상 빈틈이 있다. 마음가짐만큼은 일류인데….

뭐, 그런 마음가짐조차도 삼류인 내가 뭐라고 할 건 아니지만.

"루데우스는 전사다. 죽일 마음이 없다면 서두르지 않아도 된다. 일단 아이들을 우선하자."

수족에게는 인간 같은 고문이 없다. 기껏해야 옷을 다 벗기고 감옥에 집어넣는 정도다.

루데우스는 알몸을 보이는 것에 거부감이 없는 남자다. 지난번에도 '에리스가 제가 씻는 걸 엿보려고 하면 안 막아도 된다'라는 영문 모를 소리를 했다. 그럼 견딜 수 있겠지.

게다가 에리스 문제도 있었다.

루데우스는 내게 곧잘 에리스의 호위를 부탁했다. 자기 몸보다도 에리스를 걱정하는 것이다. 그렇다면 나도 에리스를 지켜야겠지.

"나는 까닭이 있어서 정체를 밝힐 수 없다. 네가 주도해서 아이들의 부모를 찾아다오."

"흠…. 알겠네."

규스타브는 고개를 끄덕였고, 우리는 도시로 향했다.

## 제7화 무료 주택

안녕하세요. 전직 골방지기 니트족인 루데우스입니다.

저는 오늘 요즘 화제를 모으는 무료 주택에 와 있습니다.

입주금 0. 집세 0. 아침저녁으로 두 끼 식사가 나오는 원룸.

건축 자재는 따스한 느낌의 목재, 너도밤나무인 듯하군요. 볕이 좀 안 들어서 침대(지푸라기 침대)에 벌레가 꼬이는 게 문제입니다만, 그래도 이 가격은 쌉니다.

거듭 말하지만 집세가 0이니까요.

화장실은 최신 항아리식. 방구석에 있는 항아리에 일을 보고, 항아리에 배설물이 쌓이면 방구석의 구멍에 버리는 셀프 타입. 수도는 없어서 위생면으로 다소 문제가 있습니다만, 마술을 쓸수 있으면 문제없습니다. 특히나 저처럼 뜨거운 물을 만들 수 있는 마술사라면 위생면의 문제도 해결되었다고 할 수 있겠죠.

식사는 두 번.

현대인에게는 다소 부족할지 모릅니다. 하지만 이 식사는 제법이네요. 녹음이 많은 지방 특유의 채소나 과일, 그리고 고기. 양념을 줄이고 소재의 맛을 살린 요리는 마대륙에서의 생활에 익숙한 자라면 누구든 입맛을 다시겠지요.

자, 이 아파트의 최대의 특징.

그건 뭐니 뭐니 해도 안심할 수 있는 시큐리티 구조.

보십시오. 이 견고한 쇠창살.

콩 하고 때려 봐도, 꾸욱 잡아당겨도 꿈쩍도 않습니다. 마술로 풀면 열리는 게 난점입니다만, 이 든든한 쇠창살을 보고 안에 들어갈 생각을 하는 도둑은 없겠죠.

하지만 범죄자는 들어옵니다.

감옥이니까요.

나는 그 뒤에 어두운 숲속으로 운반되었다.

규에스의 등에서 꿈쩍도 못 하고 그저 운반되었다. 어두운 숲, 엄청난 속도로 나무들이 지나가는 시야 구석에서는 은색의 털뭉치가 따라오고 있었다.

아직 강아지인데도 꽤나 체력이 있는가 보다.

이동 시간은 두세 시간 정도일까. 규에스라고 불린 수족 전사는 상당히 오랫동안 달렸다. 그리고 어딘가에 도착하여 발을 멈추었다.

"성수님은 집에 돌아가십시오."

"워웅."

은색 털뭉치는 한 차례 대답하더니 어둠속으로 종종 사라졌다.

시선만 움직여서 주위를 살폈다.

나무들이 울창한 거기에 인기척은 적은 것 같았다. 그저 나무 위에 힐끗힐끗 불빛이 보였다. 규에스는 또 한동안 걸어서 어느 나무로 다가갔다. 나를 어깨에 멘 채로 어딘가의 사다리에 손을 대고 술술 올라갔다.

아무래도 나무 위로 데려가는 모양이었다.

건물 안에 들어갔다. 아무도 없는 휑뎅그렁한 나무 오두막이었다.

거기서 규에스는 내 옷을 죄다 빼앗았다. 설마 움직이지 못하는 내게 무슨 짓을…이라고 순간 생각했지만, 규에스는 내 목덜미를 붙잡더니 어딘가로 휙 던져 넣었다.

한 발 늦게 키잉 하고 금속이 삐걱대는 소리가 들리고 철컥 소리가 났다.

그리고 규에스는 사라졌다.

아무런 설명도 없었다. 딱히 심문도 없었다.

잠시 뒤에 몸이 움직이게 되어서 손가락에 불을 켜 주위를 확인. 견고한 쇠창살을 보고 여기가 감옥이라는 걸 알았다.

나는 감옥에 갇힌 것이다.

그건 좋다. 그건 이야기의 흐름에서 이해했다.

나는 밀수꾼이라고 오해를 산 것이다. 그러니까 허둥댈 것 없다. 오해는 금방이라도 풀리겠지.

하지만 왜 옷을 죄다 벗겨간 걸까. 그러고 보면 그 건물의 아이들도 알몸이었지.

그런 문화일까.

수족은 알몸이 되는 걸 굴욕이라고 생각하나…. 아니, 알몸을 부끄러워하는 건 꼭 수족만이 아닌가. 예로부터 포로는 알몸으로 만들어서 마음을 꺾으라고 했다.

여기는 판타지 세계지만, 내 애독서에서도 포로로 잡은 여기사를 알몸으로 만들었다.

어느 세계에서도 공통되는 것이다.

"…어디 보자."

어둠 속에서 나는 생각했다.

일단 내일이라도 이야기를 좀 해 보자. 혹시나 그걸로 납득해주지 않더라도 괜찮다. 아무래도 그 뒤에 노전사는 루이젤드를 쫓아간 모양이었다.

그렇다면 아이들과도 만났을 터. 루이젤드는 오해를 사기 쉽지만, 아이들을 구하러 온 전사와 적대하는 짓은 하지 않겠지.

아이들은 무사히 구조되고, 내가 밀수꾼이라는 오해도 풀릴 것이다. 밀수꾼은 아니지만, 밀수꾼에게 협력했다는 복잡한 입장은 이 경우 말하지 않아도 되겠지. 루이젤드도 딱히 놈들과 한패가 될 생각은 없을 테니, 안 좋은 소리는 안 할 거다.

일단 내 몸은 안전하다.

노전사도 자기가 돌아올 때까지 손대지 말라고 했다.

그러니까 안전하다. 아마 촉수로 이상한 짓을 당할 일은 없을 것이다…. 없겠지?

하지만 갈스의 말이 무슨 뜻인지는 좀 이해되었다. 분명히 이런 느낌이 된다면 화근이 남기도 하겠지.

그런 생각을 하며 꼬박 하루가 지났다. 시간의 흐름은 빨랐다.

감옥에 갇혔던 그 다음날 아침 문지기가 나타났다.

여성이었다. 전사 같은 차림이었지만 길레느보다도 날씬했다.

다만 가슴은 컸다.

나는 그녀에게 '억울합니다. 나는 아무 짓도 안 했어요'라고 주장했다. 밀수조직과는 관계없고, 우연히 그 건물에 아이들이 붙잡힌 것을 알고 의분에 사로잡혀서 아이들을 구한 것이라고 설명했다.

하지만 문지기 여성은 들은 척도 하지 않았다.

물을 한 통 가져오더니 떠드는 내게 씌웠다.

냉수였다. 그는 물에 빠진 생쥐 꼴인 나를 쓰레기 보는 눈으로 내려다보고 말했다.

"변태가…."

몸이 부르르 떨렸다.

알몸이 되어서 이렇게 예쁜 수족 누나의 시선을 받고, 거기에 냉수까지 뒤집어쓰고 욕설을 듣다니.

이거 마음이 꺾이겠군.

이놈들은 노전사의 말을 지킬 생각 따윈 없는 걸까.

나는 어떻게 되는 걸까….

큭, 신이시여, 저를 지켜 주소서…. 아니, 인신은 좀 꺼지고.

"푸에취이!"

농담은 그만 하고, 입을 게 좀 필요한데.

이 모습은 너무 프리덤해서 인간으로서의 상식을 잊어버리겠다.

아무튼 감기 걸리기 전에 불 마술 '버닝 프레이스'로 몸을 데웠다.


이틀째.

루이젤드가 구하러 오지 않았다.

이틀이나 알몸인 채로 있으면 불안이 고개를 쳐든다.

루이젤드에게 무슨 일이 있었을까. 그 노전사와 싸움이 벌어진 걸까. 아니면 갈스와의 이야기가 꼬인 걸까.

어쩌면 에리스의 몸에 무슨 일이 생겨서 거기에 대처하느라 바쁜 걸까.

불안했다. 실로 불안했다.

그래서 탈주를 검토해 보았다.

오후, 식사 후에 나는 조용히 마술을 썼다. 바람과 불을 섞은 온풍 마술이었다. 이걸로 방 전체를 따뜻하게 데웠다. 감옥을 지키는 가슴 큰 누나는 차츰 꾸벅꾸벅 졸기 시작하더니 쿨쿨 잠들었다.

간단하네.

나는 쇠창살을 풀고 달리 사람이 없는 것을 확인하면서 건물에서 나왔다.

"오오…."

거기에는 환상적인 풍경이 펼쳐져 있었다.

나무 위에 마을이 있었다. 건물은 모두 나무 위에 있었고, 나무들에게는 발판이 설치되었다. 나무와 나무는 다리 같은 것으로 연결되어서, 아래로 내려가지 않더라도 마을 안을 오갈 수 있도록 꾸며져 있었다.

지면에는 딱히 아무것도 없었다. 간소한 오두막이나 밭 같은 것이 보였지만, 사용되지 않는 듯했다. 지상에서는 생활하지 않는 걸까.

사람은 그리 많지 않았다. 나무 위의 발판을 수족인 듯한 사람들이 드문드문 다니는 게 보였다. 나무 위의 다리를 건너면 밑에서 그대로 보이고, 아래를 지나면 위에서 그냥 보인다.

그리고 나는 어떤 의미로 완전 다 보인다.

들키지 않게 도망치는 건 어렵겠지. 물론 들켜도 도망칠 순 있었다. 앞뒤를 생각하지 않을 거면 어디 적당한 나무에 불이라도 지르고 그 혼란을 틈타서 숲으로 뛰어들면 된다.

하지만 숲이다. 길을 모른다.

규에스는 상당한 속도로 오랫동안 달렸다. 도시까지 꽤나 멀었다.

내가 전력으로 달려 봤자 직선거리로 여섯 시간 정도 될까. 길을 잃을 게 뻔했다.

마술로 흙의 탑을 만들어서 높은 곳에서 위치를 확인하는 수도 있었다.

하지만 그렇게 눈에 띄는 짓을 했다간 금방 규에스가 쫓아오겠지.

녀석이 쓴 마술의 정체도 모른다. 대책도 없이 싸웠다간 또 질지도 모른다.

그리고 다음에는 도망치지 못하게 다리를 자를지도 모르지. 상황의 변화를 조금 더 기다리는 게 좋겠다.

이제 겨우 이틀이 지났다.

노전사도 아직 돌아오지 않았다. 루이젤드와 에리스와 함께 아이들의 부모를 찾는 걸지도 모른다.

서두를 것 없다. 나는 그렇게 판단하고 감옥 안으로 돌아갔다.


사흘째.

문지기가 가져오는 밥이 맛있었다.

역시 자연이 많은 곳은 다르구나. 마대륙하고는 천지 차이다.

기본적으로 야채 스프와 잡스런 고기인 듯한 뭔가를 딱딱하게 구운 느낌인데, 어느 것이고 맛있었다.

마대륙에서의 식사에 익숙한 탓일까. 감옥에 있는 상대에게 주는 식사가 이 정도면, 분명 이 마을 사람들은 꽤나 맛있는 걸 먹는 게 틀림없다.

일단 칭찬해 주었더니, 문지기는 꼬리를 흔들며 더 가져다주었다. 반응을 보니 이 사람이 만든 걸지도 모르겠다. 여전히 말은 들어 주지 않았지만.

나흘째.

한가했다. 할 일이 없었다.

마술을 써서 뭔가 해도 좋겠지만, 너무 눈에 띄는 짓을 하면 재갈이나 수갑을 찰지도 모른다. 그런다고 어떻게 되는 건 아니지만, 일부러 나서서 자유를 빼앗길 것도 없었다.

닷새째.

룸메이트가 생겼다.

그 녀석은 건장한 수족 남자들에게 붙잡혀서 걷어차이듯이 감옥에 들어왔다.

"제길! 좀 더 살살 하면 안 되냐!"

수족은 투덜대는 남자를 무시하고 밖으로 나갔다.

남자는 얻어맞은 엉덩이를 쓰다듬으면서 천천히 돌아보았다.

나는 열반에 들어간 부처의 포즈로 그를 맞아들였다.

"어서 오게. 인생의 종착점에."

물론 알몸이었다.

남자는 놀란 얼굴로 나를 바라보았다.

모험가 같은 느낌의 남자. 전체적으로 시커먼 복장에, 관절 부위에만 가죽보호대를 했다. 당연하지만 무기 같은 건 없었다. 귀밑털이 길어서 루ㅇ 같은 원숭이 얼굴이었다. 물론 원숭이 얼굴이라는 건 비유가 아니었다. 그는 마족이었다.

"왜 그러지, 신입? 뭐 신기한 거라도 있나?"

"아, 아니, 뭐라고 해야 하나."

남자는 당황한 얼굴로 나를 보았다.

그렇게 바라보지 마, 창피하잖아.

"…알몸이면서 꽤나 당당한데?"

"어이, 신입. 말조심해라. 나는 너보다 여기 오래 있었다. 즉 고참이고 선배다. 받들어 모셔라."

"으, 으음."

"대답은 예, 라고 해야지."

"예."

왜 나는 첫 대면인 상대에게 이렇게 잘난 척하는 걸까. 물론 한가하기 때문이다.

"아쉽게도 방석은 없군. 거기 적당히 앉아라."

"어, 예…."

"그래서 신입. 너는 왜 끌려왔지?"

거만한 어조로 물어보았다. 신입은 연하가 이렇게 건방진 소리를 하는데 화내는 것도 잊고 멍한 얼굴로 내 질문에 대답했다.

"아니, 야바위치다가 걸려서."

"호오, 도박인가. 가위바위보인가? 철골 건너기인가?"

"그건 뭐야? 주사위야."

"주사위인가."

분명 4, 5, 6밖에 안 나오는 주사위를 썼겠지.

"하찮은 죄로 붙잡혔군."

"그쪽의 죄는?"

"보면 알겠지? 공공외설죄야."

"그건 또 뭐야?"

"알몸으로 은색의 강아지를 껴안았더니, 여기에 처넣더군."

"아, 소문으로 들었어. 돌디어의 성수聖獸를 성수性獸가 덮쳤다고."

누가 한 말인지 모르지만 제법이로군.

물론 그건 누명이다. 이 녀석에게 그렇게 주장해 봤자 소용없겠지만.

"사랑스러운 생물에 대한 욕구…. 신입, 너도 남자라면 알겠지?"

"몰라."

나를 보는 남자의 눈이 정체 모를 것을 보는 눈으로 변했다. 아니, 변하지 않았다. 처음부터 그랬다.

"그래서 신입, 이름은?"

"기스다."

"군인인가? 계급은?"

"군인? 아니, 일단 모험가야. 꽤나 오래됐지."

기스.

어딘가에서 들어본 적 있는 느낌이었다. 어디서였더라. 기억이 안 난다.

비슷한 이름은 많은 모양이니까, 내가 아는 기스랑은 다른 사람이겠지.

"나는 루데우스다. 너보다 연하지만, 여기선 선배다."

"예이예이."

기스는 어깨를 으쓱이면서 그 자리에 벌렁 눕더니 갑자기 고개를 들었다.

"응? 루데우스? 어디서 들어본 적 있는데?"

"어디에나 있는 이름일 텐데."

"아니, 그게 아냐."

부처 둘이 서로 마주 앉았다.

물론 한쪽은 알몸이었다.

이상한 이야기 아닌가. 왜 이 감옥에서 가장 높은 내가 알몸이고 신입이 옷을 입고 있지?

이상한 이야기다. 틀림없이 이상하다.

"어이, 신입."

"뭐야, 선배."

"그 조끼, 따뜻해 보이네. 주라."

"뭐…?"

기스는 노골적으로 싫은 얼굴을 하며,

"자."

모피 조끼를 벗어서 건네주었다. 의외로 싹싹한 사람일지도 모르겠다.

"아, 감사합니다."

"그런 말은 하는구나."

"그야 그렇지. 며칠이나 프리덤 스타일로 있었으니까. 오래간만에 인간으로서 부활한 기분이네요."

"경어는 그만둬, 선배."

그렇게 해서 나는 에도 시대의 코흘리개 같은 모습이 되었다.

문지기가 짜증내는 얼굴을 했지만 딱히 아무 말도 없었다.

"이 조끼에서 신입의 온기가 느껴지도다…."

"어이, 너 혹시 남자도 괜찮다는 쪽은 아니겠지?"

"설마. 여자라면 아래로 열둘, 위로 마흔까지 괜찮지만, 남자는 여자 같은 얼굴을 하지 않으면 무리예요."

"여자 같은 얼굴이면 되는 거냐…."

기스는 믿기지 않는다는 얼굴을 했다. 하지만 이 녀석도 분명 자기 취향의 여자가 엑스컬리버를 뽑은 아더였으면 멀린이 되겠지.

성적인 의미로.

"그런데 신입. 조금 물어보고 싶은 게 있어."

"뭐야?"

"여기 어디야?"

"대삼림, 돌디어족 마을의 감옥이지."

"나는 누구?"

"루데우스, 강아지에게 손을 댄 알몸의 변태다."

이미 알몸이 아닌데.

또 그거 누명이야. 나는 변태가 아냐.

"그리고 그 돌디어족의 마을에서 마족인 네가 왜 도박에 열을 내지?"

"아하. 예전 친구가 돌디어족이었으니까, 혹시나 있을까 싶어서 들렀어."

"있었어?"

"없더라."

"없는데 도박을 해? 야바위를 쳐?"

"안 들키면 된다고 생각했는데."

틀렸다, 이 자식…. 하지만 도움이 될지도 모르겠군.

"신입. 너 야바위 말고 뭐 할 수 있어?"

"뭐든지."

"호오, 예를 들어서 드래곤을 맨손으로 때려잡는다는가?"

"아니, 그런 건 무리지. 나는 싸움에 약해."

"예를 들어 여자 백 명을 동시에 상대한다든가?"

"하나면 충분해. 많아도 두 명."

마지막에는 목소리를 죽여서 문지기에게 안 들리도록 작게 말했다.

"예를 들어 여기서 도망쳐서 도시까지 간다든가?"

그 말에 기스는 몸을 일으켜 문지기를 쓱 본 뒤에 머리를 북북 긁었다.

그리고 얼굴을 바짝 가져와서 소곤소곤 말했다.

"너, 도망칠 생각이야?"

"동료가 오지 않는다면."

"어어…. 그거 뭐라고 할까, 안타깝게 됐군."

어이, 그만둬.

그런 식으로 말하면 완전히 버림받은 느낌이잖아. 루이젤드는 나를 버리지 않아. 분명 지금쯤 미아가 된 아이들의 부모를 찾아 우왕좌왕하고 있을 거야. 그게 아니면 뭔가 문제가 일어나서 난처한 거야.

내 도움을 기다리고 있어.

"혼자서 도망쳐. 나는 관계없어."

"근처 도시까지 가는 길을 몰라."

"어떻게 여기까지 왔는데?"

"밀수꾼에게 붙잡힌 아이를 구하고."

"구하고?"

"그런 김에 거기 묶인 강아지의 목줄을 풀어 줬더니 갑자기 수족 남자가 와서 소리를 지르더라고. 그렇게 못 움직이게 되었을 때 붙잡혔습니다."

기스는 잘 모르겠다는 얼굴을 하며 머리를 긁적였다.

다소 설명이 부족했던 걸지도 모른다.

"어어, 그렇다면 그건가? 누명?"

"누명이야."

"그래. 그럼 도망치고 싶겠네."

"그렇다마다. 부디 힘을."

"됐다. 도망칠 거면 혼자 도망쳐."

그렇게 말해도 길을 모르는데.

루이젤드를 도우러 가다가 숲에서 길을 잃어서 미아인가. 웃기지도 않는다.

"뭐, 누명이라면 괜찮겠지. 알아줄 거야."

"그렇다면 좋겠는데."

내 생각에 규에스인가 하는 남자는 남의 말을 안 듣는 타입이다.

하지만 내가 아이들을 구한 것도 사실. 아이들이 돌아오면 자동적으로 내 누명도 풀린다.

"그럼 조금 더 기다릴까."

"그래, 그렇게 해. 도망쳐도 좋은 꼴 못 봐."

기스는 그렇게 말하고 또 벌렁 드러누웠다.

이 녀석이 그렇게 말한다면 조금 더 기다릴까.

다행스럽게 내게는 아직 여유가 있었다. 여차 해서 이 일대를 불바다로 만들면 도망치지 못할 것도 없었다. 돌디어족에게는 미안하지만, 억울한 사람을 붙잡은 건 그쪽이니까 쌤쌤이다.

뭐, 그렇긴 해도 늦네…. 아이들의 부모를 찾는데 시간이 걸리는 것뿐이라면 좋겠는데.


엿새째.

이 집은 실로 살기 아늑했다.

밥은 나오고, 냉난방은 완벽(다만 인력)하고, 할 일이 없구나 싶었더니 이야기동무가 생겼다.

침대는 벌레투성이였지만, 현재는 온풍 마법으로 깨끗하게 살충 끝. 화장실만큼은 여전히 좀 그렇지만, 내 배설물을 동물 귀 누나가 처리해 준다고 생각하면 흥분도 되었다.

하지만 역시나 불안했다.

정보가 들어오지 않는다는 건 실로 불안했다.

붙잡히고 1주일이 지났다. 아무래도 너무 늦는 거 아닌가?

뭔가 트러블이 있다고 생각하는 게 보통이겠지. 루이젤드가 해결할 수 없는 트러블. 내가 가서 무슨 도움이 될지 모른다.

이미 늦었을지도 모른다. 하지만 안 갈 수도 없었다.

내일.

아니, 모레다. 모레까지 기다리자.

모레가 되면 이 마을을 불바다로… 만드는 건 좀 미안하니까, 문지기를 인질로 삼아서 도망치자.


이레째.

오늘로 감옥 생활은 끝이다.

나는 마음속에서 이것저것 계획을 짜면서도 표면상으로는 느긋하게 먹고 잤다. 이런, 생전의 니트족 기질이 되살아났다. 내일부터 기합 넣고 가자.

"그리고 보면, 신입."

나는 평소처럼 산적 스타일로 누워서 기스에게 물었다.

"왜?"

"이 마을에 감옥은 여기뿐이야?"

"왜 그런 걸 묻는데?"

"아니, 보통 감옥에 의미도 없이 둘이나 넣지는 않잖아?"

"이 감옥은 평소에 안 써. 보통 범죄자는 잔트포트로 보내니까."

범죄자는 잔트포트로.

이 감옥에 들어오는 건 돌디어족에게 특수한 범죄자뿐이란 소린가. 나는 밀수꾼으로 오인되었고, 더군다나 성수님을 수간하려고 했다는 누명까지 썼다. 성수라고 할 정도니까 분명 이 마을에게 특별한 존재겠지. 그야말로 특별한 범죄자다.

하지만 잠깐.

"그럼 왜 너는 이 감옥에 들어온 거야? 도박에서 속임수를 쓰다가 잡혔다며?"

"나도 몰라. 마을 안의 작은 일이라서겠지?"

"그런 건가?"

"그런 거야."

조금 위화감을 느끼면서.

나는 벅벅 겨드랑이를 긁었다. 그리고 벅벅 배를 긁었다.

이어서 등도 벅벅. 왠지 가렵군.

그렇게 생각하며 지면을 보니 뿅 하고 벼룩 하나가 뛰고 있었다.

"우오오오! 이 조끼, 벌레가 들끓잖아!"

"응? 어, 한동안 안 빨았으니까."

"좀 빨아!"

나는 조끼를 벗어던졌다.

후두두 털어 보니 부수수 벌레가 떨어졌다. 바로 열풍으로 죽였다. 벌레 새끼들이….

"오오, 저번부터 보고 생각했지만 그거 대단하네. 어떻게 하는 거야?"

"무영창으로 마술을 쓴 거야."

"…헤에. 무영창. 그거 대단하네."

아, 벌레에 물렸다고 생각하니 왠지 온몸이 가려워졌다.

아무튼 물린 자리를 하나씩 힐링.

하지만 등이. 맨살 위에 그대로 입은 탓에 등이 엄청나게 물린 모양이었다.

손이 안 닿아, 우오오.

"어이, 신입."

"뭐야?"

"이쪽에 와서 등 좀 긁어줘. 가려워서 죽겠어."

"예이, 예이."

내가 가부좌를 틀고 앉자 기스가 뒤로 다가왔다.

벅벅 긁어 주었다.

"그래, 거기, 거기야. 잘 하네, 너. 재능이 있어."

"말했잖아. 뭐든지 잘 한다고. 뭣하면 어깨라도 주물러 줄까?"

그렇게 말하면서 기스가 내 어깨에 손을, 우어어, 이 녀석 익숙한 솜씨였다.

무심코 등이 쭉 펴졌다.

"오오, 잘 하네. 기분 좋아. 아, 다음은 더 아래쪽, 우오오, 거기거기…. 음?"

그때 문득 위화감이 들었다.

뭐지…. 왠지 평소와 달랐다.

"…어이, 신입."

"음, 더 아래? 엉덩이라도 긁어줘?"

"아니, 왠지 이상하지 않아?"

"선배 머리 말이야?"

"그건 놔두고."

거참 버릇없는 놈이군.

"그러고 보면… 문지기 누나가 안 오네."

오, 그렇다.

평소였으면 이 시간은 점심식사 시간일 것이다. 맛있고 맛있는 밥을 먹고 잘 먹었습니다, 라고 말하며 손을 모으는 시간이다. 아니, 시계도 없으니 시간이 틀렸을 가능성도 있지만 배꼽시계를 보자면 이미 점심시간일 터였다.

"왠지 밖이 시끄러운데?"

"그런가?"

귀를 기울여보니 분명히 멀리서 떠들썩한 소리가 들려오는 듯했다.

하지만 기분 탓일지도 모른다.

"그리고 조금 덥네."

"분명히 그러고 보니 오늘은 좀 덥네…."

"그리고 왠지 연기가 나지 않아?"

"…듣고 보니."

분명히 연기가 났다. 희미한 회색 안개가 주위를 떠돌았다.

연기는 채광용 창문과 입구에서 흘러드는 듯했다.

"어이, 신입. 잠깐 어깨 좀 빌려줘."

"어쩔 수 없군. 자."

나는 기스의 어깨 위에 올라타서 다소 높은 위치에 있는 채광용 창문으로 밖을 엿보았다.

숲이 불타고 있었다.

## 제8화   화급

"불이다!"

나는 소리치면서 곧바로 기스의 어깨에서 내려왔다.

"우아아! 어이, 잠깐만!"

기스는 채광용 창문에 달라붙어서 밖을 보았다.

"진짜잖아! 어, 어쩐다, 선배!"

이럴 수가. 내일이라도 여기를 나가려고 생각했는데 이대로 있다간 통구이다.

"당연히 도망쳐야지! 그리고 이 혼란을 틈타서 도망쳐야지!"

"하지만 어떻게 나가게?! 문은 잠겼잖아?!"

"괜찮아, 문제없어!"

나는 문에 달라붙어서 품에 숨겨두었던 열쇠로 문을 열었다.

"오오오?! 어느 틈에 열쇠 같은 걸 훔쳤어?"

"이런 일도 있을까 싶어서 처음에 탈주를 기획한 시점에 슬쩍!"

"과연, 불 난 집을 턴다 이거군!"

무슨 소리. 도둑질은 안 해. 본을 좀 떠서 복제했을 뿐이야.

아무튼 열쇠 구멍에 열쇠를 꽂고 찰칵 소리가 나게 돌려서 열었다.

자, 탈옥 챌린지다.

"좋아, 가자!"

"그래!"

입구의 문을 열자 열풍이 뺨을 때렸다.

활활 타오르는 불길이 숲을 죄다 태워 버리려는 기세로 폭력적으로 날뛰었다.

나무 위에 있는 집들까지 불타서 무너지려고 했다.

"…이거 큰일이네."

기스의 혼잣말에 고개를 끄덕였다.

어디의 누가 자면서 담배라도 피웠는지 모르겠지만, 숲속에서는 화기엄금일텐데.

물론 그 덕에 도망칠 수 있으니까 좋은 걸로 치자.

"좋아, 신입. 잔트포트는 어느 쪽이지?"

"엉? 알 리가 없잖아!"

원숭이는 돌아보면서 고함을 질렀다.

"왜 모르는데! 너 길을 안다고 했잖아?!"

"이렇게 불길에 휩싸인 상태에서 어떻게 알 수가 있어!"

음, 듣고 보니 분명히 그렇군.

검은 연기와 시뻘건 불길 속에서 정확한 방향을 알면 '연기에 휩싸이다'라는 말은 탄생하지 않았다.

하지만 그럼 어쩐다.

불을 꺼?

아니, 이제부터 화재를 틈타서 도망치려는데 불을 끄면 금방 들킨다.

뿐만 아니라 방화범으로 오해를 살 가능성도 있다.

그럼 화재범위 밖까지 일단 나간 뒤에, 거기서 다시금 길을 찾는 건 어떨까?

…잠깐, 애초에 불을 끄지 않고 도망칠 수 있을까?

"왜 그래?! 도망칠 곳이 없어지잖아!"

애초에 이 화재의 규모는 어느 정도지?

도망쳐도 도망쳐도 화재범위를 빠져나갈 수 없을 가능성도 있었다.

"어이, 선배! 저기 봐!"

기스가 가리켰다.

그곳에는 한 아이가 있었다. 고양이 귀의 조그만 아이였다. 연기를 마셨는지 눈을 비비고 콜록대면서 비틀비틀 이쪽을 향해 이동하고 있었다.

거기에 시뻘겋게 불타오르는 나무가 조금씩 쓰러지려고 했다.

아이는 그걸 깨닫고 나무를 올려다보았지만, 갑작스러운 일이라서 멍한 상태였다.

"위험해!"

나는 순간적으로 외치고 나무를 바람 마술로 날려 버렸다.

아이는 흐릿한 눈으로도 우리의 모습을 보았는지 이쪽으로 다가왔다.

"사…사, 살려줘…"

나는 그 아이를 받아 안고 물 마술로 눈 근처를 씻어 주었다. 몸에 가벼운 화상을 입었기에 치유 마술도 걸었다. 이럴 때에 어떤 처치를 하면 좋을지 모르지만, 일단 이거면 된다고 믿고 싶었다.

그렇긴 해도 이렇게 조그만 아이가 뒤처졌나.

"혹시 피난이 안 끝났나?"

"그럴 가능성도 있겠지. 우기에 들어가려는 시기에 화재라니 이것도 보기 드문…. 우옷?!"

또 나무가 쓰러졌다.

위에 있던 오두막이 부서지며 불똥을 흩뿌렸다.

소화활동이 이루어지는 것 같지 않았다. 이대로 여기가 죄다 타 버리면 나도 위험하다.

하지만 아이를 놔두고 도망칠 수도 없었다.

"좋아…"

결심했다.

"신입, 마을 중심이 어딘지는 알아?!"

"그야 알지…. 그런데 어쩌려고?!"

"은혜 좀 베풀어야지!"

그렇게 말하자 기스는 씨익 웃으며 아이를 안아들고 뛰어갔다.

"좋아, 이쪽이야. 따라와!"

나는 뒤를 따…르려다가 문득 내 옷에 대해 떠올렸다.

어쩌면 그 감옥 어딘가에 숨겨져 있을지도 모른다.

"……."

나는 재빨리 물 마술을 써서 감옥을 얼음덩어리로 감싸고 기스를 뒤쫓았다.


마을의 중심은 아직 화재의 손이 닿지 않았다.

하지만 예상한 것과는 조금 달랐다.

어쩔 줄 모르는 수족 사람들. 그들은 패닉 상태로 비명이나 고함을 지르면서 우왕좌왕하고 있었다.

여기까지는 좋았다.

왜인지 전사 같은 차림의 인간이 그들을 쫓아다니고 있었다.

멀리서는 인간과 수족 전사인 듯한 사람들이 싸우는 것도 보였다. 또 시야 구석에서는 강건한 남자가 아이를 옆구리에 끼고 어딘가로 데려가려는 것도 보였다.

뭐야, 이거? 어떻게 된 거야?

"하아, 어쩐지 이상하다 싶더라니…."

"신입, 이 상황을 알겠어?"

"보면 알잖아. 저놈들이 수족을 습격하는 거야."

과연. 듣고 보니 눈에 들어오는 그대로군.

"아마 불을 지른 것도 저놈들 짓이겠지."

불을 지르고 습격. 완전히 산적이군. 못 되어먹은 놈들도 다 있다.

하지만 수족도 나한테 억울한 죄를 씌워서 투옥하고 1주일이나 부자유스러운 생활을 보내게 했다.

남을 저주하면 그 대가를 치른다고 하지.

"하지만… 이거… 너무하잖아."

남자에게 끌려가는 여자.

울부짖으며 엄마 이름을 외치는 아이, 그걸 붙잡으려다가 칼을 맞는 어머니. 전사인 듯한 사람이 그걸 저지하려고 했지만, 아무래도 인간의 숫자가 너무 많은 건지, 연기 때문에 눈과 코가 망가진 건지 제대로 못 움직이다가 여럿에게 포위당하여 고전할 수밖에 없었다.

이거 심하잖아. 너무 심해.

"…선배."

"왜?"

"어느 쪽에다가 은혜를 베풀거야?"

어느 쪽이냐는 말에 나는 다시금 현장을 보았다.

수족 전사가 또 한 명 쓰러졌다. 그 뒤에 있던 건물에 남자들이 들어가더니, 안에서 아이의 머리채를 잡고 끌어냈다.

어느 쪽이 정의인지는 보면 안다.

하지만 나에게 악은 어느 쪽일까.

인간들의 정체는 모르겠지만…. 뭐, 아이를 끌고 가는 걸 보면 노예상인이든가 밀수꾼 관계자겠지. 그들에게는 일단 빚이 있다. 루이젤드를 데려와 줬다. 뭐, 그 대가로 거점의 인간을 싹 죽였으니까 그걸로 입장은 평등했다.

반대로 수족은 나를 억울하게 감옥에 처넣었다. 내 변명을 듣지도 않고 옷을 벗기고 냉수를 퍼부어서 방치했다.

감정적인 면에서는 수족에 대한 이미지가 나빴다.

하지만. 하지만 이 광경은…… 너무 구역질났다.

"당연히 수족이지."

"하하! 그렇게 나오셔야지!"

기스는 그렇게 말하더니 근처의 사체에서 검을 주워들고 싸울 준비를 했다.

"그럼 전위는 맡겨줘. 나는 검술이 별로지만 벽 정도는 될게."

"그래, 잘 지켜줘."

나는 그렇게 말하고 두 손을 하늘로 쳐들었다.

일단은 불을 끄자. 사용할 마법은 상급 물 마술 '스콜'이었다.

오른손으로 마력을 담아서 하늘에 잿빛 구름을 만들어냈다.

위력도 범위도 크게. 어느 정도 범위로 화재가 퍼졌는지 모르지만, 최대한 크게 하면 어지간해선 꺼지겠지. 비의 기세도 강하게 하자. 소나기처럼 세게.

큐므로닌버스로 배운 구름의 조작. 마력을 덩어리처럼 뭉쳐서 구름을 만들고, 아직은 비가 되어 내리지 않도록 부풀렸다.

두 손을 쳐든 내게는 아무도 신경 쓰지 않았다.

그리고 검은 연기 덕분에 하늘에 퍼진 구름에도.

"좋아."

구름을 충분히 키운 시점에서 나는 마력을 해방했다.

"우오…."

폭포 같은 비에 기스가 무심코 하늘을 올려다보았다.

비는 그 자리에 있는 전원을 두들기듯이 쏟아져서 순식간에 주위를 물바다로 만들었다. 먼 곳에서는 슈욱슈욱 하고 불이 꺼졌다.

사람들은 하늘을 올려다보고 몇 명은 갑작스러운 비에 의문을 품다가, 두 손을 쳐든 내 존재를 깨달았다.

근처의 인간들이 검을 뽑으면서 이쪽으로 달려왔다.

"어, 어이, 어떻게 하지 선배, 놈들이 온다!"

"'매드 풀'."

그들의 발치에 진흙탕을 만들었다.

갑작스럽게 다리가 빠진 그들은 균형을 잃고 넘어졌다.

"'스톤 캐논'."

거기에 곧바로 스톤 캐논을 날려서 기절시켰다. 간단했다.

이놈들은 그리 강한 상대가 아니었다.

"오오⋯. 대단하네, 선배."

기스의 칭찬을 흘려들으면서 앞으로 나아갔다. 인간들은 여기 저기에 있어서 거기에 족족 스톤 캐논을 날렸다.

이대로 천천히 진격하면서 유괴된 아이들을 되찾자.

이럴 때에 에리스와 루이젤드가 있으면 더 빠른 전개로 쫓아 갈 수 있겠지만, 나 혼자라면 신중할 수밖에 없다⋯. 아니, 일단 기스가 있나. 꽤나 겁에 질린 모습이라서 도움이 안 되겠지만.

"어이, 마술사가 있다! 불이 꺼졌어!"

"제길! 대체 뭐야!"

"죽여! 숫자로 밀어 버려서 마술을 못 쓰게 해!"

그렇게 생각하는데 인간 전사들이 차례로 이쪽으로 달려오기 시작했다.

"스톤 캐논."

손을 들어 스톤 캐논을 날렸다.

하나, 둘, 셋⋯. 이런, 의외로 통솔이 잡힌데다가 숫자가 너무 많았다.

"제, 제길! 올 거면 와 보라고! 선배한텐 손가락 하나도 못 댈 테니까!"

기스는 용감하게 외쳤지만, 몸은 슬금슬금 옆으로 도망치고 있었다. 못 써먹겠다.

어쩐다. 나도 물러날까?

그렇게 생각했을 때 내 앞에 갈색 그림자가 튀어나왔다.

"누군지는 모르지만, 조력에 감사하지!"

수신어였다.

털 많은 꼬리를 가진 개 귀의 수인은 뽑아든 검으로 다가오는 남자를 베어넘겼다.

일도양단. 남자는 일격에 목이 날아갔다.

"아까 비로 얼굴을 씻었다. 코만 괜찮으면 너희 따위에게 지지 않아!"

오오, 멋있어.

그 말처럼 눈에 비치는 범위에서 수족 전사가 신나게 반격하기 시작했다.

"조그만 마술사! 전사를 모아서 아이들을 되찾는다. 힘을 빌려다오!"

"예이!"

수족 전사는 내가 수신어로 대답한 것에 다소 놀라면서 고개를 크게 끄덕이며 울부짖었다.

몇 명이 나무 위에서, 혹은 덤불 안에서 튀어나왔다. 눈앞의 적을 쓰러뜨리고 네 다리로 이쪽으로 달려오는 이도 있었다.

전원 여기저기 다쳤지만 전의는 잃지 않았다.

"균터, 길버드는 나를 따라 와라. 이 마술사와 함께 아이들을 구한다. 다른 이들은 여기를 지켜라."

"우어어!"

전원이 고개를 끄덕이고 흩어졌다.

나도 처음에 날 도운 수족 전사를 놓치지 않도록 달렸다. 기스도 뒤에서 따라왔다.

검사들은 때때로 킁킁 콧소리를 내면서 거의 길을 헤매지 않고 일직선으로 달렸다.

도중에 인간이 있으면 곧바로 베어 버렸다.

그리고 그때 끼잉 하는 개의 비명 같은 소리가 들렸다.

그쪽을 보니 한 수족이 인간 셋을 상대로 궁지에 몰려 있었다.

인간은 쥐를 가지고 노는 고양이처럼 3대1을 즐기고 있었다. 말하자면 빈틈투성이였다.

나는 즉각 스톤 캐논을 날려서 한 명을 졸도.

내 옆을 달리던 녀석이 다른 한 명을 덮치고, 아군이 죽는 바람에 순간 당황했던 마지막 한 명은 여태까지 싸우던 수족에게 당했다.

"라크라나! 무사한가!"

"그, 그래! 전사 긴바루! 고마워!"

궁지에 몰려 있던 것은 여자였다. 여전사였다.

그녀는 싸움 때문인지 상처투성이였다. 나는 그녀에게 다가가서 치유 마술을 걸려다가 그 얼굴이 기억에 있어서 멈춰섰다.

그녀 또한 내 얼굴을 보고 놀란 기색이었다.

"긴바루! 이 녀석은!"

"적이 아니다. 방금 전의 비는 이 녀석 덕분이다. 이상한 차림이지만, 우리 편을 들어주고 있다."

"어?"

그녀가 고개를 갸웃거리는 이유는 내가 모피 조끼 하나만 달랑 걸친 반라여서가 아니었다.

나는 그녀를 안다. 이름은 지금 막 알았지만, 그 가슴 크기나 요리 실력은 잘 안다.

그녀는 나와 기스의 감옥을 지키던 문지기였다.

그녀는 나와 긴바루를 교대로 보다가 차츰 창백해졌다.

분명 마음속으로는 나한테 한 짓을 떠올리며 맹렬히 반성하고 있겠지.

됐어, 난 딱히 원한 같은 거 없어. 인간은 사소한 착각으로 실수를 하는 법이니까.

보살 DE 루데우스야.

그런고로 치유 마술을 걸어 주겠습니다.

"······."

라크라나라는 이름의 문지기는 복잡한 표정으로 내 치유 마술을 받았다.

사과해야 하나, 어째야 하나 하는 얼굴이었다.

하지만 치유 마술이 끝나기 전에 긴바루가 외쳤다.

"라크라나, 너는 성수님을 지키러 돌아가라!"

"아, 알았어…!"

그녀는 고맙다는 말을 하지 않았다.

긴바루의 지시를 받고 뭔가 할 말이 있는 얼굴로 도망치듯이 어딘가로 달려갔다.


계속해서 추격했다.

마을을 빠져나가 숲으로 들어갔다.

도중에 나는 발이 느리다는 이유로 전사 한 명에게 업혔다. 중간부터는 스톤 캐논을 발사하는 기계가 되었다.

어깨 장비 : 루데우스, 다.

이 장비는 적을 발견하면 예견안으로 편차 사격을 하면서 자동적으로 적을 쓰러뜨려 준다.

다만 그 위력은 졸도시킬 뿐이라서 마무리를 할 필요가 있지만, 그 정도 수고는 해 주셔야지.

"저걸로 끝이다!"

마지막 한 명은 우리에게 쫓긴 시점에서 발을 멈추고 짐을 내려놓더니 검을 뽑았다.

짐이었던 소년은 이미 얼굴에 자루가 씌워지고 손을 뒤로 해서 수갑이 채워졌다. 또 기절한 건지, 축 늘어진 모습이었다.

마지막 한 명은 무릎을 꿇고… 아이의 목에 검을 들이댔다.

인질인가.

"크르르르르…"

수족 전사들은 인간 검사와 거리를 벌린 채로 으르렁거리며 포위했다.

그 녀석은 여유 넘치는 얼굴로 주위를 둘러보다가 나와 눈이 마주쳤다.

"…개주인, 왜 네가 여기에 있지?"

그 수염투성이 남자도 아는 얼굴이었다.

갈스다. 루이젤드를 밀수해 주고 일을 의뢰한 밀수조직의 인간이었다.

"뭐, 여러 일이 있어서…. 갈스 씨야말로 왜 이런 곳에?"

"왜? 흥, 애초부터 그럴 예정이었으니까."

긴바루와 수족들이 '아는 사람인가?', '동료인가?'라는 시선을 보냈다.

으음…. 별로 이야기하고 싶진 않지만 입다물고 있을 수도 없었다.

"애초부터 그럴 예정이었다는 건?"

갈스는 침을 탁 내뱉었다.

"너한테 말할 필요는 없겠지."

뭐, 그렇지. 하지만 이상하지 않나?

"당신은 우리에게 의뢰해서 수족 아이들을 구해 주라고 했잖아요. 화근이 남는다고. 그런데 왜 또 유괴를…? 무슨 생각인가요?"

갈스는 씩 웃더니 주위를 보았다.

수족 검사 셋에 나, 그리고 기스에게 포위되어서도 아직 여유로운 표정이었다.

그보다 기스가 여기까지 따라왔구나.

"그래, 꼬맹이라면 모를까 '돌디어의 성수'까지 납치하면 화근이 남지."

아무래도 그 강아지가 문제였던 모양이다.

그럼 처음부터 그렇게 말해 주지 그랬어.

개를 해방하라고.

"좋은 아이디어라고 생각했는데 말이야. 타이밍 좋게 돌디어의 전사단에게 정보를 흘려서 너희랑 마주치게 한다. 스펠드족이 전사단을 죽인 틈에 우리는 마을을 강습해서 아이들을 유괴한다."

"……."

"돌디어의 전사단이 마을 습격을 깨달았을 때에는 이미 늦었지. 우기라서 제대로 움직일 수 없고 추적도 할 수 없으니 엉엉울 수밖에 없어."

이 지역에는 우기가 있다.

우기 동안에는 거의 마을에서 나올 수가 없다.

거기에 타이밍을 맞추어서 추적을 뿌리치려는 생각이었겠지.

"꽤나 빙빙 도는 수를 쓰네요."

"말했잖아, 우리라고 일치단결한 건 아니야. 동료의 다리를 잡아채야 한다고."

알기 쉬운 수였다.

동료의 노예는 해방하고 자기 노예는 판다.

자기한테는 거금이 들어오고 동료에게는 한 푼도 들어오지 않는다.

자기 지위는 올라가고 동료는 실패하여 지위를 잃는다.

빙빙 도는 수를 쓴 덕분에 좋은 일뿐이다.

"이거 아냐, '개주인'? 돌디어족 꼬맹이는 꽤나 비싸게 팔려. 아슬라 왕국에 수족을 좋아하는 변태 귀족이 있어서 말이지, 그 일족이 고가에 사 주지."

예, 아마 그 일족이랑 아는 사이입니다.

"예정과는 조금 다르지만, 스펠드족이 돌디어의 전사단을 잔트포트에 붙들어 주었지. 그런데 왜 너만 여기에 있지?"

"실수해서 말이죠, 붙잡혔어요."

"그래. 그럼 이쪽에 붙지 않겠어?"

그 말에 수족들의 눈이 이쪽을 향했다.

그들은 일단 인간어를 알아듣는지 경계심 어린 눈으로 날 바라보았다.

그런 눈으로 보지 말아 줘.

"갈스 씨…. 미안하지만 아이를 도울 때의 나는 '스펠드족의 루이젤드'예요. 그리고 루이젤드는 아이를 노예로 삼아서 팔아넘기는 놈을 용서하지 않죠."

"흥, 데드엔드가 정의한 행세냐?"

"그렇게 보이고 싶거든요."

교섭 결렬이다. 갈스는 아이의 목에 칼을 들이댄 채로 일어섰다.

포위하려던 수족들을 둘러보고 큭큭 웃었다.

"그래⋯. '개주인' 너, 잘못 고른 거다?"

그러니까 지금의 나는 루이젤드라니까.

그때 긴바르의 동료 둘이 갈스의 뒤에서 고양이처럼 조용히 허리를 낮추었다.

"⋯다섯으로는 나한테 못 이겨."

셋이 덤빈 것은 거의 동시였다.

오른쪽 뒤에서 수족 전사 A가 덤비고, 왼쪽 뒤에서 전사 B가 아이를 구하려고 달려들었다. 긴바루는 시간차를 두면서 정면에서 갈스를 공격했다.

민첩한 동물처럼 덤벼든 셋에 비해 갈스의 움직임은 완만하다고 할 수 있는 것이었다.

일단 아이를 긴바루 쪽으로 던졌다.

긴바루는 날아온 아이를 받았고, 목표를 잃은 전사 B가 순간적으로 헛발을 디뎠다.

그 틈에 아이를 던진 반동으로 뒤를 돌아본 갈스는 전사 A를 해치웠다.

어디에나 있을 법한 장검으로 전사 A의 검을 받아 흘리고 그 가슴을 꿰뚫었다.

곧바로 검을 뽑으면서, 헛발을 디딘 전사 B에게 몸을 부딪치며 밀착했다.

전사 B와 긴바루의 위치는 갈스에게 직선상에 놓였고, 긴바루는 아이를 안고 있어서 움직일 수 없었다. 그 한순간에 갈스는 어느 틈에 왼손에 쥐고 있던 단검으로 전사 B의 가슴을 깊이 찔렀다.

그리고 갈스는 전사 B의 몸을 방패로 삼듯이 긴바루에게 돌진했다.

긴바루는 아이를 옆구리에 낀 채로 그걸 막으려고 했다.

하지만 이미 늦었다. 갈스는 방패의 다리 사이로 검을 내밀어서 긴바루의 다리를 찔렀다.

긴바루가 아이를 떨어뜨리면서 쓰러지자, 갈스는 곧바로 그 목을 찢었다.

순식간에 벌어진 일. 가세할 틈도 없었다.

내가 멍하니 있는 동안에 수족 전사들의 입에서 피가 뿜어져 나오고 셋 다 쓰러졌다.

진짜냐….

"…어, 어이, 선배, 큰일이야. 저거 북신류야. 그것도 아트페파, 기책을 쓰지 않으면서 다대일의 싸움에 익숙한 실전파야."

기스의 허둥대는 목소리에 갈스가 웃었다.

"잘 아는군, 원숭이. 그래, 내가 북성 '청소부' 갈스다."

갈스가 그렇게 말했을 때 이미 인질은 그의 손 안에 있었다.

큰일이다, 루이젤드 정도로 강하지 않을 줄 알았는데, 그런 랭크라면 나로선 어떻게 안 될지도 모른다.

예견안으로 얼마나 싸울 수 있을지….

"재미있지? 북신류에는 인질을 사용한 전투법까지 있으니까."

예전에 이 세계에서 내 아버지인 파울로가 북신류를 성대하게 디스했던 적이 있는데, 그래, 분명히 그런 전법이 있는 유파라면 싫을 법도 하겠다. 남자답지 않다. 정말로 비겁하다. 정정당당하게 좀 싸우라고.

"자, 덤벼봐, '개주인'. 아니면 너 겁쟁이냐? 방금 그걸 보고 겁에 질려서 그만 놓아줄 생각이 들었냐?"

마음속으로 아무리 욕해 봤자 상황은 변하지 않는다.

아예 그냥 보내 줄까?

나는 루이젤드와 달리 목숨을 걸면서까지 모르는 아이를 구할 만큼 정의한이 아니다.

내가 목숨을 걸어도 좋은 건 에리스뿐이다.

"뭐야, 정말 안 덤비게? 그래, 서로에게 그게 좋아."

오히려 갈스는 나를 경계하는 모양이었다.

어쩌면 내가 마술로 숲의 불을 끄는 걸 보았을지도 모른다. 무영창으로 마술을 쓰는 것도 보여 주었다. 내가 마술을 쓰는 기척을 보이면 곧바로 공격해 올 생각일지도 모른다.

갈스가 나를 얼마나 과대평가하는지는 지금 나로서는 알 수가 없었다.

인질이 다치지 않도록 검호인 갈스만 쓰러뜨리는 건 예견안을 써도 아마 무리일 것이다.

내 목숨이 아깝다면 도망치는 수밖에 없다.

"그래, 그럼 잘 있어라, '개주인'. 또 어딘가에서 만나면…."

갈스가 그렇게 마음을 놓고 인질을 짊어지려는 순간.

"크르르릉!"

그의 옆에서 하얀 덩어리가 덤벼들었다.

하얀 덩어리는 검을 든 갈스의 손을 물었다.

"끄아아아?! 뭐야?!"

개다. 그 커다랗고 하얀 시바견이 갑자기 덤불에서 튀어나와서 갈스를 문 것이다.

"……!"

나는 반사적으로 움직였다.

마술을 써서 갈스와 인질 사이에 충격파를 발생시켰다.

"큭?!"

인질과 갈스가 튕겨나가듯이 멀어졌다.

그 충격으로 성수도 갈스에게서 떨어졌다.

갈스는 다시 검을 들고 내 쪽을 돌아보았다.

"이 자식! 개주인! 역시나 가만히 안 있는군!"

마치 내가 원흉인 것처럼 증오의 시선을 했다.

"소문대로야! 개를 부리다니…. 더러운 수나 쓰고…!"

무슨 소문인데…!

아니, 지금은 오히려 갈스를 구하려고 했는데 말이지.

"크르르르르…"

성수는 더 싸울 기세였다.

어느 틈에 내 옆으로 이동해서 나를 원호하는 위치로 자세를 낮추었다.

"헤헤, 역시나 선배. 뼈는 주워달라고…"

신입도 나보다 조금 앞으로 나서듯이 자리를 잡고 어째 불안한 기색으로 검을 들었다.

갈스는 빈틈없는 자세로 나와 대치했다.

왠지 이젠 물러나려야 물러날 수 없는 느낌이군.

뭐, 좋아.

수족에게 은혜를 베풀기로 결심했어. 끝까지 할 수밖에 없지.

"미안해요, 갈스. '데드엔드'의 루이젤드는 악당이면 안 돼요."

그렇게 멋지게 말해 보았지만 상황은 좋지 않았다.

상황은 3대1…. 하지만 우리보다 강한 수족 전사들은 순식간에 당했다.

지금은 인질이 없다지만, 나와 신입과 강아지라는, 도저히 미덥지 않은 삼인조다.

루이젤드가 있으면 좋겠다고 절실히 빌지만… 아니, 이럴 때를 위해 나도 훈련을 받았다.

"선배…. 조금만 시간을 벌어줘."

내가 그렇게 각오를 다졌을 때 신입이 작은 목소리로 말했다.

무슨 작전 있나?

"북신류 검사라면 아마 걸릴 기술이 하나 있어."

"…알았어."

나는 신입과 나란히 서듯이 앞으로 나섰다.

성급 검사와 정면대결이라.

큰일이다. 심장이 벌렁대. 진정해, 차분하게 가자.

"멍!"

나한테 용기를 주려는 듯이 옆의 털뭉치가 한 번 짖고….

"하아압!"

거기에 호응하듯이 갈스가 지면을 박찼다.

갈스가 달리고 성수가 맞서서 돌진하였다.

'왼손으로 돌아들어가면서 성수를 향해 하단에서 칼을 휘두른다.'

보였다.

스톤 캐논을…. 안 돼, 성수가 사선에 들어 있다. 다른 마술이 좋다.

뭘로 할까. 신입은 신경을 끄라고 했다. 그렇다면….

"'익스플로젼'!"

"가우우우!"

성수가 덤비는 타이밍을 맞춰서 갈스의 눈앞에 작은 폭발을 일으켰다.

"멀었어!"

갈스는 그대로 지면에 몸을 던지듯이 굴렀다.

덤벼든 성수의 밑을 빠져나가서 일회전하며 일어서….

'일어서자마자 하단에서 벤다.'

"!"

나는 백스텝으로 회피했다.

위험해…. 예견안이 없었으면 즉사였다.

"칫, 지금 이걸 피하냐!"

갈스는 소리치면서 파고들어 공격을 날렸다.

'동체를 향한 가로베기, 검을 수습하면서 다시금 공격.'

보인다. 회피할 수 있다.

에리스보다 빠르지만, 에리스만큼 읽기 어려운 독특한 리듬이 있는 건 아니었다.

반격할 틈은 없지만, 시야 구석에서 성수가 일어서고 있었다. 좋아, 뒤에서 깨물어 줘.

'갑자기 검을 드는 손을 바꾸어서 몸을 틀며 도약한다.'

순간 그게 뭔지 알 수 없었다.

갈스의 움직임이 뭘 위한 건지 알 수 없었다.

"……!"

백스텝이 아니라 사이드스텝을 밟은 것은 반사적인 행동이었다.

깨달았을 때는 머리 위에서 떨어진 단검이 내 발등을 꿰뚫었다.

격통이 이는 가운데 나는 보았다.

'갈스가 검을 쳐든다.'

무슨 일이 있었는지 깨달았다.

다리다. 갈스는 다리로 단검을 던진 것이다. 아마도 부츠나 어딘가에 숨겨진 것을!

아무리 미래가 보인다고 해도 이래선 의미가 없다. 알고 있었는데…!

"끝이다, 개주인!"

"크르르릉!"

그때 성수가 갈스의 어깨를 깨물었다.

"끄악! 이게!"

"끼잉!"

성수가 날아가서 나무에 부딪쳤다.

그 한순간에 나는 오른손에 마력을 집중하여 스톤 캐논을 쏘았다.

"칫!"

갈스는 고속으로 날아오는 스톤 캐논을 공중에서 쳐냈다. 검이 불꽃을 튀기며 갈스의 손에서 날아갔다.

좋아, 이틈에 단검을 뽑고….

'갈스가 발밑의 검을 주워서 휘두른다.'

아.

그때 나는 깨달았다. 나는 어느 틈에 수족 전사의 사체까지 물러나 있었다.

갈스의 발밑에는 수족의 검이 있었다.

그렇게 유도했던 것이다.

"끝이라고 했잖아. 발버둥치지 마, 개주인!"

나는 마지막 희망을 걸고 두 손에 마력을 집중했다.

모든 것이 슬로우 모션처럼 비쳤다.

갈스는 검을 허리 높이로 들고 당장이라도 공격을 날리려고 했다.

그 중간에 충격파를 날려서 서로의 거리를 벌리려고 해도 도저히 늦었다.

방금 전에 스톤 캐논을 쏠 때에 충격파를 쓰든가, 나이프를 뽑았으면 좋았을 것을.

나는 한 수 잘못 두었다.

"북신류 기발파 묘기, 낙루탄."

그때 내 바로 뒤에서 신입의 목소리가 들렸다.

동시에 머리 위에서 뭔가가 떨어졌다.

검은 주머니였다.

그러자 갈스의 비전이 흔들렸다.

'갈스는 순간적으로 그 주머니를 쳐내려고 도약하고 두 손으로 얼굴을 가린다.'

갈스의 얼굴에 주머니가 철썩 부딪쳤다. 동시에 주머니 안에서 재 같은 것이 좌악 퍼졌다.

눈을 노린 공격이었다.

하지만 실패하고… 아, 아니, 빈틈투성이었다.

다음 순간 내 마술이 완성되고, 나와 갈스 사이에 화염을 동반한 폭발이 일었다.

내 몸은 엄청난 속도로 후방으로 날아갔다.


……

정말 한순간 의식이 날아갔다.

나는 전신 타박상과 다리의 통증을 견디면서 몸을 일으켰다.

다리 부상은… 괜찮아. 그 충격으로 나이프도 빠진 모양이었다. 발가락은 다 멀쩡했다. 이거면 치유 마술로 고칠 수 있겠지. 솔직히 아파서 못 걸을 정도지만, 질질 짤 수도 없었다.

곧바로 일어서서 싸우는 거다. 아직 승부는 끝나지….

"……?"

갈스는 드러누워서 쓰러진 모습이었다. 꿈쩍도 하지 않았다.

"…좋았어! 해치웠다!"

옆을 보니 기스가 주먹을 움켜쥐고 있었다.

"북신류 놈들은 낙루탄이라는 이름을 들으면 바로 두 손으로 얼굴을 가리지!"

정확하게는 모르겠지만, 북신류에게는 이상한 버릇이 있는 모양이었다.

아무튼 나는 경계하면서 갈스에게 다가갔다.

"…어이, 조심해, 선배."

나는 신입의 말처럼 빈틈없이 갈스를 살피면서 그의 근처에 떨어진 검을 저 멀리로 던졌다. 그러자 성수가 달려가서 검을 물고 돌아왔다.

살랑살랑 꼬리를 흔드는군.

그래, 그래, 착하다. 하지만 프리스피 놀이는 다음에 하자.

"신입, 들고 있어."

나는 성수의 머리를 쓰다듬어 주면서 검을 기스에게 건넸다.

이어서 근처에 떨어진 나무토막으로 갈스를 툭툭 찔렀다.

갈스는 움직이지 않았다. 눈 근처를 찔러도 꿈쩍도 하지 않았다. 수갑을 채우고 족쇄를 채우고 재갈까지 물려도 눈을 뜨지 않았다.

완전히 기절한 모양이었다.

"이겼다."

조용히 중얼거린 말에 성수가 끄응 소리내어 울었고, 아이의 머리에서 자루를 벗기던 기스가 웃었다.

이겼구나….

내가 승리의 여운에 잠기는 가운데, 자루가 벗겨진 아이가 눈을 뜨고 워우우 소리내어 울었다.

그 울음소리를 듣고 수족 전사들이 온 것은 조금 더 뒤의 일이었다.

이번 유괴사건은 꽤나 특수한 케이스였던 모양이다.

밀수조직이 꾸민 대규모의 유괴작전.

그들은 돌디어의 수호신인 성수를 유괴할 계획을 세웠다. 왜 그런 걸 유괴할 생각을 했는지는 모르겠다. 하지만 성수는 특별한 생물이니까 손에 넣기를 바라는 사람도 많은 모양이다.

하지만 성수를 그냥 평범한 방법으로 유괴하기란 어렵다. 가령 유괴했다고 해도 코가 좋은 전사들에게 쫓겨서 금방 도로 빼앗긴다. 그래서 밀수조직은 우기를 노렸다.

우기는 석 달 계속된다.

그 준비를 위해서 각 마을의 전사들도 바삐 일해야 하며 어느 마을이고 바빠진다.

물론 우기 도중에는 배를 띄울 수 없다.

즉 우기가 오기 직전에 성수를 유괴해서 마대륙으로 데려가면 전사들은 쫓아올 수 없으니 완벽하게 따돌릴 수 있다는 소리였다.

물론 수족도 경계하긴 했다.

우기 준비 중에 아이들에게는 밖에 나가지 말라고 일러두고, 어른들도 경계를 했다. 말할 것도 없이 성수도 튼튼하게 지켰다.

그래서 밀수조직은 한 가지 계략을 더 짜냈다.

일단 주변의 유괴범들을 죄다 고용하여 시기를 기다렸다. 그리고 어느 시기에 각지를 습격해서 일제히 아이들을 유괴했다.

전사들은 당황했다.

올해는 유괴 피해가 적다고 방심하던 때에 여러 마을의 아이들이 유괴되었으니까.

또한 밀수조직은 사전에 준비했던 무장집단을 이용하여 각지의 마을을 공격했다.

하지만 이때 돌디어족의 마을에는 피해가 가지 않도록 했다.

다른 곳과 비교해서 손이 남는 돌디어족의 전사들에게 구원요청이 날아오고, 전사들은 나뉘어서 각지의 마을 방어에 손을 빌려주었다.

결과적으로 돌디어족 마을의 경비가 소홀해졌다.

거기에 밀수조직은 정예를 보내어 '돌디어족 마을'을 습격. 족장의 손녀딸들과 함께 성수의 유괴에 성공했다.

각지에 소동을 일으킨 뒤에 진짜 목표를 탈취하는 전격작전.

무장집단의 공격, 아이들의 유괴. 그리고 성수의 유괴.

이렇게 되면 아무리 수족 전사가 우수하더라도 손이 부족하다. 족장 규스타브는 일단 아이들을 포기했다. 전사단을 한데 모아서 마을 방어를 맡기고, 자기는 성수의 수색을 개시했다. 성수란 마을에게 특별한 존재인 모양이다.

밀수품 보관 장소를 발견한 것은 운이 좋았기 때문이라고 했다. 운 좋게 정보를 얻어서 현장에 갈 수 있었던 것이다.

이 정보원은 바로 갈스가 이끄는 별동대였지만, 그건 일단 넘어가자.

자, 여기서부터는 내가 모르는 이야기다.

1주일 동안 루이젤드가 날 내버려두고 뭘 했는가 하는 이야기다.

위에서 설명한 이야기를 들은 루이젤드는 밀수꾼에 대해 분노를 드러냈다나 보다.

그는 출항 전의 배를 습격하자고 제안했다.

하지만 규스타브는 '어느 배에 아이가 타고 있는지 모른다. 놈들은 수족의 코를 은폐할 방법을 안다.'라고 난색을 보였다.

물론 그 말에 루이젤드는 '이마의 눈으로 안다.'며 장담했다고 한다.

에리스를 보자면, 그 작전에는 참가하지 않고 아이들의 호위를 맡았다고 한다.

그것도 정말이지 활짝 웃으면서. 이것도 그레이랫 가문의 피인가.

그리고 루이젤드와 규스타브는 습격에 성공. 밀수조직의 배는 손쉽게 찾아내었고 밀수조직의 멤버는 전원 반죽음이 되어서 붙잡혔다.

배 안에서는 붙잡혔던 아이들이 줄줄이 나왔다. 쉰 명 정도 되었다고 했다.

아이들을 구해서 해피엔딩…으로 끝난 것도 아니었다.

우기 전의 마지막 배에 습격이 있었기에 잔트포트의 관리가 나섰다. 우기 전의 배에는 중요한 것도 실려 있었기에, 그걸 습격하는 건 중죄라면서.

물론 규스타브는 거기에 항변했다.

수족의 유괴, 노예화는 미리스 신성국과 대삼림의 족장들 사이에서 금지되었다.

그걸 직전에 제지했을 뿐이다, 처벌을 받는 건 이상하다, 라고 주장했다.

이 말을 듣고 잔트포트의 관리도 열이 올랐다. 사전에 한 마디 설명이 있어도 좋지 않겠냐고 주장했다.

하지만 습격은 정말 출항 직전에 있었다. 설명할 틈은 없었다.

그리고 쉰 명이다. 아이가 쉰 명. 다섯 명도 열 명도 아니다.

모든 마을에서 한두 명씩 아이가 유괴되었다. 그런데 잔트포트는 단 한 명도 되찾지 못했다. 뿐만 아니라 관리는 뇌물을 받고 못 본 척했다.

이건 조약 위반이었다. 이걸 방치한다면 수족과 미리스 신성국 사이에 커다란 금이 간다.

최악의 경우 전쟁이 일어나는 레벨까지 이야기가 커졌다. 규에스의 호령에 마을에서 전사단이 불려오고, 잔트포트의 입구 앞에서 눈씨름까지 벌어졌다는 모양이다.

최종적으로는 잔트포트 쪽이 물러났다. 수족에게 거액의 배상금을 지불하게 되었다. 그 교섭과 유괴된 아이들을 부모에게 되돌려주느라 약 1주일. 내 문제는 뒤로 미뤄졌기에 나는 1주일이나 방치되었다.

뭐, 어쩔 수 없나. 오히려 그런 큰일을 용케 1주일 만에 끝냈다 싶어.


그리고 여기서 갈스 이야기가 나온다.

규에스가 마을을 지키던 전사단을 잔트포트로 불러들였기 때문에 방비가 소홀해진 돌디어 마을.

갈스는 자기 부하를 끌어들여서 거기를 강습했다.

그 이유는 내가 들은 대로다.

그는 자기가 믿을 수 있는 부하와 함께 아이를 유괴해서 자기만 한몫 챙기려고 했다. 노린 시기는 그야말로 우기 직전, 그러기 위해 조선소의 대장을 협박하여 배를 몰래 한 척 더 만들게 했으니까 꽤나 이전부터 계획했겠지.

사태는 그의 예정과 다소 다르게 흘러가면서도 그의 예정과 비슷한 상황이 되었고, 그의 예정과는 전혀 다른 결말을 가져왔다.

결국 계획은 실패로 끝나고, 그는 잔트포트의 관리에게 인계되었다.

그렇게 사건은 한 건 낙찰, 해피엔딩으로 끝났다.

## 제9화   돌디어 마을의 슬로우 라이프

아이들을 구하고 마을 습격을 지킨 우리는 영웅으로 환영받았다.

우기 동안 자기네 마을에서 지내달라는 이야기였다.

족장 규스타브의 지시에 등을 돌리고 나를 홀딱 벗겨서 감옥에 넣고 찬물을 뒤집어씌운 규에스는 정식으로 사죄했다.

드러누워서 뒹굴며 배를 보인다는, 수족 특유의 사죄였다.

처음에는 이거 장난치는 건가 싶었는데 다들 진지한 얼굴이었다.

아저씨의 털 많고 우람한 식스팩을 봐도 나로서는 질투가 날 뿐이었다.

그러니까 나는 얼른 용서했다.

하지만 에리스는 그렇지 않았다. 그녀는 내 1주일 동안의 처지를 듣고 화내면서 규에스의 배에 보레아스 펀치를 날린 뒤에 물을 머리부터 뒤집어 씌워서 물에 빠진 생쥐 꼴이 된 그를 내려다보면서 말했다.

"이걸로 쌤쌤이야!"라고.

역시나 에리스다.

현재 위치는 규스타브의 집이었다.

나무 위에 있는 집으로, 이 마을에서 가장 큰 집이었다.

나무 위에 3층짜리 목조 건축이라서 지진이 오면 한 방에 쓰러질 것처럼 보였지만, 안에서는 어른이 뛰어다녀도 꿈쩍하지 않는 튼튼한 구조였다.

이 자리에 있는 것은 여덟 명.

나, 에리스, 루이젤드.

데돌디어족의 족장 규스타브와 그의 아들인 전사장 규에스.

내가 밀수꾼에게서 구해낸 것은 규에스의 차녀인 미니토나. 장녀인 리니아나는 학업을 위해 다른 나라에 갔다고 했다.

그리고 내가 구해낸 아이들 중에는 아돌디어족의 소녀도 섞여 있었다.

아돌디어족 족장의 차녀인 테르세나. 나이 치고 가슴이 큰 강아지였다. 그녀는 아돌디어 마을로 돌아갈 예정이었지만, 도중에 우기가 와 버렸기에 석 달 동안 여기서 지낸다고 했다.

그녀들은 끌려갔을 당시의 이야기를 냐옹냐옹, 멍멍을 섞어가며 말했다.

"정말이지 유괴되지 않아서 다행이야…. 아슬라의 변태귀족 중에는 수족에게밖에 흥분하지 않는 자도 있다고 하니까, 무슨 짓을 당했을지…."

돌디어의 피가 섞인 종족이 어느 나라 귀족에게 비싸게 팔린다는 이야기는 갈스와의 대화에서도 나왔다.

특히나 조교하기 쉬운 아이는 비싼 가격이 붙는다나.

"아슬라 귀족이라는 말도 아까워!"

거기 에리스!

왜 남의 일처럼 말하는 겁니까!

아마 제일 앞에 '그' 자가 붙는 무슨 쥐 같은 이름의 가문 사람이 크게 관련되어 있습니다!

에리스네 집안 메이드들의 출신에 대해선 들어본 적 없지만, 어쩌면 그렇게 유괴된 사람도 있을지 모른다.

에리스네 할아버지인 사울로스는 좋은 사람이지만, 견해가 조금 바뀔 것 같군.

응, 일단 여기선 입 다물고 있자. 말하지 않아도 되는 건 말하지 않는 게 좋다.

내가 그렇게 생각하자, 에리스는 문득 떠올린 것처럼 자기가 지니고 있던 반지를 보여 주었다.

"그러고 보면 길레느 알아? 이거, 이 반지, 길레느 건데…."

그녀는 수신어를 못 한다. 그러니까 인간어였다.

이 자리에서 인간어를 할 수 있는 건 나와 루이젤드를 제외하면 규스타브와 규에스뿐이었다.

"길레느…?"

규에스가 씁쓸한 표정을 했다.

"그 녀석… 아직 살아 있나?"

"어?

그 목소리는 혐오감에 물들어 있었다. 내뱉는 듯한 말이었다.

그리고 이런 한 마디.

"그 녀석은 일족의 수치다."

그 말을 시작으로 규에스는 길레느를 비난했다.

에리스더러 들으라는 듯이 인간어로 길레느라는 인물이 얼마나 못났고, 얼마나 자신의 여동생으로 부족한가 하는 내용을 감정 담긴 목소리로 담담하게 계속해서 말했다.

길레느 덕분에 목숨을 건진 적도 있는 나로서도 들어 주기 힘든 내용이었다.

그녀는 이 마을에서 꽤나 못된 짓을 했던 모양이었다.

하지만 그것도 결국 어렸을 적의 일이다. 내가 아는 길레느는 서툴면서도 노력가다.

개심하고 새사람이 되었다. 이런 식의 말을 들을 사람이 아니었다.

존경할 만한 검술 스승이고, 자랑할 만한 마술 제자였다.

그러니까 뭐라고 할까, 좀….

그만 좀 해.

"그 반지도 그 녀석이 마구 날뛰지 않도록 어머니가 준 것이지만, 전혀 효과가 없었다. 그 녀석은 부수는 것밖에 재주가 없는 짐더미지."

"너…."

"시끄러! 네가 길레느에 대해 뭘 안다고!"

내 말을 가로막으며 에리스가 앙칼지게 외쳤다.

집이 무너지는가 싶을 정도로 큰 소리.

에리스가 갑자기 소리치는 바람에 다른 몇 명은 입을 떡 벌렸다. 인간어를 알아듣는 건 규스타브와 규에스뿐이었다.

나는 에리스가 폭력을 휘두르려나 싶었다. 하지만 에리스는 그저 분한 표정으로 눈에 눈물을 맺고 주먹을 부들부들 떨면서도 때리고 들지 않았다.

"길레느는 내 스승이야! 제일 존경하는 사람이니까!"

나는 알고 있다.

에리스와 길레느의 사이가 얼마나 좋았는지를. 에리스가 가장 신뢰하는 게 누구인지를.

나 같은 것보다도 훨씬.

"길레느는 대단하니까! 아주 대단하니까! 도와달라고 하면 금방 와 주니까! 엄청 다리가 빠르고! 엄청 강하니까!"

에리스는 스스로도 의미를 모르는 게 아닐까 싶은 말을 나열하기 시작했다.

그 비통한 목소리는 내용을 모르더라도 의미가 통하는 것이었다.

적어도 내 마음은 모두 대변해 주었다.

"길레느는… 흑… 우욱…. 그런 소리… 들을 만한… 흑."

때리지도 않고 눈물을 흘리며 에리스는 애썼다.

그래, 여기서 규에스를 때려선 안 된다. 길레느는 이 마을에서 폭력적으로 살아왔다.

에리스가 때리면 규에스는 그거 보라고 말할 뿐이다.

그 스승에 그 제자라고.

규에스는 혼란스러운 기색이었다.

"아니, 저기…. 설마, 길레느가… 존경. 그럴 리가…."

그걸 보고 나는 분노를 가라앉히기로 했다.

"이 이야기는 그만두지요."

나는 에리스의 어깨를 감싸면서 그렇게 말했다.

그러는 나를 에리스는 믿지지 않는다는 얼굴로 보았다.

"뭐야…. 루데우스… 길레느, 싫어해?"

"저도 길레느를 좋아해요. 하지만 우리가 아는 길레느와 그들이 아는 길레느는 같은 이름의 다른 사람입니다."

그렇게 말하고 혼란스러워 하는 규에스를 보았다.

그도 지금의 길레느를 만나면 생각을 바꾸겠지.

세월은 사람을 바꾼다. 내가 하는 말이니까 틀림없다.

"…알았어."

에리스는 납득하지 못한 듯했지만. 일단 울분은 좀 풀린 모양이었다.

"아니, 저기, 길레느는 정말로 그렇게 훌륭한 사람이 되었나?"

"적어도 저는 존경합니다."

그렇게 말하자 규에스는 생각에 잠긴 얼굴이 되었다.

뭐, 지금 이야기를 들어보자면 그와 길레느 사이에도 많은 일이 있었겠지. 정말이지 속이 뒤집힐 만한 일이.

피가 이어진 관계란 꽤나 냉혹하다.

육친이기에 몇 년이 지나도 용서할 수 없는 것이 있다.

"그러니 사과해 주시겠습니까?"

"…미안하다."

하루에 두 번이나 규에스에게 사과받은 탓인지, 왜인지 미묘한 분위기가 되었다.


그렇긴 해도 길레느라.

1년 동안 까맣게 잊고 있었는데, 그녀도 그 전이에 휘말려들었을 터였다.

대체 어디서 뭘 하고 있을까. 다름아닌 그녀니까 나와 에리스를 찾고 있을 텐데….

잔트포트에서 정보를 수집할 수 없었던 게 분할 따름이었다.

1주일이 지났다.

계속해서 비가 내렸다.

우리는 마을의 빈 집 중 하나에서 지냈다.

일단 대삼림의 영웅이니까 매일 아무것도 안 해도 밥이 나왔다. 화재의 영향으로 그들도 고생일 텐데.

나무 밑은 대홍수라서, 언젠가는 마을의 아이가 떨어져서 큰일이 날 뻔했다.

마술로 구해 주었더니, 사람들이 크게 놀라며 고마워했다.

그럼 아예 마술로 구름을 없애 버릴까 생각했지만 그만두었다.

록시도 말했지 않은가. 날씨를 마구 조작하는 건 좋지 않다.

이 비를 억지로 멈추면 대삼림에 좋지 않은 일이 일어날지도 모른다.

솔직히 말해서 얼른 비를 멈추고 여행길을 서두르고 싶었지만.

뭐, 석 달 정도면 갠다는 모양이니까 그때까지 참자.


빗속에서 마을을 산책해 보았다.

역시 마을이기 때문일까. 무기상, 방어구상, 객점 같은 것은 없었다.

기본적으로는 민가와 창고, 그리고 병사들의 막사였다.

그게 전부 다 나무 위에 있었다. 마을 구조는 입체적이라서 실로 재미있었다.

걸어 다니기만 해도 두근거렸다.

딱 한 군데, 이 이상 들어가면 안 된다는 장소가 있었다. 그 통로 안쪽은 이 마을에서 중요한 장소라는 모양이었다. 물론 나도 그런 장소에 함부로 들어갈 생각은 없었다.

산책 중에 위아래로 통로가 교차되는 장소를 찾았다.

그 위에 여자가 지나가지 않을까 기대하면서 기다리는데 기스가 다가왔다.

"여어, 신입! 그리고 보면 너도 풀려났다고 그랬지!"

내가 부르자 기스는 기쁜 얼굴을 하며 손을 흔들었다.

그도 마을의 궁지에 힘을 빌려주었다는 이유로 풀려났다.

"음, 두 번 다시 안 하겠다고 말했거든. 그놈들 바보 아냐? 당연히 또 할 텐데."

"수족의 순경 아저씨! 이 녀석, 반성이 없어요!"

"어이. 그만해, 진짜. 지금은 우기라서 도망도 못 치니까 안해."

지금은 우기라서…라는 소리는 이 녀석, 또 할 생각이겠지.

참나, 어떻게 답이 없는 남자구나.

"아, 조끼 돌려줄게요."

"그러니까 갑자기 경어는 그만두라고. 조끼는 가져가."

"괜찮나요?"

"이 시기에는 아직 추울 테니까."

하지만 나쁜 사람은 아닌 모양이었다.

이 적당하게 따뜻한 느낌, 파울로가 떠오르는구나.

파울로. 건강하려나.

2주가 경과했다.

비는 개지 않았다. 아무래도 돌디어족에게는 비전 마술이 있다는 걸 알았다.

울음소리를 이용하여 적의 위치를 찾거나, 특수한 소리로 상대의 균형감각을 잃게 하는 마술이라고 했다. 규에스를 상대할 때 내가 마비되었던 것도 그 마술의 일종이라는 모양이다.

들어보기론 '소리'를 이용한 마술인 듯했다.

그래서 규스타브에게 꼭 좀 가르쳐 달라고 부탁했더니 쾌히 승낙했다.

몇 번이나 시범을 보고 따라해 보았지만, 좀처럼 잘 되지 않았다.

역시 돌디어족의 특수한 성대가 아니면 쓸 수 없는 모양이었다.

대충 그럴 거라고 생각은 했다.

아마도 종족의 오리지널 마술은 내가 거의 다룰 수 없다고 해도 과언이 아닌 모양이었다. 수족은 인간의 마술을 쓸 수 있는데, 이건 좀 비겁한 거 아닌가. 목소리에 마력을 담는다는 기초는 알겠지만, 몇 번이나 시험해 봐도 좀처럼 효과가 나오지 않았다.

내가 할 수 있는 것은 상대를 한순간 움찔하게 만드는 정도였다. 워O처럼은 안 되는 모양이다.

참고로 규스타브에게 무영창 마술을 보여 주었더니 크게 놀랐다.

"최근 마술학교에서는 그런 것도 가르치나?"

"좋은 스승께 배웠으니까요."

그렇게 의미도 없이 록시를 밀어 주었다.

"호오. 그 스승은 어디 출신이지?"

"마대륙의 비에고야 지방의 미굴드족이에요. 마술은… 마법대학에서 배운 게 아닐까요?"

나도 조만간 마법대학에 갈 생각이라고 말하자, 규스타브는 "호오, 그 정도 실력이면서 아직도 향상심이 있나."라며 감탄했다.

조금 기분 좋았다.

3주가 경과했다.

이 마을에도 마물은 나왔다.

물 위를 소금쟁이 같은 곤충이 술술 이동하다가 갑자기 튀어 올라 공격하거나, 물뱀 같은 녀석이 나무를 타고 기어 올라오거나.

마을은 전사단이 지키지만, 비가 이렇게 오면 수족이 자랑하는 코나 목소리를 사용한 소나도 별로 도움이 되지 않는지, 마물은 때때로 감시의 눈을 피해서 마을 안에 출몰했다.

에리스와 함께 마을을 산책하는데 눈앞에서 수족 아이 한 명이 카멜레온 같은 파충류에게 잡혀갈 뻔했다.

순간적으로 스톤 캐논으로 카멜레온을 격추하자, 아이는 귀엽게 꼬리를 흔들며 고맙다고 말했다.

참고로 나는 이 마을 아이들에게 대단히 인기가 좋았다. 역시 궁지에서 구해 준 히어로라는 간판 탓이겠지. 때때로 나를 찾아와서 얼굴을 핥거나 우기 전에 모았다는 도토리 컬렉션을 가져다주었다. 인기가 참 많다.

에리스도 역시 핏줄 탓에 귀나 꼬리를 가진 귀여운 아이들이 무리지은 것을 보면 흥분하는지 숨 가쁘게 그들의 머리를 쓰다듬거나 꼬리를 만지며 귀찮게 했다.

그런 아이들이 마물의 습격을 받는 건 그냥 넘길 수 없었다.

그런 이유로 루이젤드에게 마을 경비를 거들자고 제안해 보았지만, 그는 마을 경비를 거드는 것에는 반대인 듯했다.

"이 마을에는 이 마을 전사들의 자존심이 있다."

마을을 지키는 것은 마을 전사의 역할. 부탁한 것도 아닌데 외부 전사가 나서면 안 된다.

그게 루이젤드의 상식인 모양이었다.

나로선 전혀 모르겠다.

"그런 것보다 아이의 안전 쪽이 중요하지 않은가요?"

그렇게 말하자 루이젤드는 몇 초 동안 생각한 뒤에 규에스에게 묻기로 하였다.

"오오, 루이젤드 님이 도와주신다는 겁니까! 고맙습니다!"

규에스는 대환영이었다.

아무래도 지난번 유괴사건 때문에 전사의 수가 많이 줄었다나 본데, 마을 전사단을 대표하여 사례금도 내겠다는 이야기가 나왔다.

그런고로 마을에서 마물을 찾는 대로 격퇴하기로 했다.

루이젤드가 찾아내고 내가 마술로 없앤다. 그리고 사체를 회수하여 소재를 벗겨내면 규에스가 매입해 준다. 실로 좋은 사이클이었다.

처음에는 루이젤드의 말처럼 마을 전사들이 별로 좋은 낯을 하지 않았지만, 우리가 마을에 들어온 마물을 쉽사리 섬멸하자 올해 우기는 희생자 없이 넘길 수 있을 것 같다며 얼굴을 폈다.

"수족은 더 긍지 높은 종족이라고 생각했는데…. 다른 종족에게 마을의 수비를 맡기고 안도하다니, 이거야 원…."

루이젤드만이 그런 식으로 투덜거렸다.

아무래도 수백 년 전의 수족과는 다른 모양이었다.


한 달이 경과했다.

빗발이 좀 약해진 기분이 들었지만, 아마 기분 탓이겠지.

에리스와 미니토나, 테르세나가 친해졌다.

말은 통하지 않아도 그 나이면 친해질 수 있는 걸까.

비가 오는데도 여기저기 이동하며 재미있게 지내는 눈치였다.

뭘 하는 건가 싶었는데 에리스가 인간어를 가르치는 모양이었다.

바로 저, 에리스가, 남에게, 언어를, 가르친다!

여기서 교사 행세를 하며 끼어들어서 에리스의 체면을 뭉개는 것도 좋지 않지.

나는 분위기를 파악할 줄 아는 남자니까.

에리스는 또래 친구가 없었다. 그래서 이렇게 비슷한 또래의 아이와 친해진 것을 보니 나도 마음이 놓였다.

빨강머리와 고양이 귀와 개 귀.

그들이 즐겁게 떠드는 모습을 보기만 해도 나는 충분했다.

하지만 말이지, 에리스. 막 나가서 껴안지 않는 편이 좋을 거야. 나처럼 오해를 살지도 모르니까.

저쪽 봐, 규에스 씨가 보고 있잖아. 그렇게 코를 벌름거리며 딸을 껴안는 사람을 보고 부모는 어떻게 생각할까?

"흠, 에리스 아가씨, 딸과 친하게 지내주셔서 감사합니다."

어, 어라? 나 때랑 반응이 다르지 않습니까?

저 애, 지금 틀림없이 발정내가 날 텐데요?

역시 남자랑 여자는 다른 걸까. 그래, 그런 건가. 당연한가.

"그런데 길레느 이야기 때는 죄송했습니다. 오랫동안 못 만났으니 오해했지만, 그 아이도 바깥 세계를 다니면서 조금 성장한 모양이군요."

규에스가 고개를 숙였다. 한 달 동안 그도 이런저런 마음의 정리가 된 걸지도 모른다.

좋은 일이다.

"그건 그래. 검왕 길레느인걸! 잘 들어, 지금 길레느는 마술도 쓸 수 있어."

"하하하, 길레느가 마술? 에리스 아가씨는 농담도 제법이군요."

"진짜야! 루데우스가 길레느에게 읽고 쓰기랑 계산이랑 마술을 가르쳤으니까."

"루데우스 님이…?"

그 뒤로 에리스가 나와 길레느를 신나게 칭찬하기 시작했다.

피트아령에서 내가 했던 수업 이야기.

자기와 길레느가 얼마나 배우는 속도가 느린가부터 시작해서, 그런 자신과 길레느는 끝까지 착실하게 가르쳐 준 루데우스를 존경한다, 그런 이야기였다.

듣고 있으니 멋쩍어졌다.

규에스는 때때로 감탄하다가 세 사람과 헤어진 뒤에, 내가 숨어서 듣고 있던 나무상자 앞으로 다가왔다.

"그래서 그 존경할 만한 스승은 이런 곳에서 뭘 하고 계시는지?"

"취, 취미로 인간을 관찰합니다."

"호오, 그거 참 고상한 취미를 가지고 계시는군요. 그런데 길레느에게 어떻게 읽고 쓰기를 가르쳤습니까?"

"어떻게고 뭐고, 그냥 평범하게 했는데요."

"평범하게…? 상상도 안 가는군요."

"모험가 시절에 공부가 부족해서 많이 고생했던 모양이었으니까요. 상상이 안 가는 것도 당연하겠죠."

"그렇습니까. 그 동생은 예전부터 마음에 안 드는 일이 있으면 누구든 패지 않으면 성이 차지 않는 녀석이었는데…."

가만히 들어보니, 길레느는 예전의 에리스 같은 소녀였던 모양이었다.

무슨 말만 하면 싸움을 하고, 게다가 싸움이 강하니까 좀처럼 멈추질 않았다. 규에스는 몇 번이나 애간장이 탔다나.

동생에게 힘으로 못 이기다니 참 못난 오빠다.

오빠라는 말이 나와서 말인데 나도 오빠였다. 노른과 아이샤는 건강히 있을까.

그래. 편지를 쓰려고 했는데 까맣게 잊고 있었다.

이 비가 개거든 미리스 신성국의 수도에 가고, 부에나 마을에 편지를 쓰도록 하자. 마대륙에서는 안 가는 경우도 많지만, 미리스에서 보낸다면 가겠지.

"그런데 루데우스 님."

"예."

"언제까지 상자 안에 들어가 계실 겁니까?"

물론 그녀들이 옷을 갈아입기 시작할 때까지.

이제 곧 밤이 되니까 그녀들은 이제부터 씻고서 잠옷으로 갈아입는다.

"킁킁… 발정내가 나는군."

"에엣! 아니, 그럴 리가. 어딘가에서 동물을 좋아하는 소녀가 황홀한 표정을 짓고 있는 게 아닌가요?"

그렇게 능청을 떨자 규에스의 눈썹이 꿈틀 움직였다.

"루데우스 님. 지난번 일은 감사합니다. 착각으로 그런 짓을 해서 죄송스러운 마음은 지금도 있습니다."

그런 말을 하다가 규에스는 표변했다.

"하지만 딸에게 손을 댄다면 이야기는 다르지. 지금 당장 안 나오면 상자째로 물에 던져 버린다."

진심이었다. 나는 망설임 없이 1초 만에서 상자에서 나왔다.

검은 수염 장난감보다 더 빠르게 나왔다.

"나는 이 마을을 지키는 자다. 이런 말은 하고 싶지 않지만… 적당히 해라."

"옙."

응, 조금 도를 넘었군. 반성.


한 달 반이 경과했다.

루이젤드는 규스타브와 마음이 맞는 모양이었다.

종종 족장의 집을 방문해서 술을 주고받으며 서로 과거 이야기를 나눴다. 피비린내 나는 이야기였지만, 듣고 있으면 꽤 재미난 이야기였다.

자칭 전직 폭주족이 불량했던 옛날 이야기를 자랑한다고 해야 할까.

하지만 아마도 실제로 있었던 일이겠지.

그런 이야기를 들은 덕분에 수족에 대해서 조금 알게 되었다.

수족이란 대삼림에 사는 종족의 총칭이다.

그중에는 마대륙으로 건너가서 마족이라고 불리게 된 종족도 많이 있다. 외견상의 특징으로는 포유동물의 모습을 몸의 일부에 남기고 있다는 점이다. 또한 각 종족이 각각 특수한 오감을 가졌다.

넓은 의미로 말하자면 노코파라나 블레이즈도 과거에 수족이었다는 소리다.

성수를 수호하고 숲 전체의 평화를 수호하는 일족. 그것이 돌디어다.

고양이 같은 데돌디어.

개 같은 아돌디어.

이 두 개가 종가고, 수십 종류의 분가로 갈라진다는 모양이다.

말하자면 대삼림의 왕족. 하지만 현재는 딱히 왕족다운 일을 하는 게 아니라, 여차 할 때에 리더로서 앞장설 뿐이라고 했다.

또 대삼림에는 엘프나 호빗도 살았다.

그들은 대삼림에서도 남쪽에 분포하는 모양이라 수족과의 접점이 별로 없다지만, 1년에 한 번 있는 부족회의나 대성목大聖木

부근에서 열리는 축제에는 참가한다고 했다.

규스타브의 말로는, 종족은 달라도 대삼림에 사는 동료라고 했다.

참고로 드워프는 대삼림에 없고 더 남쪽, 청룡산맥 기슭에 살았다.

블루 드래곤은 기본적으로 전 세계의 하늘을 날아다니다가, 산란과 육아 시기에만 청룡산맥에 둥지를 튼다고 했다.

철새랑 비슷하다.

물론 철새와 달리 10년에 한 번 정도 빈도지만.

수족은 예전부터 인간과 전쟁을 하거나 친하게 지내는 것을 반복해 왔다는 모양이다.

자잘한 분쟁 정도의 전쟁은 50년 전에도 있었고, 규스타브는 그 전쟁에 참가하였기에 수족의 강인한 전사단이 길을 잃고 숲에 들어온 인간 병사를 쉽사리 쓰러뜨렸다는 스토리를 들려주었다. 꽤나 각색되었지만, 수족의 시점으로 전개되는 이야기는 제법 신선하고 재미있었다.

거기에 대항해서 루이젤드도 전가의 보도, 라플라스 전쟁 때 스펠드족에 대한 이야기를 꺼냈다.

두 사람은 경쟁하듯이 이야기를 했지만, 노인 둘의 대화인 탓인지 차츰 '예전에는 좋았지'라는 식의 이야기가 되었다.

"최근 전사는 완전히 틀려먹었더군."

"이해합니다, 루이젤드 님. 연약한 자가 늘었지요."

"그래. 내가 젊었을 적에는 훌륭한 남자밖에 없었지."

완전히 의기투합이다.

이런 점은 어느 세계든 똑같군.

"맞는 말씀입니다. 규에스도 전사장이 되었다고 해도 분별이 부족하고. 사람들을 지휘하는 데에는 능하지만, 조금 더 상황을 볼 수 있었으면 루데우스 님에게 그런 짓을 하지 않았을 테지요."

"아니, 루데우스는 전사다. 적지에서 방심하면 붙잡히고 포로가 된다는 것도 알고 있었을 것이다. 그런데도 방심했다. 마음만 먹었으면 규에스 정도는 금방 제압할 수 있을 테지. 그건 루데우스 본인의 실수다."

오오, 귀가 아프다.

루이젤드는 나를 신뢰하여 혼자 보냈다.

그런데 나는 쉽사리 붙잡혔다. 어떤 의미로 신뢰를 배신하였다.

"하지만 루이젤드 님, 그건 다소 박정하지 않소? 동료가 그런 처지에 처했는데…"

"전사라면 자기 싸움의 책임을 자기가 져야만 하지. 애초에 루데우스라면 자기 힘으로 얼마든지 도망칠 수 있었을 터! 동료로 신뢰해 주는 건 기쁘지만, 어린애가 아니다! 전사는 자기가 붙잡혀서 동료를 궁지에 빠뜨리는 짓은 해선 안 된다!"

루이젤드도 꽤나 취했군.

뭐, 너라면 붙잡혀도 자력으로 도망쳐 오겠지만, 나한테 너무 기대가 큰 거 아냐?

나라고 해도 할 수 있는 건 한정되었다고.

두 달이 경과했다.

방에 있는데 성수님이 느릿느릿 내 방에 들어왔다.

성수님은 마을 안쪽에 금이야 옥이야 하고 곱게 모셔지지만, 하루에 한 번씩 산책 시간이 있어서 마을 안을 자유롭게 돌아다닌다.

성수님의 산책 루트는 최근 내 방인 모양이었다.

"어라라, 성수님, 이 더러운 놈에게 무슨 일이신지?"

"웡."

"투우."

"웡."

스리라고 해 주진 않네.

그인지 그녀인지, 어느 쪽인지 모르겠지만 성수님은 내 곁에 앉았다.

현재 내 손에는 만들던 피겨가 있었다.

아직 비가 갤 때까지 시간이 있을 것 같아서 별 생각 없이 만들어 보기로 했다.

모델은 루이젤드다.

왜 하필 루이젤드냐고 생각할지도 모른다. 하지만 한 번 생각해 보길 바란다.

스펠드족은 정체불명의 괴물이다. 그 녹색 머리칼을 보면 사람들은 공포에 떤다.

하지만 내가 만드는 피규어는 색깔이 없었다. 회색뿐인 돌인형이었다.

그런 인형이 멋지게 완성되면, 혹시나 사람들에게 받아들여질지도 모른다.

일단은 루이젤드부터.

머리카락 문제는 맨 마지막이다.

"워우웅."

성수님은 내 다리에 바짝 몸을 붙이고 무릎 위에 머리를 올려놓았다.

동물이 이렇게 내게 가까이 온 적이 없어서 조금 당황했다.

"우웅?"

성수님은 '뭐 해?'라는 느낌으로 내 손가를 바라보았다.

나이에 비해 차분한 강아지로군. 일단 목 근처를 쓰다듬었다.

"할 일이 없어서 창작 활동을 하고 있습니다."

"와웅."

내 손을 핥았다.

꼬리가 파닥파닥 움직였다. 싫어하는 건 아닌 모양이다.

비가 계속되고 있으니 성수님도 한가하겠지. 자극에 굶주린 게 틀림없다.

"놀까요?"

"멍!"

나는 그대로 달라붙었다 떨어졌다 하며 성수님과 놀았다.

나는 푹신푹신함을 만끽하고, 성수님은 적절한 운동을 한다.

그야말로 Win-Win 관계.


똑똑.

성수님과 노는데 내 방 문을 두드리는 소리가 났다.

"예? 들어오세요."

"실례하겠습니다."

그러며 들어온 것은 마을 전사의 차림을 한 여성, 라크라나였다.

내 감옥을 지키던 사람이었지.

그녀는 성수님을 돌보는 담당 중 한 명으로, 산책 시간이 끝났다고 알리러 온 것이었다.

"아, 안녕하세요."

"수고하십니다, 루데우스 님. 저번에는…."

라크라나는 내 얼굴을 볼 때마다 찬물을 뒤집어씌웠던 것을 사과했다.

하지만 나로서는 사과 한 번이면 족하다.

"하지만 루데우스 님, 성수님에게 마음을 주시는 건 그만두시면 안 되겠습니까?"

"그게 무슨 말인가요. 저는 즐겁게 놀았을 뿐인데요."

또 누명인가.

너 사실은 반성 없는 거지?

말조심하지 않으면 다음에는 너를 발가벗겨서 감옥에 넣고 내가 찬물을 뒤집어씌운다?

"하지만 발정내가 납니다."

"…오해입니다."

그건 라크라나가 올 때마다 고개를 숙이니까 내 안의 니트족이 '누나, 미안하거든 경찰은 필요 없고, 용서 받고 싶으면 알지? 침대 갈까?'라고 속삭이기 때문이다.

"성수님은 돌디어에게 중요한 분입니다. 루데우스 님이 구해주신 것은 알고 있습니다만, 그래도 그러시는 건….."

"아니, 마음을 주고 뭐고 없는데."

아무래도 성수님은 수백 년에 한 번 태어나는 마수의 일종이라고 한다.

정식 명칭은 없다.

예부터 성수님이 출현할 때는 세계의 위기이며, 성수님은 성장하면 영웅과 함께 여행을 떠나서 그 강대한 힘으로 세계를 구한다.

그런 이야기가 있었다.

그래서 돌디어족 마을의 깊숙한 곳, 성목이라고 불리는 나무에 처진 결계 안에서 소중하고 소중하게 키운다나. 완전히 규방의 규수란 느낌이라서, 아직 아무것도 모르는 성수님을 험악한 바깥세계에 내놓지 않기 위한 것이라고.

뭐, 그래도 개니까 하루에 한 번씩 산책 시간이 있는 모양이다.

참고로 성수님이 어른이 될 때까지는 앞으로 백 년 정도 걸린다나 보다. 전설이 사실이라면 백 년 뒤에 세계의 위기가 찾아온다는 건가. 그리고 라크라나는 현재 성수님을 지키는 일을 주로 맡았다고 한다.

참고로 그 성목이란 저번에 말했던 통행금지 통로 안쪽에 있었다.

"혹시… 루데우스 님이 그 영웅이라든가?"

"멍!"

그때 성수님이 한 차례 짖어서 라크라나가 놀랐다.

"어? 뭐라고요?"

어? 뭐야?

"멍!"

"과연, 하지만."

"멍!"

"…알겠습니다."

뭐야 너. 개랑 대화도 해?

성수님의 말은 어떻게 들어도 수신어가 아니잖아.

어떻게 알아듣는 거지? 바우ㅇ구얼<sup>*</sup>이라도 쓰나?

"성수님은 당신이 아니라고 말씀하십니다."

"그렇죠?"

더 말씀해 주세요.

"다만 성수님은 루데우스 님에게 감사하시는 모양입니다."

"호오, 감옥에 방치했길래 까맣게 잊어버린 줄 알았는데요."

"멍!"

"뜻밖이다, 밥을 잘 주라고 분명히 말했다, 라고 말씀하십니다. 루데우스 님도 요리를 칭찬하셨지요?"

그랬다.

밥만큼은 맛있었다. 그리고 더 달라면 더 주기도 했다. 감옥치고 이상하다 싶었다. 그건 성수님이 도와줬던 건가. 하지만 사례로 일단 밥 걱정이라는 걸 보면 역시나 강아지인가.

"하지만 그런 거라면 하다못해 감옥에서 꺼내줬으면 싶었는데요."

"멍! (감옥이 뭐야? 라는 모양입니다)"

"못된 사람을 가둬두는 장소입니다."

"멍! (나도 갇혀 있었다, 라고 말씀하십니다)"

그 뒤에 한동안 라크라나의 통역을 통해 성수님과 이야기해

---

※바우링구얼(Bow—Lingual) : 개와의 커뮤니케이션을 위한 기계. 쉽게 말해서 개 언어 번역기.

보았다.

그러고 보니 아무래도 성수님은 이번 사건의 전말에 대해 모르는 모양이었다.

내가 발정내를 냈다는 것도 모르는 모양이고, 규에스가 나를 붙잡은 의도도 모르는 모양이었다. 내가 붙잡혔던 것도 무서운 일이 있었다는 정도로밖에 이해하지 못했다.

즉 아직 어린애란 소리다. 어린애한테 이것저것 요구하는 건 좋지 않아.

어쩔 수 없지.

"성수님 덕분에 쾌적한 생활을 보낼 수 있었습니다. 감사합니다."

그렇게 말하자 꼬리를 흔들며 내 얼굴을 핥았다.

우후후. 귀여운 녀석. 목덜미를 쓰다듬어주자 날 밀어서 쓰러뜨렸다.

아아, 안 돼, 사람이 보고 있어….

"…루데우스 님, 성수님은 존귀한 분입니다. 저기, 너무 마음을 주시는 건 삼가주실 수 없겠습니까?"

"아닙니다. 이 발정내는 당신 때문이에요."

"예?"

"실례, 아무것도 아닙니다."

이런, 이런, 무심코 본심이.

"어흠. 그럼 성수님. 성목으로 돌아가실 시간입니다."

"멍!"

돌아가자는 말에는 얌전히 따라서, 성수님은 별 말 없이 돌아갔다.

그런 매일이었다.

참고로 며칠 뒤에 성수님에게 손, 앉아, 같은 훈련을 시키려다가 라크라나에게 엄청나게 혼났다는 건 비밀이다.

이런 식으로 큰 사건도 없이 석 달이 경과했다.

비는 개었다.

## 제10화 성검가도

드디어 마을을 떠나기 전날.

에리스와 미니토나가 싸움을 했다.

결과는 말할 것도 없이 에리스의 압승.

당연하겠지. 에리스는 루이젤드의 훈련을 따라갈 수 있는 레벨이다. 딱히 훈련도 받지 않은 연하의 여자애가 상대라면 정말이지 상대도 안 된다. 약한 애를 괴롭히는 꼴이다.

이거 한 마디 주의를 주는 편이 좋을지도 모르겠다.

에리스가 그런 애라는 건 알고 있었지만, 그녀도 이제 열네 살이다. 열네 살이라면 아직 어린애지만, 무차별로 상대를 패도 되는 나이가 아니다.

하지만 뭐라고 말해야 할까.

여태까지 나는 에리스의 싸움을 막은 적이 없었다. 모험가 길드에서의 다툼도 대개 루이젤드에게 맡겼다. 그런 내가 이제 와서 뭐라고 해야 할까. 모험가와 마을소녀는 다르다고 말해야 할까.

"아, 아니에요, 토나가 잘못했어요."

그렇게 주장한 것은 테르세나였다.

그녀의 말을 따르자면, 우기가 끝났으니 여행을 떠나겠다는 에리스를 미니토나가 붙잡았다는 모양이다.

에리스는 붙잡아 준 것을 기쁘게 생각하면서도 여행을 계속하겠다는 마음을 설명.

계속 매달리는 미니토나를 에리스가 타이르는 전개였다.

평소와는 다르군.

한동안 이야기가 계속되었다.

처음에는 두 사람 다 차분했지만, 이윽고 이야기가 달아올랐다.

미니토나가 폭언을 퍼붓기 시작했다. 그 폭언에는 길레느나 나도 섞여 있었다. 에리스는 거기에 울컥한 얼굴을 하면서도 꾹 참고 차분한 태도로 대답했다는 모양이다.

결국 처음에 손을 내민 것은 미니토나였다.

에리스에게 싸움을 건다.

용기 있는 행동이다. 존경할 만하다. 나로서는 도저히 흉내낼
수 없었다.

그렇긴 해도 에리스는 그 싸움을 받아들였다. 사정없이, 평소
처럼 신나게 묵사발로 만들었다.

"에리스."

"뭐야!"

여기서 나는 일단 상황을 잘 살펴보았다.

일단 미니토나.

졌을 텐데도 꽤나 흥분해서 씩씩대고 있었다.

에리스에게 얻어맞고서도 마음은 꺾이지 않았다.

에리스는 다 큰 어른의 마음도 간단히 꺾는다. 마무리가 허술
한 여자가 아니다.

그렇다면.

"힘을 빼고 했군요."

"…당연하지."

에리스는 고개를 돌리며 그렇게 말했다. 이전의 에리스라면
상대가 연하라고 해도 자신에게 덤빈다면 결코 봐주는 법 없었
다. 내가 하는 말이니까 틀림없다.

"평소라면 더 심하게 때렸을 텐데요?"

"…친구잖아."

에리스의 얼굴을 들여다보니 입을 삐죽 내밀면서 멋쩍은 얼굴
을 하고 있었다.

흠. 때린 걸 조금 후회하는 모양이었다.

여태까지의 에리스에게는 없었던 일이다. 석 달 동안 에리스는 조금 어른이 된 걸지도 모르겠군.

내가 안 보는 곳에서 그녀도 착실히 성장하는 것이다.

그럼 내가 할 말은 하나뿐이다.

"내일 헤어지기 전에 화해하는 편이 좋아요."

"…싫어."

아직 어린애인가.

마지막 날, 여행 준비로 바쁜 탓도 있어서 성수님과는 만나지 않았다.

그 대신이라는 듯이 심야에 침입자가 두 사람 있었다.

"앗!"

작은 소리와 쿠웅 하는 큰 소리.

그런 두 소리에 아무리 나라도 눈을 떴다. 최근 조금 풀어졌다고 생각하면서 몸을 일으키고 옆에 놔두었던 지팡이를 손에 들었다.

도둑치고는 인기척을 전혀 못 숨겼다. 루이젤드는 이미 알아차렸겠지.

하지만 루이젤드는 아무 말도 하지 않았다. 이건 대체?

"테르세나, 더 조용히 해라냐."

나는 지팡이를 놓았다. 루이젤드가 조용히 있을 만했군.

"미안, 토나. 하지만 어두워서."

"눈을 부릅뜨면 보인다냐… 아!"

또 콰당 소리가 났다.

"토나, 괜찮아?"

"아프다냐…"

본인은 소곤소곤 이야기하는 걸지도 모르지만, 성량이 큰 탓에 그대로 다 들렸다. 그녀들의 목적은 뭘까. 돈일까, 아니면 명성일까. 아니면 나의 몸이 목적일까.

그건 아니지. 어차피 에리스겠지.

"아, 여기인가냐?"

"킁킁… 조금 다른 거 같아."

"상관없어. 어차피 자고 있다냐."

그녀들은 내 문 앞에서 멈춰서더니 찰칵 소리를 내며 안에 들어왔다.

조심조심 방 안을 둘러보다가 침대에 앉은 나와 딱 눈이 마주쳤다.

"냐…!"

"왜 그래, 토나…. 아."

미니토나, 테르세나가 거기에 있었다.

얇은 가죽 원피스. 엉덩이 쪽에 구멍이 있어서 꼬리가 살짝 나와 있었다.

수족 특유의 잠옷 차림이었다.

실로 귀엽다.

"이렇게 밤늦게 무슨 일인가요? 에리스의 방은 옆방이에요."

최대한 작은 목소리로 말했다.

"미, 미안해냐…."

그렇게 말하면서 그녀들은 문을 닫으려고 했다.

그러다가 멈추었다.

"그러고 보면 감사의 말을 못 했다냐."

"어, 토, 토나?"

미니토나는 문득 떠오른 것처럼 말하며 방 안에 들어왔다.

테르세나도 머뭇머뭇 그 뒤를 따랐다.

"도와줘서 고마워냐. 네가 치유 마술을 걸어 주지 않았으면 죽었을지도 모른다고 들었다냐."

그렇겠지.

그 부상은 꽤나 위험했다. 나라면 이미 마음이 꺾였을 부상이었다.

용케 그렇게 의연한 태도를 지킬 수 있었구나 싶었어.

"별거 아니에요."

"덕분에 흉터도 안 남았어냐."

미니토나는 그렇게 말하면서 원피스 자락을 훌렁 걷어올려서 예쁜 다리를 보여 주었다. 하지만 방이 어두운 탓에 그 안쪽까지는 안 보였다.

보일 듯하면서 안 보인다. 키시리카 님, 왜 당신은 암시의 마안을 갖고 있지 않았습니까….

"토나, 그러면 안 돼…."

"어차피 한 번 보여 주었으니까 괜찮아냥."

"하지만 규에스 아저씨가 그랬어. 인간 남자는 만년 발정하니까 함부로 다가가면 덮친다고."

만년 발정. 그것 참 실례되는 소리네.

하지만 틀린 말은 아니지.

"게다가 내 몸을 보고 흥분한다면, 사례로서 괜찮…냐옹?! 오한이!"

"계속 스커트 자락을 들어올리고 있어서 그렇지."

그때 나는 미니토나의 다리를 보지 않았다.

식은땀을 흘리면서 옆에 놔두었던 지팡이를 움켜쥐고 있었다.

옆방에서 무시무시한 살기 같은 것이 슬금슬금 흘러나왔다.

"어, 어흠, 사례는 받았습니다. 에리스는 옆방에 있으니까 가 봐요."

아이라도 함부로 상처 자국 같은 걸 보여 주는 게 아니다.

의사 놀이가 취미인 위험한 아저씨가 덮치기라도 하면 큰일이다.

"그래. 그럼 정말로 고마워냥."

"고맙습니다."

두 사람은 꾸벅 고개를 숙이고 방을 나갔다.

잠시 뒤에 나는 슬금슬금 이동하여 벽에 귀를 댔다.

옆방에서는 에리스가 퉁명스러운 목소리로 "뭐야?"라고 말하는 게 들렸다.

팔짱을 끼고 평소와 같은 포즈를 한 게 눈에 선했다.

미니토나와 테르세나의 목소리는 잘 들리지 않았다. 아니, 에리스의 목소리가 너무 큰 건가.

식은땀을 흘리면서 들었지만, 에리스의 목소리가 차츰 얌전해졌다.

괜찮을 것 같군.

나는 안심하고 침대로 돌아갔다.


그녀들은 하룻밤 동안 꼬박 이야기를 나눈 모양이었다.

무슨 이야기를 했는지는 모른다. 미니토나도 테르세나도 아직 인간어를 잘 하는 건 아니다. 에리스도 다소 수신어를 배운 모양이지만, 대화할 수 있을 정도는 아니었다.

제대로 대화가 가능했을까 불안했지만, 다음날에 헤어질 때 에리스는 미니토나의 손을 잡고 눈물을 지으며 포옹하였다.

화해한 모양이다.

잘 됐군, 잘 됐어.

성검가도.

그건 대삼림을 일직선으로 횡단하는 가도를 말한다.

과거에 성 미리스가 만든 이 가도에는 마력이 넘쳐난다.

주위가 물에 잠겼는데도 가도만큼은 깨끗하게 말라 있고, 또 이 가도에는 일절 마물이 출몰하지 않는다고 했다.

우리는 이제부터 돌디어족에게 받은 마차를 타고 거기를 이동할 것이다. 남쪽을 향해.

그들은 여행에 필요한 것을 죄다 준비해 주었다.

마차+말. 여비. 소모품 등등.

이거면 잔트포트에 돌아가지 않더라도 미리스 수도까지 이동할 수 있겠지.

좋아, 출발.

그런 단계에서 왜인지 원숭이 얼굴의 남자가 나타났다.

"여어, 마침 잘 됐어. 슬슬 미리스까지 돌아갈까 생각하던 참이야. 나도 태워줘."

기스는 그렇게 말하고 뻔뻔스럽게 짐칸에 올라탔다.

"어라, 기스잖아."

"너도 따라오는 건가?"

나를 제외한 두 사람에게서는 불만이 나오지 않았다.

아는 사이였냐고 물어보았더니, 아무래도 기스는 내가 모르는 사이에 두 사람을 잘 회유해 놓았던 모양이다.

에리스와 미니토나, 테르세나 사이에 들어가서 재미있는 이야기를 들려주거나, 루이젤드와 규스타브의 이야기에 끼어서 두 사람을 띄워주면서 그야말로 싹싹하게 분위기를 맞춰주는 식으로 두 사람에게 받아들여진 모양이었다.

내가 모르는 곳에서.

고로 두 사람은 쉽사리 승낙하였다.

이게 NTR인가!

"좋아, 그럼 출발한다!"

루이젤드의 호령과 함께 마차가 움직였다.

수족이 지켜보기에 손을 흔들면서.

에리스가 눈물을 맺으며 미니토나와 테르세나 쪽을 보기에 조금 감동하면서.

하지만 내 마음속은 살짝 답답했다.

기스 때문이다. 따라오고 싶거든 처음부터 그렇게 말했으면 좋았잖아.

일부러 이렇게 뒤에서 몰래몰래 움직이지 않아도 말이지.

그냥 부탁하면 거절할 일 없을 텐데.

둘이서 한솥밥을 먹고 같은 벼룩에 물린 사이인데 너무하잖아.

"어이, 선배. 그렇게 노려보지 마. 나랑 선배 사이잖아?"

상당한 속도로 달리는 마차 안에서 나는 불만스러운 얼굴을 했겠지.

기스는 히죽 웃더니 내 귓가로 얼굴을 가져왔다.

"이래 보여도 밤에는 자신이 있어. 맡겨줘."

애교 있는 얼굴이었다.

이 녀석은 나쁜 녀석이 아니다.

하지만 뭔가 꿍꿍이가 있다고 생각되는 건 갈스 사건이 뇌리에 남았기 때문이겠지.

"루데우스."

"뭔가요, 루이젤드 씨?"

"괜찮을 거다."

"나리! 역시나 나리야! 으음, 전부터 나리를 남자답다고 생각했어!"

"루이젤드 씨. 괜찮나요? 이 녀석은 당신이 싫어하는 악당인데요?"

"그렇게 못된 녀석으로는 보이지 않는데."

루이젤드의 판단 기준은 잘 모르겠다.

저건 되고 이건 안 된다. 아니, 이건 혹시 기스가 사전에 손쓴 결과일지도 모른다.

잘도 했군, 원숭이 자식.

"헤헷, 나는 도박까진 해도 결코 누군가를 얕보는 짓을 안 하니까. 나리의 사람 보는 눈은 정확해."

솔직히 말해서 이 녀석에게는 빚도 있다. 알몸으로 지내느라 추울 때 조끼를 받았고, 갈스와의 싸움에서도 도움을 받았다.

무슨 생각인지는 모르겠지만, 내가 거절할 이유는 없었다.

나 몰래 손을 쓰고 다녔기에 조금 토라진 것뿐이니까.

"따라오는 건 좋지만, 신입, 너 스펠드족이 안 무서워?"

루이젤드에게 들리도록 그렇게 말했다.

이 녀석은 루이젤드가 스펠드족이라는 걸 아는지 모르는지… 술자리에 참가했으면 들었어도 이상하지 않지만, 나중에 '스펠드족 무서워!' 같은 소리를 하기라도 하면 싫은데.

"설마. 당연히 무섭지. 나도 마족이니까, 스펠드족의 무서움을 어렸을 적부터 많~이 들었어."

"그래. 참고로 루이젤드는 저렇게 보여도 스펠드족이야."

그렇게 말하자 기스는 눈을 가늘게 떴다.

"나리는 별개야. 생명의 은인이니까."

무슨 일이 있었냐고 루이젤드에게 시선을 보내자, 모른다는 듯이 고개를 내저었다.

적어도 요 석 달 동안 그를 구해 준 적은 없는 모양이다.

"역시 기억 못 하나. 이미 30년 전의 일이야."

그렇게 말하며 기스는 말했다.

만남이 있고 헤어짐이 있고 고비가 있고 눈물이 있는 초절 스토리.

하드보일드처럼 미남이 여행에 나선다고 하면 백 명의 여자가 가지 말라고 애원하는 바람에 무거운 마음으로 고향을 떠나, 여행 도중에 정체 모를 미녀와….

기니까 정리하자면 그가 신출내기 모험가였을 무렵, 마물의 습격을 받아 죽을 뻔한 것을 루이젤드가 도와주었다고 한다.

"뭐, 30년 전의 일이고, 그렇게 은혜를 느끼는 건 아니지만…."

스펠드족은 무섭지만 나리는 별개다.

원숭이 얼굴의 신입은 그렇게 말하며 웃었다. 루이젤드도 기분 탓인지 풀어진 표정이었다.

나는 인과응보란 말의 의미를 이해한 기분이었다.

다행이네, 루이젤드.

"뭐, 한동안은 같이 부탁해. 선, 배☆"

이렇게 원숭이 얼굴의 신입이 '데드엔드'에… 들어오는 건 아니다.

그는 어디까지나 다음 도시까지라고 못을 박았다.

그에게는 넷이서 파티를 짜면 좋은 일 없다는 징크스가 있다니.

그 징크스를 지켜서 혼자 감옥에 들어가 있으면 문제없을 텐데.

뭐, 파티에 안 들어온다면 그래도 상관없다.

이렇게 우리의 여행에 동행자 한 명이 추가되었다.

우리는 마차의 속도에 몸을 맡긴 채 그저 대삼림을 계속해서 달렸다.

정말로 직선길이었다.

직선이 지평선 저편, 미리스 신성국의 수도까지 이어지는 것이다.

마물도 전혀 나오지 않고 배수도 꽤 괜찮았다.

어떻게 이런 길이 있나 의문스러워 했는데 기스가 설명해 주었다.

이 가도를 만든 건 세계에서 가장 큰 종파인 미리스 교단을 만든 성 미리스다.

미리스가 검을 한 번 휘두른 결과 산과 숲을 가르고, 마대륙에 있는 마왕을 단칼에 두 동강냈다나.

그런 일화에서 이 길은 '성검가도'라고 불렸다.

아무리 그래도 그건 아니라고 생각하지만, 성 미리스의 마력은 아직도 남아 있었다.

그 증거로 지금도 마물을 일체 만나지 않았다. 마차가 진창에 걸리는 일도 없었다. 순풍에 돛단 배. 그야말로 기적이었다.

미리스 교단이 종교로서 강한 힘을 가지는 것도 납득이 갔다.

하지만 나는 오히려 몸에 악영향이 있을 것 같아서 무서웠다.

마력이란 건 편리하다. 하지만 동물을 마물로 바꾸거나 두 아이를 중앙대륙에서 마대륙까지 전이시키는 등 안 좋은 일도 일어난다.

마력이 많다는 소리는 무서운 일이기도 하다. 뭐, 마물의 습격이 없으니 편해서 좋지만.

가도변에는 일정거리마다 야숙하는 지점 같은 것이 있다.

거기서 야숙 준비를 했다.

식사는 루이젤드가 적당히 숲에서 사냥해 오기에 별 문제 없었다.

가끔씩 근처 마을에서 수족이 물건을 팔러 왔지만, 식료품은 살 필요가 없을 정도였다.

대삼림에는 말할 것도 없지만 식물이 풍부하다.

가도변에는 향신료로 써먹을 수 있는 들풀이 많이 나 있었다.

나는 예전에 읽은 식물사전을 토대로 그것들을 채취하여 조미료로 썼다.

하지만 내 요리 스킬은 그리 대단하지 않았다. 1년 동안 나름 늘었다고 생각했지만 '맛없다'가 '좀 맛없다'로 변할 정도였다.

대삼림은 마대륙보다 식재료의 질도 좋았다. 마물만이 아니라 보통 동물도 있었다. 토끼나 멧돼지 같은 동물 말이다. 그런 동물의 고기는 굽기만 해도 충분히 맛있…지만, 모처럼이니까 더 맛있는 고기를 먹고 싶었다. 식생활에 대한 탐구는 언제나 탐욕스럽다.

거기서 기스가 나섰다.

그는 자칭했던 대로 야숙 요리의 달인이었다.

따 온 들풀이나 나무열매에서 마술처럼 향신료를 만들어 고기에 멋지게 맛을 내었다.

"말했잖아? 난 뭐든지 할 수 있다고."

자랑처럼 말했던 만큼 그 고기는 정말로 맛있었다.

멋져, 안아 줘! 라면서 무심코 껴안았을 정도였다.

꽤나 기분 나쁜 얼굴이 돌아왔다. 나도 기분 나빴다.

피차 마찬가지군.

"한가하네."

오늘도 식사 준비를 하는데, 에리스가 갑자기 중얼거렸다.

식재료 : 루이젤드

불과 물 : 나

요리 : 기스

이런 완벽한 역할 분담 앞에서 에리스가 할 일은 없었다. 기껏해야 장작을 주워 오는 건데, 금방 끝난다.

따라서 그녀는 할 일이 없었다.

처음에는 혼자서 묵묵히 검을 휘둘렀다. 나와 길레느가 실컷 반복연습을 강요했기에 그녀는 몇 시간이고 계속 검을 휘둘렀다. 그렇다고 그게 재미있냐면 또 그런 것은 아니라나 보다.

현재 루이젤드는 사냥에, 기스는 스프를 끓이고, 나는 피겨 제작에 착수하였다.

이 1/10 루이젤드는 완성까지 시간이 걸리지만, 팔 수 있을 정도일 것이다. 추가가치를 매기는 것이다. 이게 있으면 절대로 스펠드족의 습격을 받지 않는다, 오히려 친해질 수 있다, 그런 말을 붙여서.

그건 둘째 치고, 에리스는 무료한 시간을 보내고 있었다.

"저기! 기스!"

"뭐지, 아가씨. 아직 다 안 됐는데?"

기스는 스프 맛을 확인하면서 돌아보았다.

거기에는 평소와 같은 포즈로 떡하니 버티고 선 에리스가 있었다.

"나한테 요리를 가르쳐 줘!"

"싫어."

즉답이었다.

기스는 아무 일도 없었던 것처럼 요리를 계속했다.

에리스는 순간 벙찐 얼굴을 했지만, 곧 마음을 다잡고 소리쳤다.

"왜!"

"가르치고 싶지 않으니까."

"그러니까 왜!"

기스는 크게 한숨을 내쉬었다.

"있잖아, 아가씨. 전사는 싸우는 것만 생각하면 돼. 요리 같은 건 필요 없어. 그냥 먹을 수 있으면 되잖아."

참고로 이 남자.

먹을 수 있으면 된다는 레벨의 요리는 하지 않는다.

가게를 열 수 있는 레벨이었다. 아무개황이 입에서 빛을 내뿜지는 않지만, 근처에 소문난 요리점 정도의 레벨은 되겠지.

"하지만 요리를 할 수 있으면… 저기… 있잖아?"

힐끔힐끔 내 쪽을 보면서 에리스는 말을 더듬었다.

뭐야, 에리스? 무슨 말을 하고 싶은 거야. 우후후… 확실히 말해 보렴.

"모르겠는데."

기스는 에리스에게 차갑다.

왜인지는 모르지만, 꽤나 쌀쌀맞은 말이었다. 나나 루이젤드한테는 그러지도 않는데, 에리스한테는 꽤나 쌀쌀맞게 말했다.

"아가씨는 검에 재능이 있잖아. 요리 같은 건 필요없어."

"하지만…."

"싸울 수 있다는 건 행복한 일이거든? 이 세계에서 살아가려면 그 이상의 것은 필요 없어. 모처럼의 재능이 흐려질 뿐이야."

에리스는 울컥한 얼굴이었지만 기스를 때리려고 하진 않았다.

기스의 말에는 왜인지 기묘한 설득력이 있었다.

"그런 말은 핑계고."

기스는 고개를 끄덕이더니 스프를 휘젓던 손을 멈추었다.

그리고 내가 마술로 만든 돌그릇에 담았다.

"나는 요리를 두 번 다시 가르치지 않기로 결심했어."

기스는 과거에 미궁에 들어가는 파티에 있었다나 보다.

6인 파티로 자기 외에는 하나밖에 못 하는 서투른 사람들이었다고 했다.

당시 기스의 말버릇은 '너희들 그거 말고는 아무것도 못 하냐?'라고 했다.

그런 파티지만 힘든 대로 잘 해나갔다고 했다.

하지만 어느 날, 파티에 있던 여자가 기스에게 요리를 배우고 싶다고 말했다.

목적은 파티에 있던 남자를 꼬시기 위해서. 남자를 잡으려면 먼저 위장을 잡으란 말은 이 세계에도 있다. 기스는 어쩔 수 없다면서 그녀에게 요리를 가르쳤다.

요리 덕분인지는 알 수 없었다.

결과적으로 여자는 파티의 남자와 사귀고 그대로 결혼. 두 사람은 파티를 탈퇴하여 어딘가로 떠났다.

그건 그래도 좋다고 기스는 말했다.

헤어질 때 다소 다툼이 있었지만, 그 자체는 나쁘지 않다는 것이었다.

하지만 그 뒤가 최악이었다. 이러니저러니 해도 중요인물이었던 두 사람이 빠지는 바람에 파티 내부의 분위기가 망가졌다. 파티는 싸움과 무관심이 횡행했고, 제대로 의뢰도 받을 수 없게 되어서 금방 해산했다.

그렇긴 해도 기스는 뭐든지 할 수 있는 남자였다.

검과 마술의 재능은 없지만, 그 이외에는 뭐든지 할 수 있었다.

그러니까 곧 다음 파티를 찾을 수 있을 줄 알았다.

결과는 참패. 당시 기스는 다소 이름이 알려진 모험가였는데도, 그를 거둬주는 파티가 없었다.

기스는 뭐든지 할 수 있었다.

모험가가 할 수 있는 일은 어지간해선 뭐든지 다.

즉 그것은 기스가 할 수 있는 것은 누군가가 할 수 있다는 소리였다. 고랭크의 파티라면 전원이 분담해서 할 만한 잡일이었다.

기스는 깨달았다.

자기가 있을 곳은 그 파티밖에 없었던 것이라고.

서툰 사람들이 있으니까 자기 같은 존재가 빛났던 거라고.

그 뒤로 기스는 모험가라는 직업을 반쯤 폐업.

도박꾼으로 살아가기로 했다는 모양이다.

"그러니까. 여자한테 요리는 안 돼."

징크스라고 덧붙였다.

내가 한 마디 하자면 기스의 징크스는 아무래도 좋았다.

요리 정도는 가르쳐 줘도 좋을 텐데 싶었다.

이 스프도 맛있다. 한 모금 먹기만 하면 입 안이 주륵후왓파팡 하는 느낌이었다.

내가 배우고 싶을 정도니까 한 마디 거들어주기로 했다.

"신입이 불행해진 건 알겠지만, 요리를 배운 여자 쪽은 행복해졌겠지?"

그럼 가르쳐 주라는 마음으로 물었다.

그러자 기스는 고개를 내저었다.

"여자가 행복해졌는지는 몰라. 만나지 않았으니까."

그러면서 기스는 자조하듯이 웃었다.

"하지만 남자 쪽은 행복하지 않았지…."

그러니까 징크스겠지.

풀 죽은 표정인 그를 보고 나는 뭐라 말할 수 없어졌다.

맛있을 터인 스프가 다소 맛이 죽었다.

루이젤드, 얼른 좀 안 오려나….

어느 날. 휴식지점인 길가에서 기묘한 비석을 발견했다.

무릎까지 오는 크기에 표면에는 이상한 무늬가 그려져 있었다. 글자 하나 주위를 일곱 개의 무늬가 에워싼 모습이었다. 분명히 한가운데의 글자는 투신어로 '7'을 의미하는 것이던가. 다른 무늬는 어딘가에서 본 것 같기도 하고 아닌 것 같기도 하고.

나는 기스에게 물어보기로 했다.

"어이, 신입. 이 비석은 뭐야?"

기스는 비석을 보고 고개를 끄덕였다.

"아, 이거 칠대열강이야."

"칠대열강? 그게 뭐야?"

"이 세계에서 가장 강하다는 일곱 명의 전사를 말하지."

아무래도 제2차 인마대전이 끝날 무렵, 기신技神이라고 불린 인물이 정한 것이라는 모양이다.

기신은 당시 최강으로 꼽힌 인물이었다.

그런 사람이 정한, 이 세계 최강의 일곱 명.

이 비석은 그걸 확인하기 위한 것이라고 했다.

"분명히 그런 이야기라면 나리가 잘 알 거야. 나리!"

기스가 부르자, 근처에서 에리스를 상대로 단련하던 루이젤드가 다가왔다.

"'칠대열강'인가. 옛날 생각이 나는군."

루이젤드는 비석을 바라보더니 눈을 가느다랗게 떴다.

"알고 있나, 루이젤드?"

"나도 젊었을 적에는 언젠가 '칠대열강' 중 한 명에게 가르침을 받을 수 있도록 단련을 쌓았지."

루이젤드는 그렇게 말하고 시선을 흐렸다.

꽤나 먼 과거를 보는 눈이었다. 멀고도 먼… 대체 얼마나 옛날 일이야?

"저 무늬는 뭔가요?"

"저건 각각의 문장이다. 현재의 일곱 명을 가리키지."

루이젤드는 하나하나 짚어가면서 현재의 일곱 명을 가르쳐 주었다.

현재의 일곱 명은,

서열 1위 '기신技神'

서열 2위 '용신龍神'

서열 3위 '투신闘神'

서열 4위 '마신魔神'

서열 5위 '사신死神'

서열 6위 '검신劍神'

서열 7위 '북신北神'

이런 순서라고 했다.

"헤에. 하지만 칠대열강이라는 말은 들어본 적도 없는데요?"

"'칠대열강'의 이름이 드날린 것은 라플라스 전쟁 때까지니까."

"왜 묻힌 건가요?"

"라플라스 전쟁으로 커다란 변동이 있어서, 그중 절반이 행방불명이 되었으니까."

라플라스 전쟁에서는 기신을 제외한 당시의 '칠대열강'이 전원 참가했다는 이야기였다.

하지만 그중 세 명이 사망. 한 명은 행방불명. 한 명은 봉인이라는 결과로 끝났다.

사지 멀쩡하게 살아남은 것은 당시에는 용신뿐이었다고 한다.

일단 준최강이라고 불리는 이들이 모여서 랭킹을 만들고, 그로부터 수백 년에 걸쳐서 하위열강 자리를 다투었지만 '최강'이라는 단어와는 도저히 거리가 멀었다.

또한 현재 상위 네 명의 거취를 알 수 없었다.

기신 — 행방불명

용신 — 행방불명

투신 — 행방불명

마신 — 봉인 중

확실하게 강한 상위가 이러니 랭킹으로서의 존재가 모호해졌다.

그래서 '칠대열강'은 차츰 묻히고 사람들의 기억에서 사라졌다…는 건가.

참고로 마신이 랭킹에서 지워지지 않은 것은 사망이 아니라 봉인상태이기 때문이겠지.

"당시에 살았던 사람들은 얼마나 남아 있나요?"

"글쎄. 400년 전에도 기신은 실존하는지 의심스러웠다."

"애초에 왜 기신은 이런 서열을 만들었을까요?"

"아무래도 자기를 쓰러뜨릴 자를 찾기 위한 것이었다나 본데, 자세하게는 모른다."

완전히 후카○치 랭킹*이로군.

．．．．．．．．．．．．．．．．．．．．．．．．．．．．．．．．．．．．．．．．．．．．．．．．．．．．．．．．．．．．．．．．．．．．

※후카미치 랭킹 : 격투 만화 『에어마스터』에서 나오는 스트리트파이터의 랭킹.

"이 비석도 꽤나 오래된 것이고, 어쩌면 지금 서열에 변화가 있었을지도 모르겠네요."

그렇게 중얼거리자 기스가 고개를 내저었다.

"아니, 그건 마술로 자동적으로 변한다는 이야기도 들었는데?"

"어? 그런가요? 어떤 마술로?"

"낸들 알겠냐."

그런 건가 보다.

비석의 글자가 자동적으로 변한다. 어떻게 그러는 걸까? 이 세계의 마술에는 아직 내가 모르는 면이 많다. 마법대학이라도 가면 그런 걸 배우는 걸까.

그렇긴 해도 칠대열강이라.

이 세계에는 묘하게 치트 같은 녀석이 많구나 싶었지만, 도저히 따라갈 수 있을 것 같지가 않군.

뭐, 세계 최강을 목표로 할 생각은 없다.

너무 강함에 얽매이지 말기로 하자.


대삼림을 빠져나갈 때까지 한 달 걸렸다.

하지만 한 달이다. 고작 한 달 만에 대삼림을 빠져나갈 수 있었다.

길은 그저 직선이고 마물이 일절 나오지 않았다. 고로 이동에 전념할 수 있었다.

그런 것도 한 이유지만, 말의 성능도 좋았다.

이 세계의 말은 지칠 줄을 모른다. 하루에 열 시간 정도 쉴 새 없이 계속 달리고, 더군다나 다음날에도 말짱했다.

무슨 마력이라도 쓰는 건지 모르겠지만, 실로 쉽사리 숲을 빠져나갈 수 있었다.

액시던트라고 하자면 내가 도중에 치질에 걸린 정도였다.

물론 아무에게도 말하지 않고 몰래 치유 마술로 고쳤다.

에리스는 수행이라는 이름으로 마차 위에 계속 서 있었다. 위험하니까 그만두라고 했지만, 뭐가 위험하냐는 듯한 균형 감각이었다. 나도 흉내내 보았더니 다음날에는 하반신이 후들거렸다.

에리스는 대단하구나.


청룡산맥을 통과하는 계곡 입구에는 숙박거리가 있었다.

드워프가 경영하는 동네였다. 모험가 길드가 아니다.

하지만 대장장이의 마을로도 유명한지, 무기점, 방어구점이 줄줄이 있었다. 여기서 파는 검은 싸면서도 좋다고 기스가 가르쳐 주었다. 에리스가 탐나는 얼굴을 했지만, 돈에 별로 여유가 없었다. 어차피 미리스에서 중앙대륙으로 넘어갈 때도 스펠드족이네 뭐네 하면서 돈이 들 테니 낭비해선 안 된다고 설득했다.

지금 에리스의 검이 나쁜 것도 아니고.

하지만 역시 나도 남자다. 멋진 검이나 갑옷이 진열된 것을 보면 나잇값도 못 하고 두근거렸다. 그렇긴 해도 역시 나이와 복장의 문제일까. 가게를 지키던 드워프가 '꼬맹이한테는 안 어울리지 않겠냐?'라면서 비웃었다.

이래 보여도 검신류 중급이라고 하니까 조금 놀라는 모습이었다.

뭐, 돈이 없으니까 어차피 구경만 하겠지만.

기스의 말로는, 여기가 가도의 분기점이라고 했다. 산을 따라 동쪽으로 가면 드워프의 커다란 마을이 있다고 했다. 북동쪽으로 가면 엘프, 북서쪽으로 가면 호빗의 영역이 펼쳐진다.

여기에 모험가 길드가 없는 것은 그 입지에 문제가 있는 걸지도 모르겠다.


또 산 쪽으로 들어가면 온천도 있다고 했다.

온천. 아주 흥미가 생기는 이야기다.

"온천이란 게 뭐야?"

"산에서 뜨거운 물이 나오는 거예요. 거기서 목욕하면 아주 기분 좋지요."

"헤에…. 재미있겠네. 하지만 루데우스도 여기에 오는 건 처음이잖아? 어떻게 알아?"

"채, 책에서 읽었어요."

『세계를 걷는다』라는 가이드북에는 온천에 대해 실려 있었던가?

분명히 없었던 것 같다.

하지만 온천이라. 좋구나.

이 세계에는 유카타가 없겠지만, 젖은 머리칼, 핑크색으로 물든 피부, 물에 들어가서 풀어진 에리스….

온천이란 장소에는 그게 있다.

아니, 딱히 혼욕은 아니겠지. 아니지? 하지만 만에 하나 혼욕이라면 어떻게 한다.

꼭 확인해 봐야만 할 것 같았다.

"우기가 갓 끝났으니까 산은 지금 장난 아닐걸?"

고민하는데 기스가 반대했다.

산길에 익숙하지 않은 사람이 갔다간 꽤나 시간이 걸린다고 했다.

그런고로 온천은 포기했다.

아쉽다.

성검가도는 청룡산맥으로 들어간다.

마차 두 대가 엇갈릴 정도 넓이의 길이 산을 딱 둘로 갈랐다.

계곡의 밑바닥이다.

하지만 미리스의 가호 덕분인지, 낙석은 어지간해선 없다고 했다. 혹시 이 길이 없었으면 북쪽으로 갈 경우 크게 우회해야만 했겠지.

이 산에는 청룡이 어지간해서 나오지 않는다고 해도 마물은 많아서, 통과하려면 상당한 위험을 동반한다.

그런 곳에 마물이 일절 없는 단축코스를 만든 것이다.

성 미리스를 숭상하는 이유를 알 것 같았다.

그런 계곡을 사흘 만에 빠져나가 우리는 대삼림을 답파했다.

여기서부터는 미리스 신성국.

우리는 간신히 인간의 영역까지 돌아왔다.

그 사실에 가슴 뛰면서 나는 여행을 계속했다.

번외편

# 수호술사
# 피츠

정신을 차렸을 때 나는 공중에 있었다.

"엇?!"

의문의 목소리는 바람에 섞여 순식간에 지워졌다.

엄청난 높이. 쑥쑥 떨어지는 감각.

풍압으로 숨쉬기 어려운 감각. 뚫고 지나가는 구름.

치미는 공포.

"힉."

목 안쪽에서 비명이 들렸다.

자신의 비명인지, 저 멀리의 누군가가 지른 것인지 착각이 들었다.

비명은 이게 현실이라는 감각을 조장했다.

왜인지 모르지만 나는 공중에 있고 떨어지고 있었다.

"아…악!"

어떻게든 해야 한다. 어떻게든 하지 않으면 죽는다.

죽음.

틀림없이 죽는다. 높은 곳에서 떨어지면 죽는다. 그 정도는 안다.

지면이 점점 가까워지는 게 느껴졌다.

"우와아아아아악!"

공포에 사로잡혀 마력을 전개했다. 바람이다. 나는 바로 밑에서부터 나를 향해 바람을 일으켰다. 새는 바람을 타고 하늘을 나는 거라고 배웠다. 누구한테? 누구였더라.

조금 속도가 떨어졌다. 하지만 곧 원래 속도로 돌아왔다.

바람으로는 안 된다. 새는 바람을 타고 날지만 인간은 아무리 바람을 받아도 날 수 없다. 그렇게 배웠다. 누구한테? 누구였더라?

이럴 때는 어떻게 하면 되지?

그는 뭐라고 말했다. 나에게 많은 것을 가르쳐 준 그는 뭐라고 말했지?

떠올려, 떠올려.

그는 아무 말도 하지 않았던가. 나는 방법? 그건 무리라고 말했다. 날 수 없다, 인간은 날 수 없다. 뭔가를 쓰지 않으면 날 수 없다. 하지만 그는 날려고 했던 시기가 있었다. 최종적으로는 날 수 없었지만, 날려고 하다가 날 수 없어서 지면에 깔아놓은 부드러운 뭔가의 위에 떨어졌다.

그래! 그 충격을 줄인다. 부드러운 것. 부드러운 것으로 뒤덮자.

하지만 부드럽다고 해도 어느 정도를 얼마나 만들면 될까?

모르겠다, 모르겠다, 모르겠다!

어쩌지, 어쩌지, 어쩌지어쩌지어쩌지!

물을 만들어서 스스로를 감싸 보았다. 안 돼, 금방 흩어졌다.

바람을 만들어서 스스로를 받치려고 해 보았다. 틀렸다. 이건 헛수고다.

흙을 만들어서⋯ 사용법을 모르겠다!

불을 만들어서… 바람을… 물? 흙? 모르겠다! 모르겠어!

"아."

머리부터 떨어졌다.

"우와아아아아아!"

비명을 지르면서 은발 소년은 벌떡 몸을 일으켰다.

나이는 열 살 남짓, 그 어린 얼굴은 공포로 일그러져 있었다.

"하악… 하악…"

그는 가쁜 숨을 내쉬면서 자기 몸을 여기저기 만지고 은발 머리를 마구 헝클듯이 만지며 사지가 멀쩡하다는 것을 확인했다.

"…어? 어?"

주위를 둘러보니 하늘 위가 아니었다. 부드러운 침대 위였다.

"하아…"

소년은 얼굴을 손으로 가리고 안도의 한숨을 내쉬었다.

"어이, 피츠, 괜찮아?"

그 목소리는 위에서 들려왔다.

2층 침대의 위쪽에서 한 소년이 거꾸로 고개를 내밀고 있었다. 성인이 되기 전이면서 보는 이를 포로로 만드는 절세의 미소년…을 자칭하는 소년으로 루크라는 이름이었다.

"꽤 악몽에 시달리던데, 또 그 꿈을 꿨어?"

"응, 그래…."

피츠라고 불린 소년은 루크를 향해 모호하게 고개를 끄덕였다.

그리고 문득 자기 다리 사이에서 위화감을 느꼈다. 뭘까 싶어서 보았더니 축축했다.

만져 보니 잠옷 아래부터 시트에 이르기까지 흠뻑 젖었고 뜨뜻한 김이 나오고 있었다.

"아…!"

피츠는 다급히 담요를 끌어당겨서 루크에게 숨기려고 했지만, 때는 이미 늦었다.

루크는 떨떠름한 얼굴로 피츠의 소변을 목격했다.

"우… 우우…."

피츠는 울상을 하면서 한심한 얼굴로 루크를 보았다.

"미, 미, 미안해…."

"나한테 사과하지 마."

루크는 침대에서 내려오면서 탄식하고 벅벅 머리를 긁었다.

"아무도 뭐라고 안 해."

"하, 하지만, 이 나이가 되어서… 저기, 오줌을 싸고…."

"그 날 무서운 일을 겪은 건 너 혼자가 아냐."

루크는 어깨를 으쓱이면서도 진지한 얼굴로 말했다.

그 목소리에서는 진심 어린 위로의 빛이 엿보였다.

"게다가 여기에는 밤중에 시트에 소변을 지리는 녀석이 얼마든지 있어. 메이드도 익숙해. 자, 얼른 옷 갈아입고 시트를 세탁 담당한테 맡기자. 아리엘 님이 기다리셔."

루크는 그렇게 말하고 얼른 혼자서 방을 나갔다.

피츠는 눈물을 닦으면서 젖은 침대에서 기어나와서, 옆에 놔 둔 선글라스를 끼었다.

피츠는 피트아령 소멸사건의 피해자였다.

그가 전이한 것은 공중이었다.

지상 수백 미터 높이로 전이한 그는 예외 없이 중력에 따라 떨 어졌다.

남들과 다른 점이 있다면 그가 마술사였다는 점이겠지.

그것도 보통 마술사가 아니었다. 그는 아직 열 살이면서도 우 수한 스승에게 모든 중급마술과 몇 가지 상급마술을 배웠고 그 것들을 모두 무영창으로 구사할 수 있었다.

그는 공중에서 발버둥치며 지상에 도달할 때까지 속도를 줄이 는 데에 성공, 기적적으로 두 다리의 골절이라는 결과로 착지할 수 있었다.

추락이라고 해도 과언이 아니지만, 아무튼 착지하여 마력고갈 증상으로 기절한 피츠.

그는 눈을 떴을 땐 모든 것을 잃어버렸다.

고향, 집, 가족.

아직 어린 나이에 순식간에 방랑자가 된 피츠. 갈 곳도 의지할 이도 없는 그에게 눈독을 들인 것은 아슬라 왕국 제2왕녀 아리엘 아네모이 아슬라였다.

그녀는 무영창 마술을 자유롭게 쓰는 피츠의 실력에 주목하여 그를 고용했다.

그 이후로 피츠는 왕궁에서 제2왕녀의 수호술사로서 생활했다.


"후아아⋯. 아, 루크와 피츠, 좋은 아침이군요."

수호술사로서의 일은 일단 아리엘이 기상하는 것부터 시작된다.

정해진 아침 시간에 그녀를 깨운다.

그런 일은 본디 전속 시녀의 손으로 해야 하지만, 아리엘은 어렸을 적부터 몇 번이나 암살당할 뻔했기 때문에 수호기사인 루크나 수호술사인 피츠 이외에게 맡기지 않았다.

피츠가 그녀를 깨우는 일을 맡은 것은 본디 왕국 외부 주민이며, 아리엘과 적대하는 귀족과 연관이 없다고 밝혀졌기 때문이다.

"잘 주무셨습니까, 아리엘 님."

물론 그녀보다도 늦게 일어나면 엄한 벌을 받는다⋯고 되어 있지만, 여태까지 몇 번이나 아리엘보다 늦게 일어났어도 처벌을 받은 적은 없었다.

"기분 좋은 아침이에요…. 루크, 오늘의 일정은 어떤가요?"

아리엘은 기지개를 켜면서 침대에서 나와 화장대 앞 의자에 앉았다.

피츠는 그녀의 뒤에 서서 얼굴을 씻기고 머리를 빗겼다.

"아침식사 뒤에 오전 중에는 다티안 경, 클라인 경과의 회합이 있습니다. 내용은—."

루크가 담담히 예정을 설명하는 뒤에서 재빠르게, 하지만 정중하게 머리를 빗겼다.

"오후부터는 필레몬 공과의 회합이 있습니다. 저녁식사는—."

"필레몬 공이라는 식으로 말하는 건…. 루크, 당신의 아버지 아닌가요?"

"공사 혼동은 피하라고 배웠기에."

머리 손질이 끝나자 아리엘은 일어서서 두 팔을 어깨 높이로 펼쳤다.

피츠는 그걸 보고 그녀의 옷을 벗겼다. 옷을 갈아입히는 것도 본디 시녀의 역할이지만 어렸을 적부터의 습관이었다.

아름다운 비단으로 싸인 하얗고 매끄러운 피부에 두근거리면서 아리엘의 옷을 벗기고, 미리 시녀가 준비해 둔 의상으로 갈아입혔다.

어떻게 입는 옷인지도 모를 만큼 복잡기괴한 구조를 가진 옷.

그것을 피츠는 척척 아리엘에게 입혔다.

이 일을 처음 맡게 되었을 당시, 피츠는 옷 입히는 법을 몰랐다.

하지만 최근에는 익숙해졌다.

비슷한 옷을 몇 번이고 갈아입히다 보면 아무리 피트아령의 촌뜨기라도 배우는 법이다.

"피츠…. 단추가 틀렸어요."

"어? 아, 예, 죄송합니다."

그렇게 방심했을 때 아리엘에게서 지적을 받았다.

피츠는 황급히 단추를 다시 채우려고 했지만 어느 단추인지 알 수 없었다. 이런 옷은 한 번 순서가 어긋나면 죄다 알 수 없게 되는 법이다.

"왜 그러나요. 얼른 입혀 주지 않으면 감기 걸리겠어요."

"예, 옙, 잠시만 기다려 주십시오!"

"아니면 내 몸을 보고 싶은 건가요?"

"아, 아닙니다!"

새빨간 얼굴로 황급히 부정하는 피츠를 보며 아리엘은 가볍게 웃었다.

그녀는 피츠의 이런 풋풋한 면을 좋아해서 툭하면 이렇게 심술을 부린다.

"저로서는 그저 좋을 뿐입니다만."

그런 대화를 거들고 나서는 것은 항상 루크였다.

루크는 미소 지으면서 피츠가 찾던 단추 구멍을 손가락으로 가르쳐 주었다.

"어라, 루크, 그건 주군을 연모한다는 의미인가요? 그렇다면 이만저만 불경한 게 아니로군요? 벌을 피할 수 없겠어요."

"그거 황공합니다. 어떤 벌을?"

"오늘 간식을 몰수하겠어요."

"아니, 그런 엄한 벌이…. 하지만 주군께서 바라신다면."

그런 대화를 나누는 동안에 피츠는 아리엘에게 옷을 다 입혀 주었다.

아리엘은 빙글 돌면서 복장에 문제가 없는지 확인한 뒤 기합을 넣었다.

"수고했어요. 그럼 식사하러 갈까요."

"예!"

아리엘을 따라서 방을 나가는 루크.

피츠도 그 뒤를 따르려다가 문득 화장대 거울에 비친 자신의 모습을 보았다.

거울 안에는 선글라스를 낀 우울한 표정의 소년이 서 있었다.

그는 발을 멈추고 짧게 친 하얀 머리칼을 손가락으로 말아보았다.

하지만 그것도 잠시, 그는 곧 거울에서 눈을 떼고 아리엘을 쫓아 방에서 나갔다.

그런데.

갑작스럽게 왕궁에 나타난 피츠라는 소년 마술사에 대해 귀족들은 다소 비판적이었다.

"마술사단에는 더 고귀한 태생인 사람이 많이 있는데…."

유명 가문도 아니고 그 내력도 모른다. 아는 거라곤 그저 종족과 그의 머리카락 색깔뿐이었다.

세련되지 않은 행동거지, 언동은 분명히 귀족이 아니다.

그런데도 아리엘은 그를 신임 수호술사로 앉히고, 수호술사로서의 최고의 장비를 주고서 한시도 자신의 곁에서 떼어놓지 않았다.

그런 특별취급이 귀족들의 불만을 샀다.

"그렇다고 해도 그 선글라스는 어떻게 안 되나?"

"맞는 말이오. 불경이란 말을 모르는 게지."

그는 항상 선글라스를 꼈다. 당연히 궁중에서 의미도 없이 얼굴을 감추는 짓은 불경한 짓이다.

하지만 귀족들의 말은 틀렸다.

이 선글라스에 대해서는 아리엘이 국왕에게 직접 허가를 받았다.

사실 이 선글라스는 언제 어디에 있어도 아리엘의 궁지를 알아차릴 수 있는 매직 아이템이다. 얼마 전에 일어난 사건 탓도 있어서 국왕이 이것을 윤허하였다.

"그 선글라스 때문에 궁중의 메이드들이 홀렸더군."

"루크와 나란히 있는 모습을 보기만 해도 행복하다고."

"저 호색한 루크가 소년을 싹싹하게 돌봐주는 모습을 보는 게 행복하다고 하더군요."

"궁중의 풍기가 문란해집니다."

"풍기 따윈 있지도 않았습니다만."

하하핫. 그렇게 귀족들은 웃었다.

항상 아리엘을 따르며 선글라스 너머로 봐도 미소년일 것이 분명한 외모. 아리엘, 루크와 나란히 선 모습을 보며 당찮은 망상을 부풀리는 자가 많이 있었다.

"소년끼리란 것도 이해합니다만, 그래도 신기하군요."

"호오, 뭐가 신기하단 겁니까?"

"여자를 밝히고 남자를 꺼린다고 공언해 마지않는 루크가 그 소년에게만큼은 꽤나 자상하지."

"아하, 과연, 그러고 보니."

"아니, 이상할 것 따윈 없지요. 루크도 드디어 남색의 장점을 깨달았을 뿐입니다."

"그렇군요, 하하핫."

아슬라 귀족에게 동성애란 별로 드문 것도 아니다.

더 이상한 성적 기호를 가진 사람은 많으니까, 소년이 아름다운 소년을 사랑하는 정도는 그리 놀랄 정도도 아니다.

"하지만 아리엘 님은 어디서 그런 자를 발견해 오셨을까요."

"글쎄요, 아리엘 님이 그렇게까지 두둔하시는 걸 보면⋯ 혹시나 상급귀족이 밖에서 만든 아이일지도 모르지."

"호오, 짚이는 데가 있습니까?"

"음, 몇 년 전에 피트아령의 사촌을 만나러 갔을 때인데, 그 사촌이 사울로스 공의 손녀딸의 열 살 생일식전에 출석했다고 했지요."

"오오, 사울로스 공의 손녀딸이라면 소문으로 듣던 보레아스의 빨강원숭이 말이로군요."

"그렇죠. 학교에 가면 동급생을 패고, 공부는 고사하고 인사도 제대로 못 한다는 소문의 그 원숭이."

"그런데 그게 왜?"

"음, 사촌의 이야기로는 그 원숭이가 꽤나 변했다는 모양이더군요. 예의 바르게 인사를 하고 공손한 행동거지, 아름답게 댄스를 추었다고⋯."

"소문에 꼬리가 붙어서 부풀었을 뿐이지, 그렇게 꼭 원숭이도 아니었다는 이야기 아닌가요?"

"그게 또 아니라오. 사촌 말로는 사울로스 공에게 인사하러 갔을 때 자랑처럼 이런 말이 나왔다나 본데."

"어떤 이야기가?"

"손녀를 교육한 것은 손녀보다도 두 살 연하의 소년이라고."

"호오⋯. 나이가 맞는군요."

"그 소년을 하도 칭찬하기에 사촌은 혹시나 싶어서 물어보았다고 합디다. '사실 그 소년, 사울로스 공의 피가 흐르는 거 아닙니까?'라고."

"호오."

"물론 사울로스 공도 긍정하진 않았지만, 신기하게도 강하게 부정하지도 않았다는 모양이오."

"과연. 그럼 그 천재 소년이라는 게…?"

"그럴지도 모르지요."

"평민치고 예의가 제법인 것도 그런 이유인가."

거기서 한 귀족은 문득 생각했다.

"하지만 정말로 강할까요?"

아리엘의 말로는 피츠는 어지간한 수습기사보다 민첩하고, 읽고 쓰기, 산술을 하며 마술학교의 교사조차도 도저히 못 미칠 만큼 마술에 관해 깊은 지식을 가져서 상급 마술을 무영창으로 구사한다고 했다.

그것도 열 살의 나이에.

"과장이겠지요."

"하지만 아리엘 왕녀도 그런 일을 겪으셨으니, 어지간한 자를 곁에 둘 생각을 하지 않겠지요."

"흐음, 아예 찔러 보겠습니까? 그 꼬맹이의 가면이 벗겨진다면 좋고…."

"그만두시오. 정말로 실력이 있다면 괜히 건드렸다간 귀찮아질 테니."

"그렇군요…. 그렇긴 해도 수호술사라면 하다못해 궁중의 관례 정도는 배워뒀으면 싶습니다."

"음, 촌내가 나니."

귀족들은 그렇게 피츠에 대해 비판적이면서도 딱히 무슨 짓을 하지도 않고, 그저 피츠를 보고 입방아만 찧는 걸로 끝났다.

하지만 사실 그것은 아리엘이 의도한 바였다.

"그럼 틴크 경의 아들은 기사단에?"

"예, 그는 산술을 잘 하니까 기사단의 경리 담당 수습으로 입단시키지요."

어느 오후.

아리엘은 루크의 아버지인 필레몬 노토스 그레이랫과 회합을 갖고 있었다.

필레몬은 아리엘 파의 필두 귀족이다. 다소 판단력이 떨어지는 사람이긴 하지만, 젊어서 밀보츠령의 영주가 된 것으로 힘을 가진 남자였다.

그는 일만 있으면 아리엘을 만나러 와서 앞으로의 일에 대해 의논했다.

현재 아리엘의 편은 적었다.

아리엘은 아직 성인도 아니고, 민중에게 인기가 있긴 해도 귀족들의 인기는 그리 높다고 할 수 없기 때문이다.

고로 현재 두 사람은 귀족들에게 회유를 꾀하고 있었다.

제1왕자나 제2왕자를 미는 유력한 상급귀족은 그리 간단히 아리엘에게 돌아서지 않겠지. 그들은 이미 파벌 중에서 자신의 위치를 확립했다.

고로 필레몬은 유동표를 획득하는 것을 제안했다.

중앙의 정쟁에 별 관계없는 지방귀족이나 그리 힘이 없는 중급, 하급귀족을 이쪽으로 끌어들이는 것이다.

그리고 필레몬의 힘으로 그들을 중앙의 관리에 앉히거나 우수한 자를 요소의 말단에 배치했다.

10년 뒤, 20년 뒤를 내다본 전략이다.

10년 뒤, 필레몬의 숨결이 닿은 아리엘 파 사람이 (우두머리까지는 아니더라도) 곳곳의 요직에 앉으면 서서히 거대한 힘이 되겠지.

"기사단, 마술사단, 근위병단에 시가병단…. 이걸로 주된 곳에 씨앗을 다 뿌렸습니다."

"씨앗에서 싹이 나올지는 아직 모르지만요. 들켜서 씨앗이 뽑힐 가능성도 있겠죠."

그들은 일단 무장전력을 제압하기로 했다.

이렇게 평화로운 시대, 병사나 기사는 그리 중시되지 않는다. 기껏해야 국내의 마물 퇴치나 도적 퇴치에 써먹는 정도다. 정치적인 힘은 전혀 없다고 해도 과언이 아니겠지.

고로 다른 파벌의 숨결도 거의 닿지 않았다. 단장급이라면 어느 파벌에 속했을 게 틀림없지만, 정치에 관여할 정도의 힘이 없는 잔챙이들이다.

하지만 막상 일이 터졌을 때 움직이는 건 그들이다.

아슬라 왕국은 오랫동안 내전도 없었던 데다가 궁중에서의 암살조차도 증거가 없으면 묵인되는 일도 있기 때문에 잊은 귀족도 많지만, 무력이란 바로 힘이다.

아리엘과 필레몬은 제일 먼저 그걸 제압하려는 것이다.

"이렇게 빙빙 도는 방식을 취해야만 하는 것이 답답하게 여겨지는군요."

"그렇습니다…"

필레몬은 노토스 그레이랫의 당주지만, 다른 그레이랫과 비교해서 젊고 인망도 돈도 없다.

아리엘도 비슷하다. 왕족이기 때문에 자유롭게 쓸 수 있는 돈은 있지만, 다른 대립후보들과의 차이는 일목요연했다. 우세한 것은 민중의 인기 정도였다.

그리고 민중의 인기란 것은 옮겨가기 쉽다.

다른 왕자가 뭔가를 조금 하기만 하면 민중의 마음은 변한다. 그걸 주축으로 싸우는 것은 너무나도 불안정하다.

누구와 싸울까, 왜 이런 일을 할까.

"하지만 수수한 발판 다지기가 중요합니다, 전하."

"예, 물론 알고 있어요. 왕위를 손에 넣기 위해선 돌아가는 것도 필요하니까요…"

그래, 아리엘은 왕이 되기로 결의했기 때문이다.

왕이 되기 위해서 길을 걷기 시작했기 때문이다.

궁중의 시선이 피츠에게 모이고, 아리엘 자신은 뒤에서 자신을 미는 유력귀족들과 깊은 관계를 가지며 조용히 정쟁을 시작했다. 갑작스러운 습격으로 황급히 자기 몸을 지키기 시작하며 겁먹은 왕녀. 아리엘은 그런 딱지를 내붙이고 뒤로 사자의 이빨을 숨긴 채로 걷기 시작했다.

세상을 뜬 수호술사, 데릭 레드뱃의 유지를 위하여.

"……"

그런 일을 처리하는 두 사람을 지키기 위해 역시 두 명이 서 있었다.

루크와 피츠다.

두 사람은 대화에 끼는 일 없이 조용히 서 있었다.

혹시 그 모습을 눈 밝은 상인이나 모험가가 보면 숨을 내뱉겠지.

평소의 몇 배 속도로 달릴 수 있는 '질풍의 구두'.

열기를 막아내며 사용자를 일정온도로 지키는 '번열의 망토'.

손바닥에 받는 충격을 줄이는 '압도의 장갑'.

그들이 몸에 지닌 것은 모두 일류 마력부여품이었다.

루크는 거기다가 강철방패를 쉽사리 쪼개는 '참철검'을 허리에

찼다.

무기부터 방어구까지 완벽한 장비, 그 사건 이후로 아리엘이 내린 것이다.

하지만 피츠의 허리에 있는 지팡이는 그렇지 않았다.

마술을 갓 배운 초심자가 가질 만한 작은 스틱 모양의 롯드를 가지고 있었다.

이건 마력부여품이 아니고 마도구도 아니었다.

"그럼 필레몬 경, 잘 부탁하겠어요."

"예. 아리엘 님도…. 슬슬 누군가가 뭔가 알아차리기 시작해도 좋을 즈음, 등 뒤에 빈틈을 보이지 마시길."

"예."

두 사람이 지켜보는 가운데 아리엘과 필레몬의 회합이 끝났다.

두 사람은 만족한 표정으로 방을 가로질러 입구로 향했다.

루크도 거기에 맞추어 아리엘의 뒤에 서도록 이동했다. 피츠는 다소 늦게 루크를 흉내내듯이 따라갔다.

"루크, 아리엘 님을 잘 지켜드리도록 하여라."

"옙."

필레몬은 루크에게 한 마디 하고 떠나갔다.

루크는 예의작법대로 인사하고 그걸 지켜보았다.

"후우…. 시간이 꽤 지났군요. 식사를 할까요."

"예, 아리엘 님."

그 말에 루크는 방울을 울렸다.

딸랑딸랑딸랑 하고 세 번.

그리고 나타난 시녀에게 '식사 준비를'이라고 말한 뒤 아리엘의 뒤로 돌아갔다.

그 모습을 피츠가 흥미 깊은 시선으로 바라보았다.

"그 방울, 울리는 회수에 뭔가 정해진 게 있나?"

"고작 방울에 그런 게 있을 리 없잖아."

기막힌 눈치로 말한 루크에게 피츠는 울컥한 얼굴을 하면서도 고개를 끄덕였다.

"아, 그런가. 그렇겠네."

피츠는 최근 들어 이렇게 루크에게 여러 가지를 물었다.

거기에는 식사 예절이나 인사 예절도 포함되었다.

피츠는 다소의 예의작법을 알지만, 결국 벼락치기였다. 그렇기 때문에 걸핏하면 다른 귀족들의 실소를 샀다. 하지만 비웃음을 들을 때마다 그는 얼굴을 붉히면서도 루크에게 물어 다음 기회까지 완벽하게 익힐 수 있게 되었다.

"킥킥."

그런 두 사람의 대화에 웃은 것은 아리엘이었다.

"피츠도 최근 간신히 궁정의 예절에 익숙해졌군요."

"아뇨, 아직 멀었습니다."

"하지만 그렇게 열심히 노력하는 모습은 누구의 눈에도 좋게 비쳐요."

"글쎄요. 적어도 귀족들에게는 그렇지 않은 모양이라."

피츠는 입을 삐죽거리면서 루크를 보았고, 루크는 태연하니 시선을 돌렸다.

"온갖 소문을 다 신경 쓸 것 없어요. 나는 당신이 마음에 들었어요."

"…감사합니다."

피츠는 딱히 기쁜 얼굴도 하지 않고 아리엘을 향해 고개를 숙였다.

"그런데 아리엘 님, 제 가족이나 스승은 찾았습니까?"

그 말에 아리엘은 힘없이 고개를 내저었다.

"아뇨…"

피츠는 여러 조건과 맞바꾸어 아리엘의 수호술사가 되었다.

일단 첫 번째로 성내 무단침입의 죄를 묻지 않는 것으로 한다.

피츠는 전이사건 날에 갑자기 나타났다. 본인의 의사가 아니었다고 해도 허가 없이 들어온 것은 사실이었고, 그것은 아슬라 왕국의 법에 비추어 보면 처벌받을 일이었다.

그걸 아리엘이 나서서 무마시켰다.

그렇긴 해도 이건 아리엘의 목숨을 구한 사실도 있기 때문에, 어떻게든 되는 일이었겠지.

또 하나, 피츠의 부모와 친구를 찾는 것.

피츠는 피트아령 출신으로 가족과 떨어졌다.

본디 피트아령의 영주인 보레아스가 어떻게 해야 할 사태였다.

하지만 보레아스는 영지를 잃고 태반의 부하를 잃어서 궁지에 빠졌다. 보레아스와 적대 관계인 귀족은 기회다 싶어서 열심히 공격했다. 보레아스는 집안을 지키는 것만도 빠듯해서, 어딘가로 사라진 영민을 찾을 정도의 여유가 없었다. 일단 수색단 같은 것이 조직되었지만 형식뿐인 것이었다.

고로 아리엘이 자기 돈으로 수색대를 조직하여 찾게 하였다.

참고로 그 뒤에 제1왕자파의 다리우스 상급대신이 보레아스를 비호하여 수색단에 출자. 수색단은 대규모가 되었지만… 그건 또 다른 이야기.

그런 두 가지 조건을 달고 피츠는 아리엘의 호위, 수호술사가 되었다.

"가족의 행방은 모르겠군요. 아마 전 세계로 흩어진 모양이라서."

"그렇습니까…."

피츠의 귀는 보는 이가 가엾게 여길 만큼 축 늘어졌다.

아리엘은 그걸 보고 어쩐 일로 괴로운 표정을 지었다.

"피츠…. 미안해요. 지금 내 힘은 별로 세지 않아요."

"아뇨, 저 혼자서 어떻게 할 수 없었던 일이니까 감사합니다."

"……"

씩씩한 태도의 피츠에게 아리엘은 뭔가 생각하는 표정을 짓더니 손뼉을 쳤다.

"그렇지, 피츠. 오늘 밤에 내 방에 와요."

"엣?!"

갑작스러운 제안에 피츠는 이상한 소리를 내었다.

"최근 당신은 꿈자리가 나빠서 가위에 눌린다고 하더군요. 누 군가와 함께 자면 그것도 나아지지 않을까요?"

"하, 하지만 저는 호위고 촌놈이고, 게다가 아리엘 님은 왕녀 님에… 루크도 뭐라고 좀 해!"

이야기가 자기에게 돌아오자 루크는 태연한 얼굴로 피츠를 보 았다.

"좋지 않아? 포상이라고 생각하고 받지그래?"

"포상이라니…"

"뭐, 다소 이상한 소문은 돌겠지만… 궁중의 험담에 견뎌온 너라면 괜찮겠지?"

이 땅에 아군은 없다.

그렇게 각오한 피츠는 한숨을 내쉬었다.

아리엘이 필레몬과 계획을 세우던 무렵.

왕궁의 다른 장소에서는 또 다른 계획이 진행되고 있었다.

"최근 아리엘의 움직임, 어떻게 보나?"

어느 방에 두 남자가 있었다.

한 명은 부드러운 금발의 청년. 나이는 20대 중반 정도일까.

그의 손에는 베가리트 대륙산 유리잔이 있고, 잔 안에는 밀보츠령에서 딴 신선한 포도로 만든 와인이 가득했다.

다른 한 명은 뚱뚱하게 살찐 체격의 남자였다. 나이는 50대 전반일까.

그의 무릎에는 반라의 소녀가 앉아 있고, 그의 손은 소녀의 엉덩이에 가 있었다.

"아무래도 수상합니다."

엉덩이를 붙잡힌 소녀가 얼굴을 물들이며 고개 숙인 모습을 호색한 눈으로 바라보면서도 뚱뚱한 남자의 목소리는 차가웠다.

청년은 그걸 개의치 않았다.

그저 와인의 맛을 즐기듯이 유리 안의 액체를 빙글빙글 돌렸다.

"수상하다는 말로는 모르겠군."

"기사단이나 위병들 사이에 자기 패거리를 섞어둔다는 보고가 올라왔습니다."

"기사단이나 위병에? 아리엘 녀석, 쿠데타라도 일으킬 생각인가?"

청년의 말에 남자는 손을 소녀의 속옷 안으로 미끄러뜨리면서 고개를 내저었다.

"설마요. 그렇게까지 멍청하진 않습니다. 그저 동료를 늘리려는 거겠지요."

"기사단이든 위병단이든 정치적인 영향력은 없지?"

"그렇습니다. 하지만 기사단이나 위병에는 평민 출신이 많습니다. 아리엘 왕녀에게는 가장 손쓰기 쉬운 상대입니다. 일단 가까운 곳부터 시작한다는 의미도 있겠지요."

"흠…."

"그녀는 사병을 갖지 않았고요."

청년은 생각했다.

기사단이나 위병에게 정치적인 힘은 없다.

전력은 물론 아슬라 왕국 최강이지만, 구성원의 태반이 평민 출신인 점도 있어서 대단한 권한은 주어지지 않았다.

또한 그 우두머리는 청년의 휘하인 귀족이 맡고 있으며, 그걸 교체하는 건 쉽지 않겠지.

하지만 왕도에서 무슨 일이 일어났을 때 실제로 움직이는 건 말단이다.

부대장, 병장급의 대부분이 아리엘의 입김이 닿은 자로 바뀌면, 그보다 아래의 평기사나 위병은 인기 있는 아리엘의 편을 들겠지.

그렇다면 정말로 여차할 때에 쿠데타가 일어날지도 모른다.

"조금 맹점이었군. 내 여동생은 제법 머리가 좋아."

청년이 감탄사를 흘리는 것에 뚱뚱한 남자는 코웃음을 치며 소녀의 몸을 주물렀다.

"설마요. 고육책이겠지요."

소녀의 작은 교성이 울리고, 뚱뚱한 남자의 입가에 미소가 떠올랐다.

"하지만 고육책이라고 해도 좋은 수입니다. 노토스 집안 애송이는 잔꾀밖에 없는 생쥐라고 생각했습니다만, 제법 선견지명이 있군요."

"어쩔 건가?"

청년의 질문에 뚱뚱한 남자는 소녀에게서 손을 떼었다.

그리고 와인이 담긴 잔에 손가락을 넣더니, 보라색 액체가 맺힌 손가락을 소녀의 입에 밀어 넣었다.

소녀는 거부하지 않고 그걸 핥았다.

"어쩌고가 있겠습니까. 1년 동안 조용히 지켜보았습니다만, 그라벨 전하의 적이 된다면 제가 해야 할 일은 정해져 있습니다."

"그 말은?"

뚱뚱한 남자는 소녀가 핥은 손가락을 자기 입가로 가져가서 핥았다.

"싹을 뽑는 게 아니라 씨를 뿌린 자를 베는 것입니다."

"…알았다, 다리우스. 네게 맡기지."

"명에 따르겠습니다, 그라벨 전하."

제1왕자 그라벨과 다리우스 상급대신.

두 사람은 음모를 꾸미는 탐관오리와 못된 상인 같은 얼굴을 하면서 회합을 마쳤다.

대화를 들은 것은 단 한 명, 다리우스의 무릎 위에 앉았던 노예 소녀뿐.

그리고 그 소녀는….


★　★　★


그리고 장면은 아리엘의 침실로 옮겨간다.

심야, 슬슬 잠자리에 들 시간에 피츠는 아리엘의 침실을 찾아
왔다.

피츠는 머리에서 훈훈하게 김이 오르고 있었다.

"저기, 아리엘 님. 분부대로 왔습니다만…."

여기에 오기 전에 피츠는 아리엘의 시녀의 손으로 목욕을 하
고 몸에 향유 등을 바르고 잠옷으로 갈아입혀졌다. 부드러운 천
으로 짠 고급 잠옷이었다.

"잘 왔어요. 너희들은 물러가거라."

아리엘이 그렇게 말하자, 두 명의 시녀가 인사를 하고 문으로
나갔다.

어둑어둑한 방 안, 아리엘과 피츠, 단둘만이 남았다.

"왜 그러나요? 여기로 와서 옆에 앉으세요."

"예…."

피츠는 시키는 대로 조심조심 아리엘의 옆에 앉았다.

아리엘은 피츠에게 몸을 기댔다.

"……."

피츠는 그만큼 아리엘에게서 떨어졌다.

그리고 허둥거리는 모습으로 손을 들더니 가로막듯이 말했다.

"저기, 어어, 함께 잘 뿐이지요?"

"예, 물론이에요."

"어어… 저기… 하지만 그런 것치고 아리엘 님, 눈이 조금 무서워서."

슬금슬금 다가오는 아리엘.

허둥지둥 몸을 빼는 피츠.

"무서워할 것 없어요. 분명히 지금 나는 피츠의 아름다운 모습을 보고 대단히 흥분했지만. 괜찮아요, 아무 짓도 안 할 테니까, 자, 침대에 누워요."

"아뇨, 무서워요. 무섭거든요, 아리엘 님!"

"하나도 무서울 것 없어요."

"아뇨, 저는, 아니, 아리엘 님도 아시지요? 실은 제가…."

"알고 있어요. 물론 알고 있지요."

드디어 피츠는 침대 끝까지 몰렸다.

아리엘은 피츠의 어깨에 손을 짚더니 침대 위로 넘어뜨렸다.

"그러니까 피츠도 나에 대해 알아 주었으면 해요."

피츠는 순진한 소녀처럼 눈을 감았다.

아무리 그래도 이런 건 너무하다. 그렇게 생각하면서도 순순히 아리엘의 손에 몸을 맡기려고 했다.

애초에 오갈 곳 없는 피츠는 아리엘을 거스를 수 없으니까.

"…자, 농담은 이 정도로 해 둘까요."

아리엘은 피츠의 위에서 몸을 비키더니 옆에 드러누웠다.

의외라고 생각한 피츠가 옆을 보다가 아리엘과 눈이 마주쳤다.

"저기…."

"같이 잘 뿐, 그렇게 말했잖아요. 뭔가 착각한 거 아닌가요? 내가 당신을 억지로 덮칠 거라고 생각했어요?"

피츠는 귀까지 새빨개졌다.

그걸 보고 아리엘이 가볍게 웃었다.

"그런 얼굴을 보면 덮치고 싶어지지만, 오늘은 정말로 함께 잘 뿐이에요."

아리엘은 위를 올려다보며 후욱 숨을 내뱉었다.

피츠는 당혹스러운 채로 어째야 좋을지 몰라서 뻣뻣하게 있었다.

잠시 동안 침묵이 흘렀다.

"…나도."

먼저 입을 연 것은 아리엘이었다.

"꿈을 꾸어요."

"…꿈 말입니까?"

"그래요, 그 날의 꿈, 데릭이 마물에게 죽고, 나도 그대로 마물에게 잡아먹히는 악몽이에요."

그 말에 피츠는 다시금 아리엘의 얼굴을 보았다.

그 얼굴에는 항상 띠는 다정한 미소가 없이 투명하게 보일 정도의 무표정만 있었다.

"그 꿈에 시달리다가 깨어나는… 그런 나날이 계속되어요."

"아리엘 님도?"

"그래요."

아리엘은 고개를 끄덕이고 피츠의 손을 잡았다.

가늘어서 당장이라도 부러질 것처럼 섬세한 손가락.

하지만 피츠의 손을 잡는 그것은 힘 있고 생명으로 넘쳐났다.

"피츠, 당신이 얼마나 괴로운지는 모르지만, 그 날 괴로움을 겪은 것은 당신만이 아니에요. 괴롭다고 생각되거든 누군가에게 의지하는 것도 좋아요."

"아리엘 님…."

"나는 얼마든지 피츠를 받아주겠어요. 그 날 나를 구해준 당신과 함께 자면 그 악몽을 보지 않을지도 모르니까요."

그 말을 듣고 피츠는 왠지 마음이 편해지는 듯한 기분이 되었다.

전이사건 이후로 여태까지 마음 쉴 시간이 없었다는 걸 깨달았다.

버림받지 않도록 노력을 했고, 못 써먹을 녀석이라고 여겨지지 않도록 허세를 부렸고, 이 사람의 눈에 들려고 했다는 걸 깨달았다.

"그런가…."

하지만 그럴 필요는 없었다.

아리엘은 분명 피츠가 마술을 쓰지 못하더라도 곁에 두었다. 같은 괴로움을 아는 사람으로서….

"아리엘 님."

"왜 그러나요, 피츠."

"저는 아리엘 님을 지킬 수 있도록 노력하겠습니다."

"좋은 마음가짐이에요. 그럼 꿈속에서도 부탁하겠어요."

아리엘은 가볍게 웃었다.

그 웃음에 낚인 것처럼 피츠의 입가에도 웃음이 떠올랐다.

전이사건으로부터 1년, 그의 입에 처음으로 떠오른 웃음이었다.

"그럼 자죠."

"예, 아리엘 님, 안녕히 주무…."

아리엘은 피츠의 손을 잡은 채로 눈을 감았다.

피츠 또한 기분 좋은 졸음기 속에서 눈을 감고 의식을 맡기려고 했다.

하지만 깨달았다.

"……?"

기척이 있었다.

방금 전까지 방에는 두 사람의 기척밖에 없었는데 침대 가장자리에 한 명이 서 있었다.

소녀다. 국부를 살짝 가렸을 뿐인 반라의 소녀가 침대 가장자리에 서 있었다.

그 손에는 커다란 나이프가 쥐어져 있었다.

"……!"

소녀는 피츠와 눈이 마주친 순간 움직였다.

아리엘을 향해 쓰러지듯이 달려드는 소녀.

피츠는 암살자라고 깨달았지만, 뭐라고 소리치기 전에 먼저 몸이 움직였다. 아리엘을 감싸듯이 벌떡 일어나면서 두 손을 소녀에게 뻗고 마력을 내뿜었다.

'에어 버스트'.

"꺄악!"

말없이 발사된 그 마술은 소녀에게 직격해서 그 몸을 아리엘과 반대방향으로 날려 버렸다.

"무슨 일인가요?!"

"아리엘 님! 암살자입니다! 제 뒤에서 떨어지지 마세요! 루크! 적습이다!"

피츠의 외침이 울렸다.

수호기사의 방은 바로 옆이다. 루크는 당장이라도 달려올 것이다.

"후우우~."

암살자가 일어섰다.

무심한 눈으로 피츠와 아리엘을 보았다. 시선은 교대로 두 사람 사이를 오가고, 마지막으로 피츠 쪽에서 멈추었다. 표적보다 먼저 호위를 정리할 생각인 것이다.

거기에 대해 피츠는 자세를 낮추고 준비했다.

잠옷 차림이라서 모처럼 받은 장비는 하나도 없지만, 전의는 시들지 않았다.

"…쉿!"

암살자가 달렸다. 피츠를 향해 똑바로.

피츠는 그녀를 향해 두 손을 들고 마술을 썼다.

"합!"

피츠의 손에서 날아간 마술에 형태는 없었다. 그저 폭음과 동시에 침대를 날려 버리고 방의 벽에 바람구멍을 내었다.

상급 바람 마술 '소닉 붐'.

이걸 맞고 살아 있을 수 있는 건 그리 없다.

하지만 암살자는 살아 있었다. 피츠를 향하는 척하면서 옆으로 몸을 날렸던 것이다.

페인트였다.

의도한 것일까, 단순한 우연일까. 암살자는 피츠의 마술을 회피하는 형태가 되었다.

또한 암살자는 공중에서 나이프를 던졌다.

나이프는 똑바로 아리엘에게 날아갔다.

피츠는 재빨리 손을 뻗어서 그 나이프를 공중에서 움켜쥐려고 했다. 물론 공중의 나이프를 붙잡는 건 쉽지 않았다. 하지만 운 좋게도 손끝에 나이프가 걸려서 작은 상처가 나긴 했지만,

나이프의 궤도를 틀 수 있었다.

필살의 투척에 실패한 암살자는 고양이처럼 낙법을 치면서 피츠와 거리를 벌리려고 했지만,

"앗…."

피츠가 재빨리 날린 다음 마술에 날아갔다.

상급 바람 마술을 정통으로 맞은 암살자는 사지가 조각나서 벽의 구멍을 통해 밤하늘로 날아갔다.

"허억… 허억…."

피츠는 순간의 공방에 가빠진 숨을 내쉬면서 구멍으로 밖을 내다보았다. 달이 없는 밤, 밖은 어둡고, 그 아래쪽은 제대로 보이지 않았다.

하지만 사지가 조각나서 추락했다. 살아 있기 어렵다.

"후우…."

지금 사람을 죽였다는 감각도 없었다.

"아, 그렇지, 아리엘 님…. 괜찮으십니까?"

피츠는 다급히 방으로 돌아가면서 아리엘의 안부를 확인하려고 했다.

"어, 어라?"

하지만 도중에 다리가 꼬였다.

발끝의 감각이 없어서 피츠는 무너지듯이 그 자리에 쓰러졌다.

'독이다….'

그렇게 생각했을 때에는 이미 늦어서 피츠의 전신이 저리고 의식이 몽롱해지기 시작했다.

'해, 해독 마술을….'

혹시 피츠가 평범한 마술사라서 무영창으로 해독 마술을 쓸 수 있지 않았다면, 어쩌면 그대로 즉사했을지도 모른다.

피츠는 몽롱한 의식 속에서 스스로에게 해독 마술을 걸면서 주위를 보았다.

아리엘은 무사, 루크도 늦게나마 방에 달려왔다.

"루크, 암살자예요! 피츠가 쓰러뜨렸지만, 독에 당했어요! 어서 의사를! 그리고 암살자의 사체가 아래에 있을 테니까 위병을!"

"옙!"

루크는 고개를 끄덕이고 위병을 부르면서 바로 아래로 달려갔다.

피츠는 몽롱한 의식 속에서 그걸 지켜보다가 정신을 잃었다.

그렇게 아리엘 암살 사건은 미수로 끝났다.

피츠는 독에 당했지만, 손끝의 작은 상처로 아주 소량의 독이 들어갔을 뿐이었던 데다가, 해독 마술로 응급처치가 빨랐기 때문에 목숨을 건졌고 후유증도 남지 않았다.

그가 복귀했을 때, 귀족들이 피츠를 보는 눈은 변해 있었다.

그 날 쓰러뜨린 암살자가 문제였다.

정원에 떨어진 시체를 위병들이 발견했을 때, 그 소녀는 10년 정도 전에 아슬라 왕국에서 활약했던 유명한 암살자 '밤눈의 까마귀'라는 사실이 판명되었다.

여태까지 여러 아슬라 귀족이 그녀에게 희생되었다.

그걸 쓰러뜨렸다는 사실에서 피츠의 실력은 증명되었다.

무영창으로 마술을 쓰고 평소에 거의 말이 없기에 '무언의 피츠'라고 불리게 되었고, 명실공히 아리엘의 호위로 주위 귀족들에게 인정받게 되었다.

이렇게 사건은 한 건 낙착, 아리엘과 호위들에게 평온이 찾아왔다…는 것처럼 보였다.

일은 그렇게 간단히 막을 내리지 않았다.

이 날부터 아리엘을 노리는 암살자가 나타나게 되었다.

습격에 이은 습격.

그것들은 피츠의 손에 족족 격퇴되었지만 결코 멈추지 않았고, 또 그 범인도 결코 판명되지 않았다. 기사단이 조사했지만 무슨 압력이 들어와서 대충 무마되었다.

누가 암살자를 보내는지 예상은 가면서도 밝혀지지 않는 상황은 아리엘을 정신적으로 몰아붙이고 소모시켰다.

결국 위기 사태라고 판단한 필레몬의 제안으로 아리엘은 유학이라는 형태로 국외 탈출을 꾀하게 되었는데….

그건 또 다른 이야기다.

수호술사 피츠.

전이사건으로 일가족을 잃고 인생이 망가진 그는 자기 의사와는 달리 피로 물든 아슬라 왕국의 정쟁에 휘말려들었다.

하지만 딱 하나 좋은 점이 있었다.

암살미수 사건이 있던 날부터 피츠는 악몽을 꾸지 않게 되었다.

공중에 내던져져서 무참하게 발버둥치다가 지면에 처박히는 꿈을….

그것만이 그에게 유일하게 다행인 일인지도 모른다.


그런 그와 루데우스 그레이랫의 운명이 교차하는 것은 다소 미래의 이야기다.

**4권 끝**

**무직전생** ~ 이세계에 갔으면 최선을 다한다 ~ **4**

2015년 12월 7일 초판 발행
2022년 3월 10일 9쇄 발행

| | |
|---|---|
| 저자 | 리후진 나 마고노테 |
| 일러스트 | 시로타카 |
| 옮긴이 | 한신남 |

| | |
|---|---|
| 발행인 | 정동훈 |
| 편집인 | 여영아 |
| 편집 팀장 | 황정아 |
| 편집 | 노혜림 |

| | |
|---|---|
| 발행처 | (주)학산문화사 |
| 등록 | 1995년 7월 1일 |
| 등록번호 | 제3-632호 |
| 주소 | 서울특별시 동작구 상도로 282 학산빌딩 |
| 편집부 | 02-828-8838 |
| 영업부 | 02-828-8986 |

ISBN 979-11-256-4688-4 04830
ISBN 979-11-256-0603-1 (세트)

값 8,800원